Hungerstein

Petra E. Jörns

Hungerstein

Krimi

Weltbild

Besuchen Sie uns im Internet:
www.weltbild.de

Genehmigte Lizenzausgabe für Weltbild GmbH & Co. KG,
Ohmstraße 8a, 86199 Augsburg
Copyright © 2023 by Petra E. Jörns
Dieses Werk wurde vermittelt durch Agentur Ashera.
Projektleitung und Redaktion: usb bücherbüro, Friedberg/Bay.
Umschlaggestaltung: Alexandra Dohse – www.grafikkiosk.de, München
Umschlagmotiv: Artwork Alexandra Dohse unter Verwendung von eigenen
Bildern (auch unter Verwendung von Midjourney) und Bildern von
Shutterstock Images © Andreas Muth-Hegener
Satz: Datagroup int. SRL, Timisoara
Druck und Bindung: CPI Moravia Books s.r.o., Pohorelice
Printed in the EU
ISBN 978-3-98507-239-2

1

Wie er sie hasste, diese aufgeblasenen Wichtigtuer! Diese scheinheiligen Brüder, die sich verstellten, damit man ihnen nicht ansehen konnte, wie verfault sie von innen waren. Lügner und Betrüger, allesamt! Sie taten so generös, als wollten sie einem helfen. Doch in Wahrheit war das nur ein Vorwand, um einem zu zeigen, wie wertlos und nutzlos man war.

Damit sie einen kleinhalten konnten. Damit sie Macht auf einen ausüben konnten. Damit ihre Macht weiterwachsen konnte und sie immer mehr Geld scheffeln konnten, während man selbst nicht genug Geld hatte, um überleben zu können. Weil sie darauf hofften, dass man zu ihnen zurückkroch, um um Gnade zu winseln. Und dann hatten sie einen im Griff. Dann war man ihnen ausgeliefert.

Aber er kannte sie. Er kannte ihre wahren Gesichter. Er wusste, wie sie hinter der Maske aussahen, die sie der Stadt Worms zeigten. Diese freundlichen, falschen Grimassen, so falsch wie die Lügen, die sie mit jedem Atemzug verbreiteten.

Aber er würde nicht zulassen, dass sie ihren Würgegriff um seinen Hals legten. Er würde sich wehren. Er würde sich diesen Mistkerlen nicht kampflos geschlagen geben.

Irgendwann würde er der Stadt ihre wahren Gesichter zeigen. Irgendwann würde er Gelegenheit haben, die Lügen, die sie verbreiteten, vor den Augen der Stadt auszubreiten. Dann würde er ihre falschen Masken zerschlagen, damit alle ihre wahren hässlichen Grimassen sehen konnten, die sie dahinter verbargen. Damit sie endlich Gerechtigkeit erfuhren.

Und er würde keine Gnade kennen.

Die Bluse klebte an Ediths Rücken, obwohl es erst früh am Morgen war. Sie konnte sich nur an einen einzigen Sommer erinnern, in dem es ähnlich heiß gewesen war. Vielleicht täuschte sie sich aber auch. Vielleicht waren es nur ihre Ohnmacht und ihr Entsetzen, die jenen Sommer so anders machten, die einen normalen Sommertag in ihrer Erinnerung in einen Backofen der Hölle verwandelten. Als die Tante nach ihr im Garten rief, um ihr zu sagen, dass ihre Eltern gestorben waren. Die Luft hatte über dem Asphalt geflirrt. Es war so heiß gewesen, dass er stank und zähflüssig an ihren Sandalen klebte, während sie der Tante zum Auto folgte, damit diese sie mitnehmen konnte.

Unwillig wischte Edith den Schweiß von ihrem Nacken und blickte prüfend in den Kosmetikspiegel ihres Wagens. Ein paar dunkle Haarsträhnen hatten sich aus ihrem Pferdeschwanz gelöst, ihr einziges Zugeständnis an die Hitze, die seit mehreren Tagen auf Worms lastete. Denn sie trug trotz der wüstenähnlichen Temperaturen den Hosenanzug und geschlossene Schuhe. Als Kommissarin konnte sie schließlich nicht in Minirock, T-Shirt und Bleistiftabsätzen herumstöckeln. Ihre männlichen Kollegen trugen auch stets einen Anzug oder Hose und Jackett, weshalb sollten für sie Ausnahmen gelten?

Endlich stieg sie aus, verschloss den Wagen mit einem Druck auf den Autoschlüssel, richtete die Jacke und sah sich um. Eine Mauer umgab das Fabrikgelände, nur an einer Stelle war es zur Straße hin offen. Mehrere Polizeifahrzeuge parkten dort bereits. Also schien dies ihr Ziel zu sein. Sie schritt darauf zu und merkte, dass ihre Knie so weich waren, als wollten sie in der morgendlichen Hitze schmelzen. Oder lag es an dem Wissen, dass das Gelände ihrem Onkel gehörte? Er würde nicht hier sein, beruhigte sie sich. Ganz sicher saß er in seinem klimatisierten Büro und las Zeitung. Es gab keinen Grund für ihn, seine Komfortzone zu verlassen. Er würde warten, bis die Polizei zu ihm kam, falls diese etwas von ihm wissen wollte. Die Polizei, das war in diesem Fall sie, und sie würde mit ihm reden müssen – früher oder später. Aber definitiv nicht jetzt.

Edith merkte, wie ihre Schritte wieder an Sicherheit gewannen, als sie sich darüber klar geworden war. Energisch schritt sie über den weiten Platz auf die Trümmer zu, die von dem einen Ende des Fabrikgebäudes übrig geblieben waren. Ein Bagger stand davor, quietschgelb vor dem blauen Himmel, und ein dunkelhaariger Mann mit Bauchansatz redete auf einen hageren Polizisten ein, den Kollegen Klaus. Klaus war sein Familienname. Er sah auf, als er Edith bemerkte, und winkte ihr.

Sie antwortete mit einem Nicken und ging auf die beiden zu.

»Mein Name ist Edith Neudecker«, stellte sie sich dem Mann in der Arbeitskleidung vor, während sie ihm kurz ihre Dienstmarke zeigte. »Ich ermittle in diesem Fall.« Zu ihrem Kollegen gewandt, fügte sie hinzu: »Können Sie mir kurz berichten, was Sie bereits wissen?«

Der Polizist Klaus erwiderte: »Der Baggerfahrer Murat Demirkan hat beim Abriss von diesem Teil des Gebäudes ein Skelett gefunden.« Dabei zeigte er auf die Trümmer vor ihnen, die bereits von einigen anderen Polizisten mit einem Absperrband gesichert worden waren.

»Ja, genau«, warf Demirkan eifrig ein. »Hab ich gefunden, diese Knochen, weißt du? Sind gefallen aus der Wand, als ich mit Schaufel dagegen gestoßen. Hab gerufen sofort Polizei. Ich bin guter Staatsbürger. Rufe immer gleich Polizei, wenn was stinkt.« Schwitzend zerrte er dabei ein Handy aus der Tasche seines verdreckten Blaumanns.

»Wer hat diesen Abriss veranlasst?«, fragte Edith routinemäßig, obwohl sie die Antwort eigentlich bereits kannte.

»Ah, ist Befehl von oben. Muss weg, alles weg – für neue Halle, weißt du?«

Und ob Edith das wusste! Die Erweiterung des Fabrikgeländes ihres Onkels war mehrfach durch den Stadtrat gegangen und hatte viele Tage lang die Medien beschäftigt. Das Viertel, in dem die Fabrik stand, war Gewerbemischgebiet, und die geplante Erweiterung hatte eine Umwidmung zu einem reinen Industriegebiet erforderlich gemacht. Sicherlich nur eine zwangsläufige Entwicklung, aber fatal für die wenigen Wohnhäuser, die hier noch standen. Allerdings wurden die meisten ohnehin nicht mehr bewohnt, und die noch verbleibenden Bewohner sollten großzügig entschädigt werden, hatte der Stadtrat beschlossen.

Ein Knattern näherte sich auf der Straße, die Edith gekommen war; es hörte sich nach einem Motorrad an.

»Ja, ich weiß«, erwiderte Edith unwillig. »War es Ihre Entscheidung, den Abriss mit diesem Gebäude zu beginnen, oder wurden Sie angewiesen, hier anzufangen? Und falls ja, wer hat sie angewiesen?«

»Niemand weisen Murat.« Der Baggerfahrer schüttelte den Kopf und verteilte dabei Schweißtropfen auf Ediths dunkelblauer Jacke. »Ist niedriges Ende. Beginnst du immer an niedrigem Ende, weißt du?«

»Verstehe«, erwiderte Edith. Sie hatte von dem Baggerfahrer genug gehört. »Nehmen Sie seine Aussage bitte auf«, wies sie Klaus an, während ihr Blick über die Trümmer wanderte.

Das knatternde Geräusch des Motorrads verebbte vor dem Tor.

»Soll ich dir zeigen Knochen?«, fragte der Baggerfahrer.

Edith schüttelte den Kopf. »Nein, danke. Ich möchte mir mein eigenes Bild machen.«

Über den Hof kam ein junger Mann mit zerzausten blonden Haaren und Lederjacke zielstrebig auf sie zu.

»Edith Neudecker!«, rief er.
Sie nickte.
Mit einem Lächeln bot er ihr die Hand. »Tobias Altmann, ich bin ab heute Ihr neuer Partner.«
Er trug Jeans und ein schwarzes Shirt unter der Lederjacke. Auf seinem jugendlichen Gesicht glitzerten goldene Bartstoppeln in der Sonne. Herrgott, wie jung war der Kerl? Ihr bisheriger Partner war nie unrasiert zur Arbeit erschienen. Martin Keller hatte auch Winter wie Sommer stets einen grauen Anzug mit Krawatte getragen. So, wie es sich gehörte.
Demonstrativ ignorierte Edith Tobias´ Hand.
Nach einer peinlichen Sekunde des Wartens zog Tobias die Hand zurück und rieb sich den Nacken. »Tut mir leid für den Aufzug«, meinte er immer noch lächelnd. »Hab den Bus verpasst und deshalb das Motorrad genommen. Soll ´ne Ausnahme bleiben.«
Edith zog eine Augenbraue hoch und drückte damit all ihre Zweifel an seiner Aussage aus. »Sie haben bei der Dienstbesprechung gefehlt.« Die hatte knapp eine Stunde gedauert, erst danach war sie losgefahren. Und mit dem Motorrad war er garantiert schneller gewesen als der Bus.
»Ich musste zur Personalabteilung. Sie waren gerade weg, als ich im Büro ankam«, erklärte er.
Personalabteilung! Es würde denen allerdings ähnlich sehen, wenn sie einen neuen Kollegen gleich an seinem ersten Tag daran hinderten, an der allmorgendlichen Dienstbesprechung teilzunehmen.
»Wegen der Versetzung«, setzte er hinzu.
»Verstehe.«
Ohne ein weiteres Wort wandte Edith sich dem abgesperrten Areal innerhalb der Trümmer zu. Tobias hielt mit ihr Schritt.

»Ist dort die Leiche?«, wollte er wissen.

Die Antwort war offensichtlich, also hielt Edith es nicht für nötig, dies zu bestätigen, sondern ging einfach weiter und duckte sich unter dem Absperrband hindurch.

Tobias stieg neben ihr darüber hinweg. »Lassen Sie mich das machen! Sonst machen Sie sich noch schmutzig.«

Wofür hielt er sie eigentlich?

Edith blieb stehen und wartete, bis Tobias begriff, dass sie mit ihm reden wollte, und sich ihr zuwandte. »Kollege Altmann, ein für alle Mal und damit wir uns richtig verstehen: Ich komme gut alleine klar und brauche bestimmt keinen Mann, der mir über ein paar Steine hilft, damit ich mir meine Kleider nicht schmutzig mache. Wenn Sie die Aussage des Zeugen nicht aufnehmen wollen, dann folgen Sie mir, beobachten und lernen.« Sie fügte nicht hinzu, dass er den Mund halten sollte, sondern hoffte, dass er das auch ohne ihren Hinweis begriff.

»Verstanden«, erwiderte er. Sein jungenhaftes Lächeln war erloschen.

Als sie jetzt weiterging, blieb er einige Schritte hinter ihr. Mitten zwischen den Mauerbrocken steckte ein Stab, den steuerte Edith an. Aber so einfach, wie es vom Standpunkt des Baggerfahrers aus gewirkt hatte, war es nicht, dorthin zu gelangen. Die Mauertrümmer waren größer, als sie gedacht hatte. Zudem gaben sie nach und rutschten unter ihr weg. Scharfkantige Eisenstücke ragten hie und da daraus hervor.

Sie glitt mit der glatten Sohle ihres Schuhs auf einem der Trümmer ab und musste sich an einem rostigen Eisenstab festhalten, um nicht zu fallen. In diesem Moment gab das Mauerstück unter ihr unerwartet nach. Edith fiel auf ihr Knie und ihre Handflächen, fühlte den dumpfen Schmerz. Ein paar Hände griffen zu und verhinderten, dass sie mit dem Fuß zwischen die Trümmer geriet und sich womöglich den Knöchel verstauchte oder Schlimmeres.

Langsam richtete sie sich wieder auf, während die hilfreichen Hände sie wieder losließen. Ihr lädiertes Knie schmerzte, wahrscheinlich war es aufgeschlagen. Ihre Handflächen waren beide aufgeschürft. Sie rieb sie aneinander, um den Dreck zu entfernen, und sah an sich hinab. Mit einer schnellen Bewegung klopfte sie den Staub von ihrem Hosenbein.

»Danke«, sagte sie zu Tobias. »Aber das wäre nicht nötig gewesen.«

Er schwieg, zuckte nur knapp mit den Schultern und nickte in Richtung des Stabs, den sie angesteuert hatte. Tatsächlich hatte sie von dort, wo sie stand, einen guten Blick auf die Leiche oder besser gesagt die Skelettteile, die dort zwischen den Trümmern verstreut lagen. Edith konnte einen Schädel erkennen, die Knochen einer Hand und eines Brustkorbs. Letzterer war mit einigen Stofffetzen bedeckt.

Tobias deutete auf einige Steine, die eine andere Farbe aufwiesen als der Rest. »Sieht so aus, als wären da, wo die Leiche sich befand, andere Steine verwendet worden.«

»Keine voreiligen Schlüsse! Das muss das Labor erst nachweisen.« Trotzdem, er hatte wahrscheinlich recht. Eigentlich wäre es ihre Aufgabe gewesen, den Neuling auf dieses Indiz hinzuweisen.

»Soll ich Ihnen eine Hand geben, damit Sie näher rankommen?«, fragte Tobias überflüssigerweise.

Der Schweiß lief an Ediths Schläfen hinab. Es war, als hätte Tobias ihre Gedanken erraten. Aber wie konnte sie jetzt noch seine Hilfe annehmen, nachdem sie ihn zuvor darauf hingewiesen hatte, dass sie seine Unterstützung nicht brauchte?

»Haben Sie Mitleid mit mir! Nicht, dass ich einen Rüffel von unserem Chef bekomme, weil ich dabei zugesehen habe, wie Sie sich den Fuß brechen!«, fügte Tobias hinzu.

Witzig war er also auch noch! Trotzdem halfen ihr seine Worte, das Angebot anzunehmen.

»Wie könnte ich das zulassen?«, erwiderte sie und griff nach seiner Hand.

Sie war unerwartet trocken und fest. Vorsichtig ließ sie sich mit ihr als Halt zwischen die Steine hinab. Tobias ging auf die Knie, um sie nicht loslassen zu müssen. Er kniete im Dreck, bis sie endlich einen festen Stand hatte und es wagte, seine Hand loszulassen.

Der Anblick des Schädels direkt vor ihr ließ sie den Moment vergessen. Sie konnte die Zähne sehen, einige davon fehlten, aber sie konnte keinerlei Amalgamfüllungen entdecken. In der Stirn befand sich ein kreisrundes Loch.

Edith wischte sich den Schweiß von der Stirn und richtete sich auf. »Er ist erschossen worden«, verkündete sie und konnte nicht verhindern, dass aus ihrer Stimme die Genugtuung zu hören war, die sie angesichts dieser Entdeckung erfüllte.

Es war angenehm kühl im Bürogebäude. Die Sekretärin sah gelangweilt auf, als Edith hinter Tobias den Raum betrat.

»Altmann, Kriminalpolizei«, kam Tobias ihr zuvor. »Das ist meine Kollegin Neudecker. Wir möchten mit dem Inhaber sprechen.«

»Mit Herrn Seifert?« Die blonde Sekretärin sah verwirrt von Tobias zu Edith. »Der ist nicht da. Aber Sie können mit dem Geschäftsführer Herrn Friedrich sprechen. Wenn Sie einen Augenblick …«

»Nein, wir möchten mit Herrn Seifert sprechen. Können Sie ihn rufen?«

Die Sekretärin hatte bereits das Telefon in der Hand. »Wenn Sie darauf bestehen. Das dauert aber eine Weile.«

»Kein Problem. Wir warten.« Tobias lächelte.

»Nein, wir warten nicht«, mischte Edith sich ein. »Der Geschäftsführer ist für unsere Fragen völlig ausreichend.«

»Aber ...«

»Wie ich bereits sagte. Der Geschäftsführer wird uns unsere Fragen sicherlich zu unserer Zufriedenheit beantworten können«, bekräftigte Edith. »Es ist nicht nötig, Herrn Seifert zu rufen.«

Das fehlte ihr noch, dass sie mit dem Mistkerl von Onkel reden musste, wenn es nicht unbedingt nötig war! Es genügte Edith, dass sie die allzu vertrauten Büroräume betreten musste. Sie hatten sich in den letzten fünfundzwanzig Jahren kaum verändert; die Wände waren so weiß und kahl wie damals, als sie noch ein Kind gewesen war. Nur die Sekretärin war eine andere. Statt der beleibten, resoluten Frau Knoll saß nun dieses blonde Ding im Vorzimmer, das hübsch anzusehen war, aber wenig kompetent zu sein schien.

Die Sekretärin zuckte mit den Schultern. »Wie Sie wünschen. Warten Sie bitte einen Augenblick, ich sage Herrn Friedrich Bescheid.« Während die Sekretärin zum Telefonhörer griff, neigte Tobias den Kopf zu Edith und raunte: »Ich denke, es wäre wirklich besser, wenn wir ...«

»Ich wüsste keinen Grund, weshalb wir Herrn Seifert hierherbemühen sollten«, unterbrach Edith ihn leise, aber scharf.

Die Sekretärin hatte sie anscheinend dennoch gehört und sah zu ihr hoch. »Herr Friedrich sagt, dass Sie kommen können.« Dabei wies sie auf die Tür zum nächsten Raum.

Ehe Tobias reagieren konnte, ging Edith an ihm vorbei auf die Tür zu. Im Vorbeigehen nickte sie der Sekretärin zu und öffnete die Tür.

Sie hatte das Büro ihres Onkels dahinter erwartet, den dominanten Schreibtisch aus dunklem Mahagoni, die schweren Brokatvorhänge. Aber der Raum hinter der Tür war ebenso weiß und kahl wie der der Sekretärin, der Schreibtisch eine kühle Konstruktion aus Stahl und Glas und dahinter ein Mann Anfang vierzig, der sie freundlich anlächelte. Er war so perfekt gestylt, dass er einer hochpreisigen Modebroschüre entsprungen sein konnte.

»Frau Neudecker, Herr Altmann, bitte, setzen Sie sich doch.« Einladend zeigte Friedrich auf einen Glastisch, um den fünf edle Freischwinger standen.

Tobias kam der Aufforderung nach und setzte sich. Während Edith noch überlegte, was sie tun sollte, gesellte Herr Friedrich sich zu Tobias. »Darf ich Ihnen etwas zu trinken anbieten – einen Kaffee oder ein Glas Wasser?«

»Ein Glas Wasser wäre super«, erwiderte Tobias.

»Und Sie, Frau Neudecker?«

»Nein, danke«, sagte Edith kühl. Demonstrativ blieb sie stehen.

Friedrich betätigte den Rufknopf an der Telefonanlage. Als die Sekretärin den Kopf durch die Tür steckte, sagte er: »Wasser und zwei Gläser für unsere Gäste, bitte.« Dann wandte er sich Edith zu. »Womit kann ich Ihnen helfen?«

»Beim Abriss Ihres Fabrikgebäudes in der Textorstraße ist eine Leiche gefunden worden. Offensichtlich handelt es sich um Mord. Können Sie uns sagen, wann die Fabrikhalle gebaut wurde und wie es zu dem Abriss gekommen ist?«

»Das Alter der Halle – ich vermute, dass sie in den Vierzigerjahren gebaut wurde. Näheres dazu kann Ihnen sicher Herr Seifert berichten. Der Abriss ist der Erweiterung geschuldet, die wir planen. Sicherlich haben Sie davon gehört. Die Angelegenheit hat wochenlang die Medien beschäftigt.«

Ja, Edith erinnerte sich sehr gut an den großen Artikel über die Erweiterung der kleinen Landmaschinenfabrik für Winzer. »Durchaus. Wobei ich nie so ganz begriffen habe, weshalb die neue Halle ausgerechnet dort gebaut werden soll, wenn die Lage so strittig war.«

Friedrich lächelte entschuldigend. In diesem Moment kam die Sekretärin herein und stellte ein Tablett mit zwei Gläsern und einer Flasche Mineralwasser auf dem Glastisch ab.

»Bedienen Sie sich«, sagte Friedrich zu Edith und Altmann. Als die Sekretärin wieder gegangen war, fuhr er fort, wo er unterbrochen worden war. »Das Gelände gehört der Firma. Die Wohnhäuser stehen auf Firmengelände. Wir haben den Mietern natürlich rechtzeitig gekündigt, um unser Recht auf Eigennutzung wahren zu können. Strittig war an der Lage eigentlich gar nichts. Die Probleme sind nur der Engstirnigkeit gewisser Kreise geschuldet.«

»Wofür wurde die alte Halle denn genutzt?«, fragte Tobias, nachdem er das zweite Glas Wasser in sich hineingekippt hatte.

»Früher war sie eine Produktionshalle. In den letzten Jahren wurde sie nur noch als Lagerhalle genutzt. Deshalb haben wir uns ja auch dafür entschieden, sie abzureißen.«

»War Ihnen bekannt, dass es in der Halle versteckte Räume gab oder eine doppelte Wand?«

»Mir?« Friedrich lachte leise. »Ich habe die Halle vielleicht zehn Mal von innen gesehen, und einen Bauplan gibt es meines Wissens nicht mehr. Woher sollte ich so etwas also wissen? Vielleicht weiß Herr Seifert etwas darüber oder einer der Vorarbeiter. Soll ich …«

»Nein, danke«, sagte Edith. Ganz sicher wusste keiner der Vorarbeiter etwas darüber, sonst wäre es der Geschäftsführungsebene nicht verborgen geblieben.

»Aber …«, setzte Altmann wieder an.

Edith ließ ihn nicht ausreden. »Danke, dass Sie sich Zeit für uns genommen haben. Wir werden uns mit Ihnen in Verbindung setzen, um Ihre Aussage zu Protokoll zu nehmen.«

Ediths Büro im Polizeipräsidium war leider nicht annähernd so gut temperiert wie das von Herrn Friedrich. Ihr Blick fiel auf die Uhr; es war erst kurz vor Mittag. Sie würde noch recht lange in der tropischen Hitze ausharren müssen, ehe sie in ihre kühle Wohnung heimkehren durfte. In solchen Augenblicken beneidete sie ihren Kater Max, der den Tag auf dem Sofa mit Dösen verbringen konnte.

»Wir hätten den Geschäftsinhaber verlangen sollen«, sagte Tobias, der in der offenen Tür stand.

Ediths Blick fiel auf den verwaisten Schreibtisch, der dem ihren gegenüber stand. Kellers Schreibtisch. Ab heute würde es Tobias' Schreibtisch sein.

Einen winzigen Moment wirkte er verunsichert, ehe er nach einem Räuspern hereinkam und zu dem leeren Schreibtisch ging.

»Und was hätte das bringen sollen?«, fragte Edith.

»Vielleicht weiß er, wie alt die Halle ist oder ob es dort versteckte Räume gab.«

»Rufen Sie das Bauamt an. Dort erfahren Sie, wie alt die Halle ist. Sicher gibt es dort auch noch Baupläne.«

»Aber ...«

»Worauf warten Sie?«

Ehe Tobias antworten konnte, klopfte jemand an die offen stehende Tür. Dort stand Weingarten, Ediths Vorgesetzter. Der dicke Mann wischte sich die Schweißperlen von der hohen Stirn.

»Ah, Neudecker, da sind Sie ja. Und wie ich sehe, ist der neue Kollege Altmann auch bereits anwesend. Dann haben Sie sich ja anscheinend schon kennengelernt.«

»Ja, das haben wir«, bestätige Tobias schnell, während er seinen Motorradhelm am Boden hinter dem freien Schreibtisch ablegte.

Weingarten zog die Brauen hoch. »Ich hoffe doch nicht,

dass Sie Ihre Ermittlungen mit dem Motorrad durchführen. Wie dem auch sei, Frau Neudecker, Herr Altmann wird Herrn Keller ersetzen und künftig Ihr Partner sein. Herr Altmann wurde von der Kripo Koblenz zu uns versetzt. Details kann er Ihnen selbst erzählen, falls er das möchte.«

Edith wusste nicht, ob sie lauthals protestieren oder schweigen sollte.

Weingarten nickte und wischte sich erneut den Schweiß von der Stirn. »Nun, dann wünsche ich gute Zusammenarbeit. Frau Neudecker, wenn ich kurz unter vier Augen mit Ihnen sprechen könnte.«

»Nein«, sagte Edith scharf, während sie die Tür zu Weingartens Büro hinter sich schloss. »Ich weigere mich, diesen … diesen grünen Jungen als meinen Partner zu akzeptieren. Er ist mit dem Motorrad zum Tatort gekommen. Mit dem Motorrad!«

»Nun, ich denke, dass Kollege Altmann kein zweites Mal das Motorrad dienstlich nutzen wird. Meine Anweisung war unmissverständlich.«

»Darum geht es nicht. Ich will keinen Partner. Schon gar nicht diesen … diesen Jungen.« Sie sagte es, als wäre es ein Schimpfwort.

Aber Herrgott, dieser Bursche verkörperte all das, was sie an Männern verabscheute. Er war jung, gutaussehend, charmant, freundlich. Sicher liefen ihm die Frauen scharenweise hinterher. Sie hasste diese Typen! Sie hasste überhaupt alle Männer. Sie hasste auch Weingarten. Keller hatte sie ertragen. Aber Keller war so unaufdringlich und unverbindlich gewesen wie ein Möbelstück, und ebenso wortkarg. Ihn zu ertragen war leicht gewesen. Aber Tobias? Allein bei dem Gedanken, ihn von nun an täglich sehen zu müssen, drehte sich ihr der Magen um.

»Ich fürchte, Sie werden sich an ihn gewöhnen müssen. An der Zuteilung lässt sich nichts mehr ändern.«

»Dann werde ich Beschwerde einlegen.«

»Tun Sie, was Sie nicht lassen können, Kollegin Neudecker. Aber denken Sie bitte daran, dass meine Geduld nicht unerschöpflich ist. Ihre Person ist nicht sakrosankt.«

Was sollte das nun wieder heißen? Dass sie entbehrlich war? Ganz sicher war sie das nicht. »Ich habe die beste Aufklärungsquote der Abteilung«, sagte Edith frostig.

»Und jede Dienststelle würde sich sicher darüber freuen, wenn Sie sie mit Ihrer Anwesenheit aufwerten.«

Drohte Weingarten ihr etwa mit einer Zwangsversetzung? »Wenn Ihnen dieser … Bursche lieber ist …«

»Ich würde es vorziehen, wenn Sie beide einfach harmonieren würden. Kollege Altmann hat hervorragende Beurteilungen.«

»Und weshalb wurde er dann versetzt?«

»Das sollten Sie ihn selbst fragen. Aber nun zum Kern meines Anliegens. Ist es ein Problem für Sie, dass Sie in der Firma Ihres Onkels ermitteln müssen?«

»Weshalb sollte das ein Problem für mich sein?«

Weingarten fischte ein Taschentuch aus der Jackentasche und wischte sich damit über das Gesicht. »Nun, ich möchte sichergehen, dass die verwandtschaftlichen Verhältnisse die Ermittlungen nicht behindern.«

»Wollen Sie damit etwa andeuten, ich könnte meinen Onkel in irgendeiner Weise begünstigen – gesetzt den Fall, er hätte mit dem Mord etwas zu tun? Das ist doch lächerlich!«

»Ich wollte gar nichts andeuten. Ich muss nur sichergehen, dass die Ermittlungen nicht durch irgendwelche verwandtschaftlichen Gefühle behindert werden.«

»Meine Ermittlungen werden ganz sicher nicht durch verwandtschaftliche Gefühle behindert«, erwiderte Edith frostig.

Im Gegenteil. Sie würde mit Freuden jede Gelegenheit nutzen, um ihren von allen Seiten so geschätzten Onkel ans Messer zu liefern, falls er Dreck am Stecken hatte.

»Zudem«, setzte sie hinzu, »scheint die Leiche schon längere Zeit dort zu liegen. Es würde mich nicht wundern, wenn die Spurensicherung nachweist, dass der Mord weit vor der Geburt meines Onkels geschah. Womit er als Tatverdächtiger ausgeschlossen werden könnte.«

»Verstehe.« Weingarten runzelte die schweißige Stirn. »Dann werde ich die Ergebnisse der Spurensicherung abwarten, ehe ich eine endgültige Entscheidung treffe. Sollte der Mord tatsächlich vor der Lebensspanne Ihres Onkels erfolgt sein, werde ich Sie nicht von den Ermittlungen abziehen.«

Die Vorschriften, natürlich. Weingarten hielt sich immer buchstabengetreu an die Vorschriften.

»War's das?«, fragte Edith kühl.

Weingarten nickte. »Sie können gehen.«

»Ich habe im Bauamt angerufen«, sagte Tobias, als Edith in ihr gemeinsames Büro zurückkehrte.

Er hatte Ediths ersten Satz gerade noch hören können, ehe sie die Tür zu Weingartens Büro schloss. Für einen grünen Jungen hielt sie ihn also. Nur weil er das Motorrad genommen hatte? Das war absurd! Aber hey, okay, er hatte es kapiert. Nie wieder würde er mit dem Motorrad zur Dienststelle kommen. Bei der Hitze war die Lederjacke ohnehin viel zu warm.

Das Motorrad bedeutete Freiheit. Und Freiheit gehörte nicht zum Dienst. Eigentlich hätte er das wissen müssen. In der Dienststelle Koblenz hatte man das auch nicht gern gesehen. Andererseits – hätte er das Motorrad genutzt, wäre Jürgen vielleicht noch am Leben.

»Und«, fragte Edith, während sie sich hinter ihren Schreibtisch setzte.

»Fehlanzeige. Es gibt keine Baupläne von der Halle. Man konnte mir nur sagen, dass sie wahrscheinlich gegen Ende des Krieges gebaut wurde. Aber es liegen natürlich Baupläne für das aktuelle Vorhaben vor. Falls die von Interesse sind für uns.«

Er hätte sie brennend gern gesehen. Aber er bezweifelte, dass Edith daran interessiert war. Wie konnte diese Frau eine so gute Aufklärungsquote haben? Er hatte wahre Lobeshymnen über Edith Neudecker gehört. Deshalb war er ja so erpicht darauf gewesen, an ihre Dienststelle versetzt zu werden. Der Gedanke, mit ihr gemeinsam arbeiten zu können, hatte ihn den ganzen Mist vergessen lassen, der passiert war. Aber seine Träume waren bereits beim ersten Aufeinandertreffen wie eine Seifenblase zerplatzt.

Edith schien zu überlegen. »Im Moment nicht«, verkündete sie schließlich. »Im Moment können wir ohnehin nur auf die Ergebnisse der Spurensicherung warten. Und die erhalten wir frühestens morgen.«

»Wir könnten doch noch mit dem Inhaber der Seifert GmbH sprechen. Vielleicht weiß er etwas über die Halle.«

»Ich wüsste nicht, wie uns das voranbringen sollte.«

»Mir fiele da eine Menge ein.«

»Ach, und was, wenn ich fragen darf?«

»Das ist doch offensichtlich. Herr Seifert kann uns als Eigentümer sicher mehr über das Alter und die bisherige Nutzung der Halle sagen. Vielleicht weiß er auch etwas über den Mauerteil mit den anderen Steinen. Wann er gemauert wurde oder von wem.«

»Die Halle ist nach Ihren Informationen vor der Geburt von Herrn Seifert erbaut worden. Weshalb sollte er uns mehr mitteilen können als das Offensichtliche?«

»Es wäre doch möglich.«
»Möglich oder wahrscheinlich? Wenn wir jedem Hinweis nachrennen, verzetteln wir uns.«
»Aber wir haben im Moment doch ohnehin nichts zu tun! Da können wir doch auch Herrn Seifert befragen. Oder ein paar Mitarbeiter. Vielleicht wissen die etwas über diese Mauerstelle.«
Edith legte die Hände auf den Schreibtisch und wandte sich ihm mit schmalen Augen zu. »Kollege Altmann, zweifeln Sie meine Ermittlungsarbeit an?«
Tobias glaubte, sich verhört zu haben. »Nein! Wie kommen Sie denn darauf? Ich meinte doch nur, dass …«
»… dass ich zu wenig tue?«
»Natürlich nicht.« Na ja, eigentlich schon, fand Tobias. Aber das würde er sicher nicht laut aussprechen. Edith konnte ihn ohnehin nicht leiden. Dabei wusste er nicht einmal, weshalb.
»Schön, dass wir das geklärt haben.«
Tobias schluckte den aufflammenden Zorn hinunter, der seine Kehle schmerzhaft zusammenschnürte.
»Möchten Sie noch etwas sagen?«, fragte Edith spitz.
Jede Menge, schoss es ihm durch den Kopf. Laut sagte er: »Nein.«
»Schön, dass wir auch das geklärt haben. Dann können Sie sich ja um die Vernehmungsprotokolle von Herrn Demirkan und Herrn Friedrich kümmern.«
Laufburschenarbeit also. Fuck, er war doch kein Auszubildender! Er hatte gute Arbeit geleistet in Koblenz, bessere Arbeit als diese Neudecker, die sich so verdammt überlegen gab. Wie kam sie dazu, ihn so herablassend zu behandeln? Hatte sie seine Akte gelesen? Oder sollte er sich besser fragen, weshalb sie sich so dagegen wehrte, diesen Seifert zu befragen?

»Worauf warten Sie?«, fragte Edith.

Tobias sprang so schnell auf, dass fast der Stuhl umfiel. Nur mit Mühe beherrschte er sich, Edith nicht anzuschreien. Stattdessen schnappte er sich seine Lederjacke und den Helm und stürmte aus dem Büro hinaus. Fuck, es war ihm egal, ob Weingarten ihn verwarnen würde, weil er das Motorrad benutzte. Er wollte nur noch raus.

Und wenn Edith schon nicht die Angestellten befragen wollte, hatte er nun eine gute Gelegenheit, es dennoch zu tun – wenn er die Vernehmungsprotokolle unterschreiben ließ.

2

Dezember 1946, Cäcilia Wolter

Cäcilia fror. Manchmal fragte sie sich, ob der Ofen in der kleinen Küche überhaupt Wärme abgab. Dann ging sie hin und legte die Hand darauf. Aber der Metallkörper war tatsächlich heiß; nicht so heiß, dass sie sich die Finger daran verbrannte, aber er war heiß. Und wenn sie einige Zeit davor stand, konnte sie auch die Wärme spüren, die er abgab. Aber bereits wenige Meter weiter war es wieder so kalt, dass ihr fröstelte. So kalt, dass die Finger, die aus ihren Pulswärmern hervorschauten, ganz blau waren.

Wie musste es da erst den Kindern gehen? Der kleine Alois hustete die ganze Zeit. Die Lehrerin hatte ihn deswegen von der Schule nach Hause geschickt. Aber was nutzte das, wenn sie keine Medizin für ihn kaufen konnte? Damit er es warm hatte, hatte sie ihm ein Lager auf der Bank neben dem Ofen gemacht.

Auch Katharina, die Ältere, saß auf einem Stuhl direkt neben dem Ofen, um ihre Hausaufgaben zu machen. Damit sie auch ja etwas von der Wärme abbekam, die der Ofen abgab.

Cäcilias Blick fiel auf den Korb mit den Kohlebriketts, der neben dem Ofen stand. Fritz hatte ihr eingebläut, dass sie nur so viele Kohlen am Tag verfeuern durfte, wie er ihr morgens aus dem Keller holte. Es waren noch einige Kohlen im Korb, aber Cäcilia wusste, wie viele sie noch brauchen würde, bis sie ins Bett gingen. Und sie durfte auch nicht vergessen, dass sie ein paar Kohlen mehr brauchte, um zu kochen. Das war immer die schönste Zeit im Haus. Dann war es für kurze Zeit warm in der Küche, und es duftete gut.

Ob Fritz es merken würde, wenn sie sich heimlich ein paar zusätzliche Kohlen aus dem Keller holte? Aber was wäre sie für eine Frau, die ihren Mann betrog? Nein, das konnte sie nicht tun. Vielmehr sollte sie Mitleid mit Fritz haben, der in der kalten Zimmermannswerkstatt arbeiten musste, wo kein Ofen brannte.

»*Mir ist so kalt, Mama*«, *jammerte Katharina.* »*Ich kann gar nicht schön schreiben.*«

»*Soll ich dir die Hände warm reiben?*«, *fragte Cäcilia.*

»*Kannst du nicht ein bisschen mehr einheizen?*«

»*Tut mir leid. Ich darf nicht mehr Kohlen verbrauchen, sonst reicht es nicht über den Winter.*« *Das hatte Fritz ihr mehr als einmal erklärt.*

Das Mädchen seufzte trübsinnig.

»*Soll ich nicht doch deine Hände ein wenig reiben?*«

Das Mädchen nickte, und Cäcilia hockte sich neben sie und rieb die kalten kleinen Hände in den ihren.

»*Besser?*«, *fragte sie nach einer Weile.*

Katharina nickte und nahm brav wieder ihren Stift, um mit den Hausaufgaben weiterzumachen.

Vorsichtig beugte Cäcilia sich über Alois. Endlich schlief der Kleine. Der Husten hatte ihn die ganze Nacht gequält. Es war ein Segen, wenn er endlich ein wenig Schlaf bekam. Sie würde die Kinder heute Nacht wieder mit ins Elternbett nehmen, damit sie es warm hatten.

Sie holte Gemüse aus dem Keller und begann, es zu putzen und klein zu schneiden. Dann legte sie ein paar Kohlen nach und setzte die Suppe auf. Bald roch es köstlich nach Gemüse.

Als hätte der Duft ihn angelockt, ging die Haustür auf und Fritz kam nach Hause. Er strahlte über das ganze Gesicht, als Katharina auf ihn zu rannte, um ihn zu begrüßen. Nachdem er nach Alois geschaut hatte, gab er Cäcilia einen Kuss auf die Schläfe.

»*Alles gut?*«*, fragte er.*
Cäcilia nickte nur. Nein, sie konnte sich nicht wegen der fehlenden Kohlen beklagen. Fritz tat alles, was er konnte, damit seine Familie es gut hatte.
»*Papa*«*, sagte Katharina.* »*Es ist so kalt. Schau mal meine Hausaufgaben! Meine Buchstaben sind ganz eckig, weil meine Hände so kalt sind. Und der Alois friert auch dauernd. Kannst du der Mama nicht mehr Kohlen geben, damit es wärmer ist?*«
Fritz sah Cäcilia mit traurigen Augen an. Dann ging er neben Katharina in die Hocke. »*Ich werde mehr Kohlen besorgen. Aber so lange müssen wir noch ein wenig sparen. Einverstanden?*«
»*Einverstanden.*« *Katharina strahlte und schlang die Arme um Fritz' Hals.* »*Du bist der Beste, Papa.*«
Als Fritz sich erhob und zu ihr gesellte, wisperte sie ihm zu: »*Woher willst du mehr Kohle bekommen?*«
»*Das kann ich dir nicht sagen. Aber ich habe eine Idee.*«

Es war einfach zu warm. Edith warf die Decke von ihren Beinen. Zu allem Überfluss mauzte Max vor der Schlafzimmertür. An Schlaf war nicht mehr zu denken. Wider besseres Wissen stand sie auf, beugte sich zu dem schwarzen Kater hinunter, der um ihre Beine strich, und schlurfte in die Küche.
Der Kater folgte ihr. Hoffnungsfroh miaute er, als sie die Kühlschranktür öffnete. Mit einem Seufzen schüttete Edith etwas Trockenfutter in den Katzennapf. Max stürzte sich darauf, als hätte er drei Wochen gehungert. Doch nach drei Happen wendete er dem Napf den Rücken zu und miaute erneut.
Nachdem Edith sich ein Glas eiskaltes Wasser eingeschenkt hatte, bückte sie sich, um den Kater zu streicheln. Das Miauen ging in ein Schnurren über. Weil ihre Knie schmerzten, setzte Edith sich neben den Kater auf die küh-

len Küchenfliesen und trank das Glas leer, während sie ihm den Rücken streichelte.

»Ist dir auch zu warm?«, fragte sie den Kater.

Als Antwort stieß er den dicken Kopf gegen ihre Hand und legte sich lang ausgestreckt auf die Fliesen.

Edith schnaubte. »Du hast recht. Der Boden hier ist angenehm kühl. Ich sollte vielleicht hier schlafen.«

Der Kater schnurrte als Antwort.

Sie war mies zu Tobias gewesen. Und das an seinem ersten Arbeitstag in der Abteilung. So mies, dass Tobias sich den ganzen Nachmittag nicht mehr im gemeinsamen Büro hatte blicken lassen. Oder hatte er etwa so lange gebraucht, um die Protokolle unterzeichnen zu lassen? Ganz sicher nicht, das hätte er in einer Stunde erledigen können. Außer, er hatte doch noch die Arbeiter befragt – gegen ihre Anweisung. Oder gar ihren Onkel.

Edith ballte die Faust. Der Kater stieß einen klagenden Laut aus, als könnte er ihren aufsteigenden Zorn spüren. Dann sprang er auf und huschte ins Wohnzimmer.

Es fühlte sich an, als wäre es gestern gewesen. Sie war bei einer Freundin gewesen, hatte mit ihr und einem anderen Mädchen im Garten gespielt, als die Mutter der Freundin plötzlich mit bestürzter Miene in den Garten kam.

»Edith«, hatte sie gerufen. »Deine Tante ist hier. Deine Tante Ute.«

Die Tante war ihr gefolgt. Sie wirkte wie einem Modejournal entsprungen, ganz anders als die Mutter der Freundin in ihrem Schürzenkleid. »Steh auf, Edith. Wir müssen jetzt gehen.«

Edith konnte noch die Verwunderung darüber fühlen, dass die Tante sie abholte anstelle der Mutter. Die Eltern hatten sie eigens bei der Freundin gelassen, weil sie wegen irgendeiner Angelegenheit nach Frankfurt mussten. Erst später hatte sie begriffen, dass es sich um einen Notartermin gehandelt haben musste, bei dem es um das Erbe des kürzlich verstorbenen Großvaters ging.

»Wo ist Mama?« Edith konnte ihre eigene Stimme hören.

»Herrje, du bist ja ganz schmutzig. Geh und wasch dir die Hände! So kommst du mir nicht ins Auto«, hatte die Tante gesagt.

Verwundert war Edith der Aufforderung nachgekommen. Im Weggehen hörte sie noch die Mutter der Freundin sagen: »Das arme Kind!«

Mit feuchten Händen war sie zu ihrer Tante zurückgekehrt. Die hatte sie mit spitzen Fingern am Unterarm gefasst und nach draußen zum Auto eskortiert, als sei sie zu eklig, um sie anzufassen.

Es war heiß gewesen. Ediths Haare waren ganz feucht und verschwitzt gewesen, das Kleid hatte an ihrem Rücken geklebt. Sie hatte sich gewundert, wie die Tante trotz der Hitze so makellos aussehen konnte. Wie eine Schaufensterpuppe.

Die Sonne flirrte auf dem Asphalt der Straße. Ediths Schuhe lösten sich mit schmatzenden Geräuschen vom Teer.

»Wo sind Mama und Papa?«, fragte Edith, als die Tante die Tür zum Rücksitz öffnete.

»Renate und Hartmut können dich nicht abholen. Deine Eltern sind verunglückt. Du wirst ab heute bei uns wohnen.«

Mehr sagte sie nicht, als erklärte das alles. Gut, vielleicht tat sie der Tante unrecht. Vielleicht hatte sie mehr gesagt, und sie konnte sich nur nicht mehr daran erinnern. Immerhin war sie damals erst zwölf Jahre alt gewesen.

Aber sie erinnerte sich noch sehr genau an ihren Einzug ins Haus ihrer Tante und ihres Onkels. Sie hatte nahezu nichts mitnehmen dürfen. Die Tante hatte ihr neue Kleider gekauft, weil die alten zu schäbig waren. Auch die Puppen und Teddys waren ihr zu schäbig. Nur den Wecker und die Goldkette mit dem kleinen Herzen, die sie beide an ihrem zwölften Geburtstag von den Eltern geschenkt bekommen hatte, durfte sie mitnehmen. Nur diese beiden Dinge waren gut genug gewesen.

Alles, was ihr lieb und teuer gewesen war, hatte sie zurücklassen müssen. Ihr ganzes bisheriges Leben hatten Tante und Onkel ausradiert. Erbarmungslos.

Ediths Hände zitterten. Mit einem Fluch stand sie auf, um ihr Glas neu zu füllen.

Der Wecker und die Kette waren auch alles gewesen, was sie mitgenommen hatte, als sie das Haus von Onkel und Tante wieder verließ und zu Sebastian zog. Sie hatte sie immer noch. Sie hatte sie nur zusammen mit den Erinnerungen an die Zeit im Haus von Onkel und Tante irgendwo vergraben. So tief, dass sie sie nicht mehr finden konnte, damit sie vergessen konnte.

Weshalb um alles in der Welt erinnerte sie sich dann jetzt?

Der Deckel der Flasche fiel ihr aus der zitternden Hand. Als sie sich bückte, um ihn aufzuheben, fiel die Flasche um und ergoss ihren Inhalt auf den Küchenboden. Voller Zorn schmetterte Edith das leere Glas auf den Boden. Sie wünschte, der Boden wäre das Gesicht ihres Onkels oder ihrer Tante.

»Der Bericht der Spurensicherung ist da«, sagte Tobias, als Edith am nächsten Morgen das gemeinsame Büro betrat.

Dort war es gefühlt noch heißer als am Tag zuvor. Der Witterung angepasst, trug Tobias Jeans und ein schwarzes T-Shirt, auf dem eine Justitia prangte. Erst auf den zweiten Blick entdeckte Edith den Schriftzug darunter, der es als Merchandising einer Metal-Band entlarvte.

Ehe sie ihm eine Antwort geben konnte, stand er auf und

hielt ihr die Mappe hin, in der er gelesen hatte. »Wollen Sie auch einen Kaffee?«, fragte er.

Der Kaffee auf dem Revier war scheußlich. Trotzdem nickte Edith, während sie sich mit der Mappe auf ihren Stuhl sinken ließ. Ihre Beine fühlten sich an, als wären sie aus Blei, und ihre Augen, als hätte jemand Sand hineingestreut. Was kein Wunder war, sie hatte ja maximal drei Stunden geschlafen.

»Sie sehen aus, als hätten Sie genauso wenig geschlafen wie ich. Dachwohnung.« Tobias grinste vielsagend, ehe er das Zimmer verließ.

Verflixt, sah man ihr den Schlafentzug so deutlich an? Tobias wirkte neben ihr wie ein junger Gott. Mit einem Mal fühlte Edith sich alt und verbraucht.

Durch die offene Tür hörte sie Tobias' Stimme: »Milch, Zucker?«

»Schwarz«, sagte Edith.

Um sich abzulenken, schlug sie den Bericht der Spurensicherung auf. Sie hatte kaum die erste Seite überflogen, als Tobias wieder hereinkam und ihr eine Tasse Kaffee auf den Tisch stellte. Der Duft war überwältigend. Und so schmeckte er auch.

»Den habe ich heute gemacht. Edel Luxus Edition Arabica. Nur weil alle davon trinken, muss ich ja keinen Mist trinken.«

Wollte er ihr damit sagen, dass sie selbst dran schuld war, wenn sie jahrelang schlechten Kaffee getrunken hatte?

»Haben Sie schon gesehen – auf der zweiten Seite?« Tobias zeigte auf den Bericht.

»Nein. Sie hindern mich gerade daran.«

»Der Kerl ist vor über siebzig Jahren erschossen worden. Damit ist der Inhaber der Firma Seifert aus dem Schneider. Der ist nämlich neunzehnzweiundfünfzig geboren. Im gleichen Jahr hat sein alter Herr, Rudolf Seifert, übrigens die Firma Seifert GmbH gegründet.«

»Ich weiß.«

»Sie haben das auch schon recherchiert?«

»Nein, ich bin in Worms geboren.« Dass der alte Rudolf Seifert ihr Großvater war, musste Tobias nicht wissen. Es genügte, wenn Weingarten informiert war.

»Ach so. Und die Mordwaffe war wahrscheinlich ein Gewehr militärischen Ursprungs. Sagt die Spusi. Wegen der Größe des Einschusslochs. Und blättern Sie mal weiter. Dann wird es richtig spannend. Der Tote trug einen Ehering mit der Inschrift ›Cäcilia fünfzehnter Mai sechsunddreißig‹. Das müsste uns doch dabei helfen, seine Identität herauszufinden.«

»Na, dann viel Spaß auf dem Standesamt.«

Der Kaffee schmeckte verdammt gut. Trotzdem befriedigte es sie, Tobias auf Botengänge schicken zu können. Andererseits war es im Standesamt vielleicht kühler als hier.

»Ich habe gestern übrigens noch die Gelegenheit genutzt und ein paar Arbeiter befragt. Es gab tatsächlich eine Stelle in der Halle, die mit anderen Steinen gemauert worden war. Anscheinend existierte die schon recht lange, denn keiner konnte sich an irgendwelche Bauaktivitäten erinnern. Und unter den Befragten war ein Mann, der bereits seit neunzehnhundertsechzig in der Firma arbeitet.«

»Ich nehme an, Sie haben Ihre Befragungen ordentlich protokolliert.«

»Bisher noch nicht. Aber ich werde es selbstverständlich tun.«

Edith nahm noch einen Schluck Kaffee. »Sie haben also Ermittlungen auf eigene Faust angestellt.«

»Wie gesagt, ich war doch schon vor Ort, und da habe ich die Gelegenheit genutzt.«

»Haben Sie einen Kollegen mitgenommen?«
»Nein, natürlich nicht.«
»Jemanden informiert?«
»Nein.« Tobias wirkte nun endlich ein wenig verunsichert. Mit einem Knall stellte Edith die Tasse auf den Tisch. »Ich sage das nur ein einziges Mal. Keine Ermittlungen, ohne mich zu informieren. Keine. Haben Sie das verstanden? Sonst können Sie gleich um Ihre Versetzung bitten. Und glauben Sie nicht, dass Sie mich mit Luxus-Kaffeepulver einwickeln können. Das zieht bei mir nicht.«

»Schönes Gebäude«, sagte Tobias, als sie die Stufen zur Eingangstür des alten Standesamtes nahmen.

Edith zuckte mit den Schultern. Ihr war heiß. »Ist nicht das einzige in der Stadt. Und das, obwohl so viele historische Gebäude durch die Bombenangriffe der Alliierten zerstört wurden.«

»Stimmt. Daran hatte ich gar nicht gedacht.«

Die Tür schlug hinter ihnen zu. In dem sich anschließenden Flur war es deutlich kühler als draußen.

Edith steuerte eine Tafel an, auf der die Abteilungen aufgelistet wurden. »Melderegister. Erster Stock.« Sie tippte mit dem Finger auf das Wort. »Da sollten wir fündig werden.«

Die Stufen der alten Treppe waren von den vielen Füßen, die sie genommen hatten, ausgetreten. Sichtlich neugierig sah Tobias sich um, während sie die Treppe hochgingen. Dabei blieb sein Blick etwas zu oft an Edith hängen.

Sie ignorierte es, ging stur den Flur entlang, bis sie die Tür mit der Hinweistafel »Melderegister« fand. Ehe Tobias zu ihr aufschließen konnte, klopfte sie an.

Noch während von drinnen eine weibliche Stimme »Herein!« rief, trat Edith ein.

Eine dicke Frau Mitte dreißig saß hinter einem Schreibtisch und blies sich mit einem kleinen batteriebetriebenen Ventilator Luft ins erhitzte Gesicht. »Sprechstunde ist erst wieder morgen früh.«

»Kriminalpolizei, Kommissarin Neudecker. Und das ist mein Kollege Altmann.« Bei diesen Worten nickte Edith hinüber zu Tobias, der gerade die Tür schloss und dann neben sie trat.

Die Dicke seufzte und legte den Ventilator ab. »Womit kann ich Ihnen helfen?«

»Wir suchen die standesamtlichen Eintragungen aus dem Jahr neunzehnhundertsechsunddreißig.«

»Puh! Das könnte knifflig werden. Viele Bücher des Standesamtes sind beim Feuersturm im Februar fünfundvierzig verbrannt. Ich kann Ihnen die wenigen, die damals gerettet werden konnten, bringen lassen. Aber ich würde mir an Ihrer Stelle nicht zu viel davon versprechen.«

»Ich bitte darum, Frau ...« Edith blickte auf das Schild, das auf dem Schreibtisch stand. »... Hanten.«

»Gerne. Wenn Sie bitte hier warten würden. Ich muss ins Archiv.« Mit einem Ächzen stand die Dicke auf, watschelte um den Schreibtisch herum und verschwand durch die Nachbartür, einen Schlüssel in ihrer Hand.

Schweigend wartete Edith. Die Zeit zog sich wie Kaugummi. Sie konnte fühlen, wie Tobias sie anstarrte, als wollte er mit ihr reden, und wagte nicht, sie anzusprechen. Doch jedes Mal, wenn sie versuchte, seinem Blick zu begegnen, wich er ihr aus. Schließlich hielt sie es nicht mehr aus. »Was ist?«, fragte sie. »Hab ich einen Pickel auf der Nase?«

Einen winzigen Augenblick schien Tobias zu zögern, ehe er antwortete: »Was haben Sie eigentlich gegen mich? Habe ich irgendetwas falsch gemacht? Abgesehen von dem Motorrad.«

Sie musterte ihn kühl. »Sie meinen, abgesehen von Ihrem deplatzierten Outfit und Ihrer mangelnden Teamfähigkeit?«

Als müsste er sich beherrschen, nichts Falsches zu sagen, presste er die Lippen aufeinander. »Ich ...«, begann er.

In diesem Augenblick kam die Dicke wieder durch die Tür herein, durch die sie verschwunden war. Unter ihrem Arm trug sie zwei dicke Folianten, die sie mit einem Keuchen auf den Schreibtisch legte. »Hier, das ist alles, was ich finden konnte. Das sind die Monate ... Warten Sie einen Moment.« Sie schlug die erste Seite des einen Buches auf. »März und April. Und hier haben wir September und Oktober.«

»Kein Mai?«, fragte Edith.

Die Dicke schaute noch mal in das erste Buch, als könnte sich dessen Titel derweil geändert haben. »Nein, tut mir leid. Wenn Sie Einträge aus dem Monat Mai suchen, muss ich leider Fehlanzeige melden.«

»Und Sie sind sicher, dass Sie nichts übersehen haben«, fragte Tobias überflüssigerweise.

Schwitzend sah die Dicke auf. »Ja, das bin ich. Glauben Sie mir: Was wir haben, steht fein säuberlich sortiert im Archiv. Ich habe kein Buch übersehen.«

»Dann tut es mir leid für die Umstände, die wir Ihnen gemacht haben«, sagte Edith, während sie ein Lächeln auf ihr Gesicht zwang.

»Kein Problem«, erwiderte die Dicke, obwohl ihre Miene etwas anderes sagte. »Vielleicht versuchen Sie es mal bei den kirchlichen Registern.«

»Wie viele Kirchen gibt es in Worms?«, fragte Tobias, als sie die Stufen vor dem Gebäude hinabgingen.

Er sah sich schon mit Edith zehn verschiedene Kirchen in Worms abklappern. Das würde bis in den Abend dauern, und er hatte immer noch nicht alle Sachen ausgepackt. Auch die Lampen in seiner neuen Bleibe hatten noch russisches Design. Wobei ... inzwischen zweifelte er, ob er länger in Worms bleiben würde. Vielleicht hätte er für den Anfang lieber in einer Pension einchecken sollen, anstatt gleich umzuziehen. Andererseits, was hielt ihn denn noch in Koblenz?

»Eine Menge. Die Frage ist, wie viele haben noch Register aus dem Zweiten Weltkrieg.«

»Dann sollten wir vielleicht bei den ältesten anfangen.«

»Vor allen Dingen sollten wir uns aufteilen.«

Wunderbar! Dann musste er wenigstens nicht Ediths Anwesenheit während dieser sicherlich vollkommen unergiebigen Ermittlungen ertragen.

»Was ist mit Seifert?«, fragte er. »Sollten wir den nicht befragen? Er ist immerhin der Inhaber. Vielleicht ...«

»Ich wüsste nicht, was das bringen sollte«, unterbrach Edith ihn kühl.

Sie blockte schon wieder ab, sobald es um Seifert ging!

»Ich sehe nicht, was es uns bringen sollte, diese verdammten Kirchen abzuklappern. Es wäre ein ziemlicher Glückstreffer, wenn unsere Cäcilia ausgerechnet in einer der Kirchen geheiratet hat, die von diesem Feuersturm verschont wurde. Falls sie überhaupt kirchlich geheiratet hat.«

»Damals haben nahezu alle Leute kirchlich geheiratet.«

»Ja, aber Cäcilia könnte auch außerhalb von Worms geheiratet haben.«

»Fällt Ihnen noch was anderes ein als ›aber‹? Wenn Sie keine Lust haben, Ihre Arbeit zu tun, sagen Sie es einfach. Dann können Sie getrost zurück nach Koblenz gehen.«

»Gott verdammt!«, platzte es aus Tobias heraus. »Es geht nicht darum, dass ich meine Arbeit nicht machen will. Aber was wir hier gerade tun, kann genauso gut ein Kollege von der Streife übernehmen. Wir sollten mit dem Inhaber reden, anstatt hier unsere Zeit zu vertrödeln.«

»Ich sagte es bereits: Wenn Sie meine Ermittlungsmethoden anzweifeln, können Sie gern zurück nach Koblenz gehen.«

»Ich zweifle Ihre Ermittlungsmethoden nicht an! Den Inhaber zu befragen, ist das normale Vorgehen, und Sie weigern sich dagegen aus irgendwelchen fadenscheinigen Gründen. Als ... als ob Sie etwas zu verbergen hätten.«
Nachdem er es gesagt hatte, wünschte Tobias sich sofort, es ungeschehen zu machen.
Ediths Miene vereiste. »Nun, vielleicht wollen Sie mir dann erzählen, weshalb Sie sich nach Worms versetzen ließen.«

»Ich glaube nicht, dass Sie das etwas angeht«, schnappte Tobias.

Das fehlte noch, dass er diesem bissigen Terrier vom Tod seines Kollegen erzählte. Er konnte den Schuss wieder hören und biss sich auf die Lippen. Obwohl die Psychologin nach der letzten Sitzung erklärt hatte, er habe das Geschehen verarbeitet. Oder hatte er sie einfach nur gut genug angelogen, damit er wieder arbeiten gehen konnte? Gott verdammt, er wurde durch diese Geschichte nicht in seiner Arbeit beeinträchtigt. Er fragte sich vielmehr, durch welche Geschichte Edith in ihrer Arbeit beeinträchtigt wurde. Sie benahm sich, als hätte sie Angst, diesem Seifert zu begegnen. Als würde sie ihn kennen.

Vielleicht kannte sie ihn ja wirklich. Aber hätte Weingarten sie dann nicht von dem Fall abgezogen? Andererseits hatte Weingarten sie zu sich gerufen, um irgendetwas mit ihr zu besprechen. Vielleicht war es gar nicht nur um den Fall gegangen, sondern um Ediths Beziehung zu dem Fall. Verdammt! Was, wenn seine Vermutung stimmte und Edith Weingarten genauso gekonnt angeschmiert hatte wie er seine Psychologin? Wer würde schon gern einen Fall abgeben, in den er persönlich involviert war? Zumal, wenn der direkte Vorgesetzte gewillt schien, darüber hinwegzusehen.

»Nun, mir scheint vielmehr, dass Sie etwas vor mir zu verbergen haben«, entgegnete Edith bissig.

Tobias musste sich auf die Lippen beißen, um ihr keine Beleidigung an den Kopf zu werfen.

»Welche Kirchen soll ich abklappern?«, quetschte er endlich zwischen seinen zusammengebissenen Zähnen hervor.

»So viele, wie Sie heute noch schaffen. Ich gehe zurück zur Dienststelle und sehe nach, ob die Spusi irgendwelche Neuigkeiten für uns hat.«

Er wünschte sich, sie würde sich den Knöchel brechen, als sie zum Dienstfahrzeug stöckelte.

Als sie einstieg, fiel ihm etwas ein. »Hey, und wie soll ich zur Dienststelle zurückkommen?«

»Keine Sorge, wir haben ein gut ausgebautes Busnetz in Worms.« Edith lächelte. »Und zudem haben Sie ein paar Füße.«

Weshalb war sie so gemein zu Tobias gewesen? Edith verstand es immer noch nicht, als sie das Dienstfahrzeug vor dem Kommissariat abstellte. Er hatte recht. Was sie von ihm verlangte, war Arbeit für die Kollegen von der Streife. Und sie hatte ihn bei dieser Hitze auch noch ohne Fahrzeug zurückgelassen. Obwohl sie wusste, wie schlecht die Busverbindungen in Worms waren. Es würde sie nicht wundern, wenn er unverrichteter Dinge ins Kommissariat zurückkehre, um sie zur Rede zu stellen oder um eine Beschwerde bei Weingarten einzureichen.

Was hatte sie sich dabei nur gedacht? Was an ihm reizte sie derart, dass sie jeden klaren Gedanken vergaß und einfach nur noch auskeilte wie eine bissige Stute? Lag es daran, dass er so verflucht gutaussehend und nett war, oder daran, dass er ihr einfach zu nah kam? Nähe hatte sie noch nie vertragen. Das hatte Sebastian schon gesagt. »Kalter Fisch« hatte er sie genannt. Und dann war er fremdgegangen, mit ihrer Freundin Katrin. Als ob das eine mit dem anderen zu tun hätte. Gott, was quälte sie sich eigentlich noch mit Gedanken an Sebastian? Sie waren schon lange geschieden! Nur ihr Nachname erinnerte sie noch an ihn. Aber dieser Nachname war immer noch besser als ihr Geburtsname, denn der erinnerte sie nur an ihren unseligen Onkel. Und damit an Dinge, die sie lieber vergessen wollte.

Jahrelang hatte sie die Erinnerungen an den Onkel vergraben. Tobias war einen Tag da, und schon kehrte er alles aus den Ecken ihres Unterbewusstseins heraus. Oder tat sie ihm damit unrecht? War es nicht eigentlich der Fall, der daran schuld war?

Sie ging die Treppen hinauf, tappte wie im Schlaf zu ihrem Schreibtisch und ließ sich in den Schreibtischsessel fallen. Der Duft von Kaffee trieb sie zur Kaffeemaschine. Obwohl der Kaffee bereits ein paar Stunden alt war, duftete er immer noch verführerisch, und er schmeckte auch so. Edel Arabica Edition. Edith schüttelte den Kopf, während sie das Kaffeepaket an seinen Platz zurückstellte. Eigentlich war Tobias doch gar nicht so übel.

Mit dem Kaffeebecher in der Hand ging sie zurück zu ihrem Schreibtisch und schaltete den Computer an. Nach einem Moment des Zögerns wählte sie die Nummer der Kollegen von der Streife.

»Neudecker hier«, meldete sie sich. »Bitte holen Sie den Kollegen Altmann ab, und bringen Sie ihn zum Kommissariat. Und klappern Sie die Kirchenregister ab. Wir suchen Details zu einer kirchlichen Eheschließung mit einer Cäcilia vom fünfzehnten Mai sechsunddreißig.«

Tobias schwieg, seit er zurückgekehrt war. Es war leicht zu durchschauen, dass er Arbeit vortäuschte, nur um nicht mit ihr sprechen zu müssen. Edith konnte es ihm nicht verdenken.

Der Tag zog sich. Sie hatte das Whiteboard mit den Informationen gefüllt, die sie bisher hatten. Dennoch war es immer noch bemerkenswert leer. Was kein Wunder war, denn sie hatten so gut wie keine Informationen zu diesem Fall.

Als das Telefon klingelte, war sie froh darüber, dass die Stille gestört wurde.

»Gürkan hier«, meldete sich eine männliche Stimme.

Edith kannte den Kollegen Gürkan, der bei der Streife Dienst tat. Der junge türkischstämmige Mann war immer eifrig und meldete sich zu jedem freiwilligen Dienst. Es wunderte sie nicht, dass er ihren Auftrag angenommen hatte.

»Neudecker, hallo. Haben Sie schon Ergebnisse?«

»Leider nicht. Ich meine, also, ich habe alle Kirchen in Worms abgeklappert, aber es gab nirgendwo eine Cäcilia, die am fünfzehnten Mai sechsunddreißig geheiratet hat. Und auch nicht an den Tagen davor oder danach. Soll ich noch die Kirchen im Umland abklappern?«

Edith versprach sich nicht viel davon. »Ja, machen Sie das. Und danke.«

»Kein Problem. Ich melde mich wieder, sobald ich Neuigkeiten habe.« Dann legte er auf.

Als sie den Hörer auflegte, drehte Tobias sich zu ihr um.

»Nichts«, sagte Edith. »Der Gebissabdruck hat auch nichts erbracht. Keine der Zahnarztpraxen hat noch Unterlagen aus dem Zweiten Weltkrieg.«

Tobias schwieg und kehrte ihr wieder den Rücken zu.

Sackgasse. Sie hatte keine Ideen mehr.

Als Tobias' Schreibtischstuhl quietschte, hob Edith den Kopf.

»Was, wenn wir einen Aufruf in der Zeitung machen, ob jemand etwas über den Ring weiß?«
»Im Wormser Tageblatt?«
Er nickte.
»Und wie stellen Sie sich das vor? Im Zusammenhang mit einem Leichenfund bitten wir um sachdienliche Hinweise zu einem Ring mit der Inschrift blablabla?«
»So ähnlich.«
»Das ist doch Quatsch.«
»Mag sein, aber haben Sie eine bessere Idee?«
»Ist das die übliche Vorgehensweise in Koblenz?«
»Ehrlich gesagt, hatten wir einen derartigen Fall noch nie in Koblenz. Aber fällt Ihnen etwas Besseres ein? Anwohner zu befragen, scheidet wahrscheinlich aus. Wer uns was erzählen könnte, ist inzwischen wohl leider verstorben. Oder schlagen sie eine Séance vor?«
Edith schnaubte leise. »Ist *das* üblich in Koblenz?«
»Natürlich. Wenn unser Medium nicht krank wäre, würde ich sie anrufen.«
Ein Scherz? Edith sah Tobias zweifelnd an.
»Sorry, aber mir fällt nichts Besseres ein. Wäre doch zumindest eine Chance. Also, der Zeitungsaufruf. Nicht die Séance.«
»Natürlich«, sagte Edith.
»Also?«
»Einverstanden. Kümmern Sie sich darum.« Irgendein kleines Erfolgserlebnis musste sie ihm gönnen an diesem Tag, den sie ihm so gründlich vermiest hatte.

3

Dezember 1946, Fritz Wolter

Wormatia Worms hatte gewonnen. Fritz hatte sogar das Tor vorbereitet, das sie zum Sieg geführt hatte. Das Tor hatte natürlich Norbert geschossen. Norbert war einer der besten Stürmer, die Fritz kannte. Der war so gut, dass er eigentlich in der ersten Liga spielen sollte. Nicht in der Oberliga Südwest.

Die Umkleidekabine füllte sich mit den dreckigen Spielern, die nach Erde, Schweiß und kalter Luft rochen. Ein kleiner Kohleofen in der Ecke versuchte vergeblich, den Raum mit Wärme zu füllen. Lachen ertönte. Schultern wurden geklopft.

»Das war ein fantastischer Pass«, lobte Willi ihn. Er war nicht der Erste. Auch Rolf, Rudolf und Werner hatten ihm schon auf die Schultern geklopft, ihn umarmt und gelobt. Fritz wusste gar nicht, was er sagen sollte bei so viel Aufmerksamkeit.

»Schauen wir mal, ob mir das beim nächsten Spiel auch gelingt.«

»Na, das will ich doch hoffen«, erwiderte Willi. »Wir wollen doch gewinnen.«

Das war ein schöner Traum, der aber sehr wahrscheinlich nie Realität werden würde. Immerhin, Wormatia Worms behauptete einen Platz im oberen Drittel. Das war schon etwas, worauf sie stolz sein konnten.

Fritz zog das dreckige Hemd, die ebenso dreckigen Hosen und die völlig verschlammten Schuhe aus. Mit dem Handtuch, das Cäcilia ihm mitgegeben hatte, rieb er sich so fest ab, dass er zum einen sauber und ihm zum anderen warm wurde.

»Kommst du mit?«, fragte Rolf. »Wir wollen noch einen trinken gehen.«

Kurz dachte Fritz an Cäcilia.

»He, wir müssen doch feiern!« Willi stieß gegen seine Schulter.

Die Freunde hatten ja recht. Ein Bier hatte er sich nach diesem Spiel in der eisigen Kälte verdient.

»Na klar«, sagte Fritz leichthin, obwohl es überhaupt nicht klar war. Aber vielleicht ergab sich so eine Gelegenheit, mit Willi zu reden.

Er packte die verschlammten Kleider und Schuhe in seine Tasche und schlüpfte in den Trainingsanzug, die frischen Schuhe und den dicken Pullover, die in seinem Spind lagen.

»Bis gleich!«, rief Rolf von der Tür.

Rudolf und Werner folgten ihm. Die Umkleidekabine war inzwischen nahezu leer. Fritz war mit Willi der letzte. Das war die Gelegenheit, auf die er gewartet hatte.

»Willi, hör mal, ich wollte dich was fragen«, begann er.

»Na, dann frag!« Willi rubbelte sein Gesicht und seine Haare ab und feuerte das Handtuch in seine Tasche.

Willi war auch verheiratet und hatte zwei Kinder. Wenn einer ihn verstand, dann er.

»Ich brauch Kohlen«, platzte Fritz heraus. »Meine Frau und meine Kinder frieren. Die Kohleration reicht gerade so, um den Ofen den ganzen Tag zu befeuern. Aber richtig warm wird es eigentlich nie, und jetzt ist Alois auch noch krank. Er hustet schon seit zwei Wochen, und es wird nicht besser.«

»Und du meinst, ich könnte dir helfen?«

»Cäcilia hat mir erzählt, dass es bei euch immer warm ist.«

Willi seufzte und ließ sich auf die Bank fallen. »Ja, wir haben genug Kohle. Aber ...«

»Was aber?« Fritz erschrak darüber, wie barsch seine Stimme klang.

Willi sah ihn an. »Ich würde dir gern was abgeben. Aber was mach ich, wenn die anderen fragen?«

»Ich schwöre es dir: Von mir wird niemand was erfahren.«
Warum nur fühlte sich dieses Versprechen so falsch an?
Willi seufzte. »Ich schau, was ich tun kann. Aber versprechen kann ich dir nichts. Es ist schon mühsam genug, die Kohle von den Amis zu organisieren. Wenn ich zu viel verlange, kriege ich am Ende womöglich gar nichts mehr.«
»Danke!« Fritz bot Willi seine Hand.
»Ich sagte schon, ich kann nichts versprechen.«
»Du versuchst es. Das genügt mir«, erwiderte Fritz.

»Komm schon! Hör auf dich zu zieren!«
Sebastians schwerer Körper lag auf ihr und hinderte sie am Atmen. Seine Hände befummelten sie, waren überall. Edith zitterte. Ihr war auf einmal übel.
»Lass mich los«, quetschte sie abgehackt hervor.
»Hab dich doch nicht so!«
Seine Hand fand ihre Brust, massierte sie. Schweiß tropfte von seinem Kinn in ihr Gesicht.
»Ich sagte, lass mich los!«
Edith schaffte es endlich, die Arme zwischen sich und ihn zu bringen.
»Halt doch mal endlich still! Du bist meine Frau!«
»Hau ab!«
Sie drückte den Unterarm gegen seinen Kehlkopf. Sebastian hustete, Edith spürte, wie sein Körper an Spannung verlor. Sie nutzte die Gelegenheit und stieß ihn von sich. Mit einem Satz sprang sie aus dem Ehebett. Auf der Suche nach einer Waffe fand sie nur die Nachttischlampe, deren Fuß aus drei Steinen bestand, und packte sie, zum Schlag bereit.
»Wag es nicht, mich noch einmal anzufassen!«
Immer noch hustend setzte Sebastian sich auf. »Sonst? Willst du mir etwa drohen, du frigide Schlampe?«
Sebastians Gesicht wurde auf einmal zu dem ihres Onkels.

Ediths Hand zitterte. »Nein«, würgte sie hervor.
»Komm«, sagte der Onkel und streckte die Hand nach ihr aus. Der raue Verputz der Wand drückte sich in Ediths Rücken. Sie spürte Tränen in ihren Augen. Die Nachttischlampe war fort. Sie war allein. Niemand würde ihr helfen. Allein mit dem Onkel, der auf sie zukam und seine Hand auf ihre Schulter legte. »Du musst keine Angst haben. Ich bin doch dein Onkel. Ich bin für dich da.« Dabei strich seine Hand von ihrer Schulter über ihre Brust.

Edith glaubte zu ersticken. Schweißgebadet wachte sie auf. Ein Keuchen kam aus ihrem Mund. Irgendwo miaute eine Katze.

Verdammter Traum! Genügte es, dass ihr Onkel wieder in ihr Leben trat, damit die Erlebnisse von damals sie wieder quälten? Sie hatte alles fein säuberlich in ihrem Innern vergraben. Alles war gut gewesen. Kein Onkel. Kein Sebastian. Kein Mann, der ihr zu nahe kommen konnte. Keine furchtbaren Träume.

Weshalb war jetzt alles wieder da? So lebendig, als wäre es erst gestern gewesen. Sie hatte es so satt! Warum hatte sie geglaubt, dass sie diese Erlebnisse aus ihrem Leben verbannen konnte? Fort, für immer. So wie die Männer, die sie gequält hatten, aus ihrem Leben verschwunden waren. Weshalb waren sie jetzt zurück? Genügte etwa allein die Erwähnung des Onkels, damit sie wieder von ihm träumte? Oder war Tobias daran schuld, der seine Männlichkeit so offen zur Schau trug wie ein Aushängeschild und damit all ihre Alarmglocken zum Schrillen brachte? Mochte sie ihn deshalb nicht?

Was für ein Mist!

Sie stand auf, öffnete die Schlafzimmertür, fand den Kater, der miauend zu ihr aufsah. Sie bückte sich, gönnte ihm ein paar Streicheleinheiten und tappte im Dunkeln in die Küche. Der Kater folgte ihr, lief ihr zwischen die Beine, während sie zum Kühlschrank ging und die Tür öffnete. Ihre Hand zitterte, als sie zum Orangensaft griff und den Tetrapak an die Lippen hob. Der Saft war so kalt, dass es in der Kehle schmerzte, als sie ihn hinunterstürzte.

Der Kater miaute immer noch. Natürlich, Max hoffte immer, dass etwas zum Fressen für ihn abfiel, wenn sie in der Küche war. Sie öffnete ein Paket Nassfutter und drückte ihm den Inhalt in seinen Napf. Der Kater stürzte sich darauf, als wäre er am Verhungern.

»Vielfraß«, tadelte sie ihn leise, während sie ihm über den Rücken strich.

Langsam ließ sie sich neben dem Kater auf die kühlen Fliesen sinken. Letzte Nacht hatte das auch funktioniert. Unter ihrer streichelnden Hand begann er zu schnurren, während er sein Futter in sich hineinschlang.

Das leise Vibrieren beruhigte ihre Nerven. Das Zittern ließ langsam nach.

Sie war nicht darüber hinweg, begriff sie. Egal, was sie sich die ganzen Jahre vorgemacht hatte. Sie war nicht darüber hinweg. Sie würde nie darüber hinwegkommen, solange sie nicht dazu bereit war, sich ihren Ängsten zu stellen.

Wieder sah sie den Onkel vor sich, wie er die Hand nach ihr ausstreckte.

Aber sie war keine dreizehn mehr. Sie war erwachsen. Sie war Polizeibeamtin. Und sie konnte ihren neuen Kollegen mitnehmen. Sie war nicht allein. Ihr Onkel konnte ihr nichts tun.

Und wenn Tobias sie im Stich ließ? Sie kannte ihn nicht. Er war nicht Martin Keller. Er war ein Fremder, den sie bisher nur angegiftet hatte. Wie sollte sie sich darauf verlassen, dass er ihr beistand? Sie erinnerte sich daran, wie sie Weingarten gegenübergesessen hatte.

»Meine Ermittlungen werden ganz sicher nicht durch verwandtschaftliche Gefühle behindert«, hatte sie ihm erwidert. Aber das war eine Lüge, auch wenn sich die Wahrheit mit »verwandtschaftliche Gefühle« kaum umschreiben ließ. Ja, Tobias hatte recht. Sie mussten ihren Onkel befragen. Und sie wich der Konfrontation aus, weil ... weil sie Angst davor hatte, den verdammten Dreckskerl wiederzusehen. Genau so war es. Und sie war endlich dazu bereit, es sich einzugestehen. Ihre Kehle war auf einmal wie zugeschnürt. Sie griff nach der Orangensaftpackung und leerte sie in einem Zug.

Max war fertig mit Fressen und stieß den dicken Kopf gegen ihre Hand. Wie ein Automat stellte sie den Tetrapak auf den Boden und begann, den Kater zu streicheln. Das leise Schnurren war magisch.

»Okay«, sagte sie zu dem Kater. »Du meinst also, ich soll es tun?«

Der Kater kletterte auf ihren Schoß und stieß den Kopf gegen ihr Kinn.

Mit geschlossenen Augen streichelte Edith den warmen Katzenkörper, der sie mit durchdringendem Schnurren belohnte.

Sie war Polizeibeamtin. Sie hatte alles im Griff. Und sie wollte verdammt sein, wenn sie sich wegen irgendwelcher Erinnerungen in ihrer Arbeit behindern ließ. Sie war eine gute Kommissarin, sie hatte die beste Aufklärungsquote der Dienststelle. Sie würde sich das nicht durch ihren Onkel nehmen lassen.

Das wäre, als würde er gewinnen. Und das konnte sie nicht zulassen.

»Guten Morgen.«
Bildete sie sich das ein, oder klang Tobias' Stimme auch nicht annähernd so fröhlich wie am Tag zuvor?
»Guten Morgen!«
Tobias hob nicht einmal den Kopf, als sie sich setzte.
»Gibt es Kaffee?«
Sie hatte den verlockenden Duft der Arabica Sonderedition bereits gerochen, als sie die Tür öffnete. Aber irgendetwas musste sie sagen, um mit Tobias ins Gespräch zu kommen.
»In der Kanne.«
Mehr nicht.
Sie stand auf, bediente sich und ergötzte sich an dem Geruch, während sie mit der gefüllten Tasse an ihren Schreibtisch zurückkehrte. Ihr Blick fand den leeren Eingangskorb.
»Irgendwelche Neuigkeiten von der Spusi?«
»Nope.«
Sie hatte auch nicht wirklich daran geglaubt.
»Hat sich jemand auf unseren Aufruf gemeldet?«
»Negativ. War wohl doch keine so gute Idee.«
»Aus meiner Sicht die beste, um herauszufinden, wer unser Opfer ist.«
»Wir könnten zum Bauamt fahren und uns die Pläne der neuen Halle ansehen.«
Edith nahm einen großen Schluck Kaffee. Er beruhigte ihre Nerven fast so gut wie das Schnurren von Max.
»Schon okay«, sagte Tobias. »Wenn Sie der Meinung sind, dass uns das nicht voranbringt, geh ich alleine.«
»Nein ...«
Mit regloser Miene drehte Tobias sich zu ihr um. »Auch wenn Sie die Dienstältere sind, heißt das noch lange nicht, dass ich nach Ihrer Pfeife tanzen muss. Ich bin immer noch meinem Gewissen verpflichtet. Und wenn ich der Meinung

bin, dass ich einer Spur nachgehen will, dann tue ich das. Und das bedeutet nicht, dass ich deswegen Ihre Kompetenz anzweifele. Es bedeutet nur, dass ich andere Prioritäten setze oder vielleicht eine andere Meinung habe. Und gerade unterschiedliche Meinungen können einem Team zugutekommen.«

Edith fühlte sich geohrfeigt. Behutsam stellte sie die Tasse auf ihren Schreibtisch.

»Ich will Sie nicht davon abhalten.«

»Schön. Dann sehen wir uns später.«

Damit stand er auf und griff nach den Schlüsseln des Dienstfahrzeugs. Er trug zwar wieder Jeans, aber an diesem Tag ein rein schwarzes Shirt ohne Band-Merchandising. Die blonden Haare waren trotz der frühen Uhrzeit zerzaust und leicht verschwitzt.

»Warten Sie einen Moment. Bitte.«

Er gehorchte und blickte abwartend auf sie herab.

»Vielleicht sollten wir die Prioritäten anders setzen und zuerst mit Herrn Seifert sprechen.«

Tobias' Mund öffnete sich und schloss sich wieder. Seine Hand ballte sich um den Schlüsselbund.

Edith stand auf. »Hören Sie! Ich ... Ich war unausstehlich zu Ihnen gestern. Die Hitze, der Fall und dann noch die Zuteilung eines neuen Partners, ohne mich zu informieren ... Das war einfach zu viel.«

»Schon gut. Sie müssen sich nicht entschuldigen.«

»Doch, das muss ich, denn ich habe meine schlechte Laune an Ihnen ausgelassen, und das tut mir leid. Wären Sie dazu bereit, gestern zu vergessen und heute einen neuen Anfang zu machen?«

Nach einer Sekunde des Zögerns, in der er seine Lippen befeuchtete, antwortete er: »Einverstanden.«

Es klang nicht so, als käme es von Herzen. Sondern vielmehr, als würde er schlicht die Notwendigkeit einsehen, dass sie sich vertragen mussten, wenn sie künftig zusammenarbeiten wollten. Aber das sollte ihr vorerst genügen. Mit Martin Keller hatte sie auch keine Vertrautheit genossen.

Edith lächelte. »Wollen wir dann zuerst zu Herrn Seifert fahren? Also, nachdem ich meinen Kaffee getrunken habe.«

Als Edith den weißen Bungalow ihres Onkels sah, fröstelte sie trotz der Hitze. Sie hätte anrufen sollen, mahnte sie sich. Aber hätte sie das getan, dann hätte sie niemals den Mut aufgebracht, hierherzukommen.

Tobias stieg bereits aus dem Auto und sah sich fragend nach ihr um. Nach einem tiefen Atemzug zog sie den Schlüssel ab und folgte ihm. Die Stufen hinauf zur Haustür wirkten wie ein unüberwindbarer Berg. Dennoch gelangte sie schneller nach oben, als sie gehofft hatte. Tobias betätigte die Klingel, ehe sie sich bereit fühlte.

Ihr Herz hämmerte gegen ihren Brustkorb. Vielleicht war ja niemand da. Vielleicht …

Die Tür öffnete sich. Eine junge Frau blickte sie an, die Edith nicht kannte.

»Ja, bitte?«

Tobias zückte seinen Dienstausweis. »Kriminalpolizei. Mein Name ist Tobias Altmann, und das ist meine Kollegin Edith Neudecker. Wir ermitteln in einem Mordfall und wollen mit Herrn Seifert sprechen. Ist er da?«

»Herr Seifert? Ja, einen Moment. Wenn Sie warten möchten.«

Sie ließ sie eintreten, schloss die Tür hinter ihnen und eilte davon. Im Haus war es angenehm kühl, Edith fror in dem weißen Flur nach der Hitze im Auto. Es hatte sich nichts verändert. Die weißen Fliesen und die weißen Wände hatten zusammen mit der sparsamen Möblierung den Charme eines Krankenhauses.

Wie lange war es her, seit sie das letzte Mal hier gewesen war? Siebzehn Jahre. Am Tag ihres achtzehnten Geburtstages war sie ausgezogen, ohne eine eigene Wohnung zu haben. Sie war bei Sebastian eingezogen, eine der dümmsten Entscheidungen in ihrem Leben. Und trotzdem bereute sie die Entscheidung nicht, denn sie hatte damals einfach nur alles hinter sich lassen wollen, und das war ihr ja auch gelungen – trotz Sebastian. Warum nur hämmerte dann ihr Herz, als wollte es zerspringen, wenn sie an die Zeit im Haus ihres Onkels dachte?

»Herr Seifert lässt bitten.« Die Stimme des Dienstmädchens erwischte Edith eiskalt.

Das Mädchen lächelte sie an und eilte pflichtschuldig voraus. Edith wusste bereits nach wenigen Schritten, was ihr Ziel war: Das Büro des Onkels im Erdgeschoss neben dem Treppenaufgang ins Obergeschoss. Edith wurde übel.

Auch hier hatte sich nichts verändert. Die Fliesen und Wände waren immer noch weiß. Der Onkel thronte hinter dem Schreibtisch aus Chrom und Glas. Selbst der aschgraue Teppich, auf dem der Besprechungstisch aus Glas und die Freischwinger aus Chrom und schwarzem Leder standen, war noch da. Als Edith den Onkel sah, fühlte sie kalten Schweiß auf der Stirn.

Er war älter geworden. Aus den distinguierten grauen Schläfen war ein grauer Schopf geworden. Wie früher trug er einen grauen Anzug mit Krawatte. Legere Kleidung kannte er nicht.

»Edith! Was verschafft mir das Vergnügen?«

Weder bot er ihnen einen Stuhl an, noch ein Glas Wasser, trotz der tropischen Hitze. Edith würgte an der Enge in ihrer Kehle.

»Ich bin dienstlich hier. Mordermittlungen. Es geht um die Leiche des Unbekannten, die bei den Abrissarbeiten auf deinem Gelände gefunden wurde.«

»Ich fürchte, dass ich dazu keinerlei Auskunft geben kann. Weder weiß ich, wer der Mann ist, noch wie er zu Tode gekommen ist oder was er in meiner Halle zu suchen hatte.«

Tobias mischte sich ein. »Anhand der Spuren gehen wir davon aus, dass die Leiche sich hinter einer Mauer verbarg, die aus anderen Steinen bestand als der Rest der Halle. Können Sie uns dazu etwas sagen, Herr Seifert?«

»Ja, ich erinnere mich an dieses Mauerstück. Es wirkte, als wäre die Mauer mit anderen Steinen ausgebessert worden.«

»Und Sie haben sich nie gefragt, ob sich etwas dahinter befinden könnte?«

»Weshalb sollte ich? Mein Vater wird einen guten Grund gehabt haben, die Mauer auszubessern. Zudem war nicht ersichtlich, dass sich dahinter möglicherweise ein geheimer Raum oder dergleichen verbergen könnte. War das alles?«

Raus! Edith wollte nur noch fort. Ehe die Wände sich auf sie stürzten und sie unter sich begruben.

»Danke, ja, das war alles«, platzte sie heraus. »Entschuldige, dass wir dich belästigt haben.« Ohne eine Antwort abzuwarten, wandte sie sich zum Gehen.

Doch als sie die Tür des Büros öffnete, stand die Tante davor. Adrett wie immer, die von grauen Strähnen durchzogenen aschblonden Haare kunstvoll hochgesteckt, sie trug ein puderfarbenes Kostüm, das aussah, als wäre es gehäkelt, aber sicherlich eine Unsumme gekostet hatte.

»Edith! Dass du dich hierher traust nach allem, was geschehen ist!« Die mit zartrosa Lippenstift geschminkten Lippen verzogen sich zu einem missbilligenden Strich.

Edith biss die Zähne aufeinander, um die Antwort, die ihr auf der Zunge lag, nicht laut hinauszuschreien.

»Du undankbares Stück! Dein Onkel und ich haben damals die Verantwortung auf uns genommen, dich großzuziehen. Und wie dankst du es uns? Indem du sang- und klang-

los unser Haus verlässt, um dich dem nächstbesten Mann in die Arme zu werfen. Und nicht genug damit, verklagst du uns auch noch, weil wir dir angeblich dein Erbe gestohlen hätten. Was bildest du dir eigentlich ein, du schamloses Ding!«
Ediths Kehle war zu eng, um zu antworten. Ihre Hände ballten sich zu zitternden Fäusten, und sie malte sich aus, wie ihre Faust den hässlichen geschminkten Mund traf. Immer wieder, bis Blut auf den Boden tropfte.
Plötzlich stand Tobias neben ihr. »Ich glaube nicht, dass persönliche Ressentiments an diese Stelle gehören.«
»Und wer sind Sie?«, konterte die Tante. »Ein neuer Liebhaber? Unmöglich! Kannst du dir nicht einmal einen Mann mit Format aussuchen, anstatt immer nur diese Jüngelchen ohne Stil und Verstand. Allein wie er herumläuft. Edith ...«
»Sie verkennen die Situation.« Tobias zückte seinen Dienstausweis. »Kriminalpolizei. Mein Name ist Tobias Altmann. Frau Neudecker und ich sind hier, um Ihren Mann im Zuge einer Mordermittlung zu befragen. Können Sie irgendetwas dazu beitragen, Frau Seifert?«
Die blassblauen Augen der Tante irrten von Tobias zu Edith und dann wieder zurück zu Tobias. »Mein Mann hat ganz gewiss nichts mit einem Mord zu tun. Was erlauben Sie sich ...«
»Es handelt sich um rein routinemäßige Ermittlungen«, unterbrach Tobias die Tante. »Bei den Abrissarbeiten der alten Halle wurde eine Leiche gefunden. Da Ihr Mann Eigentümer der Halle ist, müssen wir ihn selbstverständlich befragen. So weit ich mich erinnern kann, hat niemand von uns irgendwelche Verdächtigungen gegenüber Ihrem Mann ausgesprochen. Ich frage Sie daher noch einmal, ob Sie uns irgendetwas dazu sagen können, Frau Seifert.«

»Ganz sicher nicht!«, schnappte die Tante. »Wie können Sie es wagen, mich zu verdächtigen?«

»Wie ich bereits sagte, handelt es sich um reine Routinefragen, die wir von Amts wegen stellen müssen. Niemand verdächtigt Sie oder Ihren Mann. Also: Können Sie uns irgendetwas dazu sagen, Frau Seifert?«

»Nein, das kann ich selbstverständlich nicht. Wie kommen Sie darauf, dass ich ...«

»Gut«, unterbrach Tobias sie erneut. »Da Sie anscheinend nichts zu unseren Ermittlungen beitragen können, würden wir uns nun verabschieden.«

Tobias steckte den Dienstausweis wieder in seine Hosentasche und hielt der Tante stattdessen eine Visitenkarte unter die Nase. »Falls Ihnen oder Ihrem Mann noch etwas einfallen sollte, was uns weiterhelfen könnte, scheuen Sie sich bitte nicht, uns zu informieren. Guten Tag!« Er schaffte es sogar, ein Lächeln auf sein Gesicht zu zaubern, als er der Tante die Visitenkarte in die Hand drückte.

Edith wartete nicht, bis ihre Tante sich von Tobias oder gar von ihr verabschieden konnte. Um keinen Preis der Welt wollte sie die Hand dieser Hexe schütteln müssen. Mit schnellen Schritten stürmte sie aus dem Zimmer hinaus und durch den langen weißen Flur Richtung Haustür.

Als sie auf die Straße trat, konnte sie endlich wieder durchatmen. Es war, als fiele eine Tonnenlast von ihr ab. In der Hitze ließ das Zittern langsam nach.

Sie hatte nicht geahnt, wie sehr ihre Tante sie hasste. Nein, sie machte sich schon wieder etwas vor. Sie hatte nicht geahnt, wie sehr ihr die Vergangenheit immer noch zusetzte und sie behinderte. Vielleicht sollte sie den Fall doch besser abgeben.

Irgendwie schaffte es Tobias, sich in aller Form von Frau Seifert zu verabschieden. Selten hatte er sich so erleichtert gefühlt, ein Haus verlassen zu können. Dass Edith versucht hatte, dieser Konfrontation auszuweichen, konnte er verstehen. Ihm wäre es nicht anders gegangen. Umso höher sollte er es ihr anrechnen, dass sie sich letztlich doch zu dem Besuch durchgerungen hatte.

Mit festen Schritten eilte Tobias an der Seifert vorbei nach draußen. Er fand Edith neben dem Dienstfahrzeug. Ihre Hände zitterten immer noch.

»Es tut mir leid.« Er hatte sie nicht so sehen wollen. »Mir scheint, Sie äh ... kennen die Seiferts.«

Edith wischte sich mit einer zitternden Hand über das Gesicht. »Herr Seifert ist mein Onkel. Er hatte acht Jahre die Vormundschaft über mich, nachdem meine Eltern bei einem Unfall gestorben waren. Seit meinem achtzehnten Geburtstag hatte ich keinen Kontakt mehr mit ihm. Es besteht also keine Gefahr, dass ich ihn bei unseren Ermittlungen bevorzuge – falls Sie das befürchten.«

»Warum haben Sie mir das nicht gleich gesagt?«

»Weil ich keine Lust dazu hatte, meine Probleme vor Ihnen auszubreiten.«

»Weiß Weingarten ...«

»Selbstverständlich weiß Weingarten Bescheid, und dass er mich nicht von dem Fall abgezogen hat, beweist, dass er mir vertraut. Es besteht kein Grund, seine Entscheidung anzuzweifeln. Ich werde meinen Onkel garantiert nicht vor einer Anklage schützen.«

Nach dem, was Tobias gerade erlebt hatte, befürchtete er eher das Gegenteil: dass Edith alles tun würde, um ihren Onkel an die Justiz auszuliefern. Mit welchen Beweisen auch immer. Notfalls würde sie vielleicht sogar etwas erfinden. Es hätte ihn wirklich brennend interessiert, wie es zu dem Zerwürfnis zwischen Edith und ihren Verwandten gekommen war. Ob dieses Erbe, von dem Frau Seifert gesprochen hatte, involviert gewesen war?

»Das bezweifle ich auch gar nicht«, sagte Tobias. »Aber Sie hätten mich informieren müssen. Wir sind Partner. Wie soll ich Ihnen vertrauen, wenn Sie mich nicht in alles einweihen?« Andererseits: War er so viel besser als sie? Hatte er ihr denn seine Leichen im Keller gezeigt?

Mit hartem Blick aus eisgrauen Augen starrte Edith ihn an. »Ich wüsste nicht, weshalb ich Sie einweihen sollte, wenn Weingarten es nicht getan hat. Und wenn Sie andeuten wollen, dass meine Vergangenheit die laufenden Ermittlungen behindern könnte, dann weise ich das entschieden zurück. Das werde ich nicht zulassen.«

Ob sie Weingarten das Gleiche versichert hatte? Im sicheren Büro hatte Edith das wahrscheinlich überzeugender vorbringen können. Und nach dem, was er nun wusste, fiel es Tobias schwer, nicht zu glauben, dass Edith Weingarten dazu überredet hatte, ihre Vergangenheit vor ihm zu verschweigen.

»Was hat es mit diesem Erbe auf sich, von dem Ihre Tante gesprochen hat?«

Edith schnaubte. »Mein Großvater hatte die Firma zu gleichen Teilen an meinen Vater und meinen Onkel vererbt. Als mein Vater starb, wurde ich zum Mündel meines Onkels. Da ich an dem Erbe kein Interesse hatte, ließ ich ihm den Anteil meines Vaters überschreiben.«

»Ihre Tante sagte, Sie hätten Ihren Onkel verklagt, weil er sich Ihr Erbe angeeignet hätte.«

»Meine Tante hatte schon immer Probleme mit der Realität. Ja, es gab Streit um das Erbe, und ich lenkte schließlich ein und ließ den Anteil, den ich geerbt hatte, an meinen Onkel überschreiben. Die ganze Sache war sehr unschön, es gab eine Menge Streit. Aber ich wollte raus aus dem Haus meines Onkels und auf eigenen Füßen stehen. Ich habe keine Ahnung, wie meine Tante auf die Idee kommt, ich hätte sie verklagen wollen. Das ist absurd.«

Tobias räusperte sich. »Ich wollte damit nicht unterstellen, dass ich Ihnen nicht glaube. Wenn hier Ihr Wort gegen das Ihrer Tante steht, dann glaube ich Ihnen und nicht Ihrer Tante, das ist doch klar. Sie scheint ... äh, na ja, nennen wir es mal ... ›besonders‹ zu sein. Und es steht mir auch nicht zu, nach dem Grund zu fragen. Ich kann gut verstehen, wenn Sie sie einfach nicht wiedersehen wollten und sich deshalb geweigert haben, Herrn Seifert zu befragen.«

Trotzdem hätte er sehr gern gewusst, was damals vorgefallen war. Der Streit ums Erbe schien nicht alles gewesen zu sein.

Ediths Miene vereiste ein weiteres Mal. »Ich gebe zu, dass gewisse Bedenken eine Rolle spielten. Aber ich versichere Ihnen, dass das nicht noch einmal vorkommen wird.«

Tobias zögerte. Was Edith sagte, klang ehrlich. Es schien, als hätte sie ihre Lektion gelernt.

»Ich will diesen Fall«, fuhr sie fort. »Ich will wissen, wer dieser Tote ist. Ich muss es wissen. Diese Lagerhalle gehörte meinem Großvater. Und ich will verdammt sein, wenn ich nicht herausfinde, wie die Leiche da hineingekommen ist.«

»Und wenn Ihr Großvater involviert war?«

»Dann ist es meine Pflicht, das ans Tageslicht zu bringen. Und es dürfte Ihnen mittlerweile klar sein, dass ich kein Interesse daran habe, meinen Onkel vor einem Skandal zu schützen.«

Ganz sicher nicht, davon war Tobias überzeugt.

»Ab jetzt keine Geheimnisse mehr. Ihr Wort darauf, dass Sie mich einweihen, wenn es irgendetwas gibt, was ich wissen sollte?« Tobias bot ihr seine Hand, damit sie einschlagen konnte.

Im gleichen Augenblick wurde ihm klar, dass das auch ihn betraf und dass er ihr dann auch endlich reinen Wein einschenken musste. Ihr von Jürgen erzählen musste, seinem Partner.

Edith musterte ihn einen Augenblick zu lange, ehe sie endlich einschlug. »Mein Wort darauf.« Ihre Hand war eiskalt.

Weshalb nur hatte er das verdammte Gefühl, als leistete er gerade einen Meineid?

Weil er log. Weil er eben nicht dazu bereit war, mit Edith seine Geheimnisse zu teilen. Wenn er es jetzt nicht tat, würde es zu spät sein.

»Gut«, sagte Edith. »Dann fahren wir als nächstes zum Bauamt.«

4

Im Büro des Beamten vom Bauamt war es genauso heiß wie im Kommissariat. Edith lief der Schweiß zwischen den Brüsten hinunter, während sie die Papierpläne studierte, die Josef Husch ihnen herausgesucht hatte.

Der Beamte war so verhuscht, wie sein Name es andeutete. Wie eine Maus auf der Flucht vor der Katze. Als hätte er Angst. Edith fragte sich, ob das nur seine Natur war oder ob er tatsächlich Angst vor irgendjemandem hatte. Ersteres bezweifelte sie, und deshalb hätte sie gerne gewusst, vor wem Husch Angst hatte.

»Hier, sehen Sie.« Husch zeigte auf die Karte. »Das ist die alte Halle in der Textorstraße. Die Halle, die abgerissen wurde. Die drei kleineren Gebäude auf der gleichen Straßenseite sind Wohnhäuser. Bis auf das hier …« Er zeigte auf das mittlere der drei Häuser.»… sind sie unbewohnt.«

»Und diese drei Häuser müssen also ebenfalls abgerissen werden?«, fragte Tobias.

»Exakt.«

»Und was ist mit den Leuten, die da noch leben?«

»Oh, Herr Seifert hat ihnen eine großzügige Entschädigung versprochen.«

»So, hat er das.« In Tobias' Stimme schwang ein Hauch von Sarkasmus mit. »Und was halten die Bewohner von der großzügigen Entschädigung? Finden die sie auch großzügig?«

Husch richtete sich auf. »Ich kenne die Höhe der Entschädigung nicht. Und es geht mich auch nichts an. Wenn Sie Näheres wissen wollen, müssen Sie die Bewohner des betroffenen Hauses fragen.«

Tobias seufzte. »Das war nicht meine Frage. Ich ...«
Edith hatte das Herumgeeiere von Husch satt. »Mein Kollege wollte wissen, ob die Bewohner des Hauses dazu bereit sind, diese Entschädigung anzunehmen?«
»Nun, das weiß ich in der Tat nicht. Ich weiß nur, dass es angeblich Probleme gibt. Eine alte Dame, die dort lebt, will wohl das Haus nicht verlassen. Altersstarrsinn, vermute ich.«
»So«, sagte Tobias. Wieder konnte Edith den versteckten Sarkasmus heraushören. »Vielleicht fällt es ihr einfach nur schwer, das Haus zu verlassen, in dem sie groß geworden ist.«
»Ich habe keine Ahnung, ob Frau Schmitt dort groß geworden ist. Da werden Sie sie selbst fragen müssen. Aber sie war ja nicht die Einzige, die gegen das Projekt eingestellt war.«
»Und was hat das alles mit den Problemen zu tun, die es wegen der Hallenerweiterung im Stadtrat gab?«, mischte Edith sich erneut ein. Aus welchen Gründen diese Schmitt ihr Haus nicht verlassen wollte, war ihr letztendlich gleichgültig. Vielmehr interessierte sie, weshalb der Stadtrat so lange gegen dieses Projekt gewesen war.
»Oh, das!« Husch sah sich in seinem Büro um, als fürchtete er, jemand könnte sie belauschen. Nach einem Räuspern beugte er sich vor und senkte seine Stimme. »Das Gelände um die Textorstraße ist Gewerbemischgebiet. Sie sehen ja die vielen anderen Wohnhäuser, die es dort noch gibt. Die Halle der Firma Seifert hatte sozusagen Bestandsschutz, da sie bereits vor der Ausweisung zum Gewerbemischgebiet existierte. Aber durch die Erweiterung und durch den Abriss der drei Wohnhäuser wird der Grundsatz des Gewerbemischgebiets etwas überstrapaziert. Es gab Stimmen im Stadtrat, die der Meinung waren, dass durch die Hallenerweiterung das Gewerbemischgebiet seinen Charakter als solches verliert.

Wenn Sie mich fragen, kann ich diese Bedenken durchaus nachvollziehen. Wir, ich meine, die Bauabteilung, haben das durchaus ähnlich gesehen. Weshalb der Bürgermeister dann letztendlich für das Projekt gestimmt hat, kann ich Ihnen nicht sagen.« Er räusperte sich und sah sich erneut im Büro um, als befürchtete er, die Wände hätten Ohren.

Bestechung. Das war das Erste, was Edith dazu einfiel. Und Husch tat gut daran, sich zu vergewissern, dass sie niemand belauschte. Es war sicher besser für ihn, wenn Bürgermeister Mayer nichts von ihrem Gespräch erfuhr. Wenn sie das dem Onkel nachweisen konnte, dann ...

»Sie hatten erwähnt, dass Frau Schmitt nicht die Einzige war, die gegen die Hallenerweiterung war. Wer war denn noch dagegen?«

Wie konnte Tobias nur nach dem Offensichtlichen fragen? Der Stadtrat natürlich, das hatte Husch doch bereits gesagt. »Dieser Bieler, Matthias heißt er mit Vornamen. Das müssen Sie doch mitbekommen haben. Es gab ja sogar eine Demonstration wegen der Hallenerweiterung, für die dieser Bieler verantwortlich war.«

»Es gab eine Demo deswegen?«, fragte Tobias belustigt.

»Wegen der denkmalgeschützten Häuser, die abgerissen werden sollen.«

»Moment mal, die drei Häuser da stehen unter Denkmalschutz?«

Husch nickte eifrig. »Habe ich das nicht erwähnt? Das war der zweite Punkt, weshalb meine Abteilung ein Problem in der Hallenerweiterung sah. Es dreht sich dabei um dieses Eckgebäude und die Halle selbst. Das Wohnhaus stammt aus der Gründerzeit; leider ist es sehr schlecht erhalten und könnte nur unter erheblichem Aufwand restauriert werden. Deshalb entschied man sich gegen eine Sanierung.«

»Und die Halle?«, fragte Edith nach.

»Es gab Gespräche im Kulturamt, die Halle zum Industriedenkmal zu erklären. Aber die Baugenehmigung ist dem zuvorgekommen.«

Wenn ihr Gespür sie nicht trog, dann waren sie da ganz nebenbei auf eine Riesenschweinerei gestoßen, und ihr Onkel steckte mittendrin. Wenn das kein Grund zum Feiern war!

»Dieser Bieler«, mischte Tobias sich ein. »Was ist das für ein Typ?«

Husch zuckte mit den Schultern. »Soweit ich informiert bin, hat er Kontakte zur rechten Szene. Mehr kann ich Ihnen wirklich nicht sagen.«

»Danke«, sagte Edith. »Das war mehr, als wir erwarten konnten. Bitte kommen Sie morgen ins Revier, damit wir Ihre Aussage zu Protokoll nehmen können.«

Husch fielen fast die Augen aus dem Kopf. »Protokoll?«

»Natürlich«, erwiderte Tobias. »Gibt es damit irgendwelche Probleme?«

»Nein, nein«, beeilte Husch sich zu antworten. »Natürlich nicht. Wann soll ich vorbeikommen?«

Der alte Mann zitterte vor Angst. Er konnte sie förmlich riechen, während der ausgemergelte Körper sich am Boden vor ihm wand.

»Wer sind Sie?«, ächzte der Alte.

Der Wichser kannte ihn nicht einmal. Nach all dem, was der Mistkerl getan hatte, wusste er nicht einmal, wer vor ihm stand.

Es war, als würde eine rote Decke sich auf ihn legen. Da war auf einmal nichts mehr in ihm außer Zorn und Wut und Hass. Er trat zu, fühlte den Widerstand des ausgezehrten Körpers, hörte das Stöhnen. Der Geruch von Urin lag plötzlich in der Luft, und Nässe breitete sich im Schritt des alten Mannes aus. Der Alte winselte.

Die erbärmlichen Laute stachelten ihn nur noch mehr an. Er trat wieder zu und wieder. Bis das Winseln auf einmal endete. Der Alte starrte aus glasigen Augen zu ihm auf. Elendig verreckt war er. Aber der Dreckskerl hatte es verdient. Da war kein Entsetzen oder Schreck in ihm, nur Genugtuung. So gut hatte er sich noch nie gefühlt.

Und jetzt? Nein, das konnte noch nicht alles gewesen sein. Ein Mahnmal wollte er setzen. Die anderen Dreckskerle daran erinnern, dass sie genauso schuldig waren wie dieser erbärmliche Abschaum. Damit sie vor Angst zitterten, bis er sie ebenfalls richtete. Denn er war kein Mörder, er sorgte nur für Gerechtigkeit. Ein Richter und Henker war er. Der Henker von Worms.

Eine Idee setzte sich in ihm fest. Er konnte die Leiche sehen, wie er sie verstümmelt am Rhein ablegte. Die Nachricht, die er ans Wormser Tageblatt schicken würde.

O ja, so würde er es machen. Er freute sich schon auf den Bericht in der Zeitung, der sicher auf der ersten Seite prangen würde. Der endlich dafür sorgen würde, dass er die Beachtung fand, die er verdiente.

»Du undankbares Gör!« Die schrille Stimme der Tante klingelte in Ediths Ohren. »Wir haben dich ernährt und großgezogen. Wir waren für dich da, haben dir Kleider gekauft und dir jeden Wunsch erfüllt, den du hattest. Und du nennst uns egoistische Rabeneltern und gierige Kapitalisten? Was fällt dir eigentlich ein?«

Die Tante sah aus, als sei sie einem Modemagazin entsprungen. Aber ihr Keifen zerstörte den gediegenen Eindruck.

»Scheiß auf die Kleider«, schrie Edith zurück. »Scheiß auf deine Armbänder und Ketten. Da!« Sie zerrte das Armband aus Sterlingsilber von ihrem Handgelenk und warf es der Tante vor die Füße. »Euer Reichtum geht mir am Arsch vorbei. Stopf es dir sonst wohin!«

»Du …«, kreischte die Tante und hob die Hand zum Schlag.

»Schlag mich doch! Das ist immer noch besser als deine Scheiß-Gleichgültigkeit. Ich war dir doch nur im Weg bei deiner Selbstverwirklichung als Modepuppe. Sei doch froh, wenn ich gehe! Dann hast du das Haus endlich wieder für dich, und du kannst jeden Tag deine eingebildeten Schnepfen einladen, ohne dass deine missratene Nichte dich dabei stört.«

»Das nimmst du zurück!«

»Was? Dass du Angst davor hast, dass ich dich blamieren könnte? Aber das ist doch alles, was du mir beigebracht hast. Dass ich peinlich bin und missraten und euch nicht genüge. Oder habe ich da irgendwas falsch verstanden?«

»Ruhe«, mischte der Onkel sich ein.

Ediths Herzschlag beschleunigte sich. Ihre Handflächen wurden feucht.

Plötzlich stand er vor ihr. Zu nah. Der raue Verputz des Hauses bohrte sich in Ediths Rücken. Der Onkel streckte die Hand nach ihr aus.

»Komm«, sagte er und legte die Hand auf ihre Schulter. »Dreh dich einfach um, und beug dich vor. Das kannst du doch tun für deinen Onkel, nicht wahr?«

Sie gehorchte. Ihr Atem flog, sie bekam kaum noch Luft. Kleidung raschelte. Irgendwo klingelte es. Wenn sie sich nicht wehrte, ging es schnell vorbei. Das Klingeln wiederholte sich, wurde laut und schrill. Ediths Knie zitterten. Sie wartete auf die neuerliche Berührung. Wieder klingelte es.

Verdammt, das war ihr Handy!

Schlaftrunken drehte sie sich auf die andere Seite und tastete im Dunkeln nach dem Telefon. Endlich fand sie es. Revier, las sie von der Anzeige. Ihre Finger zitterten so sehr, dass sie es erst im dritten Anlauf schaffte, den Anruf anzunehmen.

»Neudecker.« Sie bekam kaum Luft, so flach und schnell ging ihr Atem.

»Hier ist Altmann. Wir haben eine Leiche am Hungerstein. Wissen Sie, wo das ist?«

Der Hungerstein – das war dieser Stein, der im Hungerwinter 1947 in den Rhein gelegt worden war. Sie hatte gerade vor ein paar Tagen in der Zeitung gelesen, dass er aufgrund der lang anhaltenden Hitzewelle trocken lag.

»Rheindürkheim«, nuschelte sie.

»Gut. Ich komme mit dem Dienstfahrzeug zu Ihnen, und Sie navigieren mich hin. Bis gleich!« Es tutete. Tobias hatte aufgelegt, ehe sie etwas erwidern konnte.

Stöhnend machte Edith das Licht an. Zeit, um sich frisch zu machen oder gar einen Kaffee zu trinken, durfte sie sich abschminken. Sie konnte froh sein, wenn sie fertig angezogen und gekämmt war, bis Tobias da war.

Ihre Hände zitterten immer noch, als sie in den Hosenanzug schlüpfte. Das Festnetztelefon klingelte, aber sie ließ es klingeln. Zum Telefonieren hatte sie jetzt keine Zeit. Mit flauem Gefühl im Bauch suchte sie im Schrank nach einer frischen Bluse, während eine Männerstimme etwas auf das Band sprach. Sie hatte gerade ihre Haare in einem halbwegs sauberen Pferdeschwanz verstaut, als es an der Haustür klingelte.

Im Vorbeigehen aktivierte sie den Anrufbeantworter und sammelte Handy, Schlüssel und Portemonnaie ein. Die Stimme des Onkels erwischte sie eiskalt. Ihre Knie wurden weich.

»Hier ist dein Onkel. Ich möchte dich aus gegebenem Anlass daran erinnern, dass du der Übertragung deines Firmenanteils auf meinen Namen zugestimmt hast. Vergiss das nicht! Ich möchte ungern einen Anwalt einschalten, um deine schmutzige Wäsche in der Öffentlichkeit auszubreiten.«

»Hier«, sagte Tobias, als sie zu ihm in den Wagen stieg, und drückte ihr einen Pappbecher in die Hand. Kaffeeduft stieg ihr in die Nase. Sie schaffte es, sich mit einer Hand anzuschnallen, da fuhr Tobias auch schon los.

»Wohin?«, fragte er.

»Da vorne rechts auf die Hauptstraße. Ist der für mich?« Tobias grinste sie kurz an. »Für wen sonst? Sie scheinen ihn brauchen zu können. Sie sehen aus wie ein Zombie. Schlecht geschlafen?«

»Die Hitze«, wehrte Edith ab und nippte am Kaffee. Der würzige Geschmack weckte ihre Lebensgeister. »Danke«, fügte sie hinzu.

»Gerne.«

Tobias nahm die Ludwigstraße nach Norden. Es war bemerkenswert viel Verkehr für die frühe Tageszeit.

»Was haben wir denn?«, fragte Edith.

»Ein alter Mann. Liegt auf dem Hungerstein. Mehr wissen wir bisher noch nicht. Wohin jetzt?«

»Weiter bis zum Kreisel und die Mainzer Straße nach Norden. Dann können wir beim Industriegebiet Nord auf die B neun wechseln.«

Tobias schien sich besser auszukennen, als er Edith hatte glauben lassen.

»Wie heißt das Opfer denn?«

»Keine Ahnung. Vielleicht kann uns die Spusi schon mehr sagen, wenn wir dort sind.«

Der Rest der Fahrt verlief schweigend. Dankbar trank Edith den Kaffee, der mit jedem Schluck den unseligen Traum immer unwirklicher erscheinen ließ. Als sie Rheindürkheim erreichten, wirkte es, als sei sogar die Nachricht des Onkels nur Teil eines lange vergessenen Traums.

An der Straßenkurve am Rhein entdeckte Edith schon von Weitem das Fahrzeug der Spurensicherung. Wortlos parkte Tobias den Dienstwagen daneben. Ediths Kaffee war leer, sie stellte den Becher in den Becherhalter der Mittelkonsole, ehe sie ausstieg. Trotz des frühen Morgens war es bereits viel zu warm. Auch dieser Tag drohte heiß zu werden.

Sie folgte Tobias, der den Weg nach Norden nahm und hinter dem Baum über die Leitplanke stieg, um zur Absperrung zu gelangen, die die Spusi direkt am trockengefallenen Ufer des Rheins angebracht hatte. Innerhalb des Flatterbandes lag die Leiche eines alten dürren Mannes mit weit ausgebreiteten Armen auf einem größeren, mit Algen überwucherten Stein. Als Edith unter dem Band hindurchkroch und sich über die großen Steine näherte, erkannte sie, dass er einen karierten Männerschlafanzug trug.

Tobias hatte sie überholt und kniete bereits neben der Leiche im Dreck. »Bleiben Sie, wo Sie sind. Nicht nötig, dass Sie sich auch noch schmutzig machen.«

»Okay, was haben wir?«, fragte Edith die Pathologin Florence Amberger, die zielstrebig auf sie zukam.

»Das Opfer ist Werner Eckert, neunundachtzig Jahre alt. Dem Zustand der Leiche nach zu urteilen, ist er am gestrigen Abend zwischen zweiundzwanzig und dreiundzwanzig Uhr zu Tode gekommen.«

»Werner Eckert? *Der* Werner Eckert?«

»Wenn Sie den Senior-Inhaber des Autohauses Eckert meinen – ja, genau der.«

Tobias gesellte sich zu ihnen. »Lassen Sie mich raten. Er ist nicht hier ermordet worden.«

»Korrekt«, erwiderte die Pathologin. »Das Opfer ist an anderer Stelle zu Tode gekommen und wurde anschließend hierhergebracht. Darauf weisen die Leichenflecken hin, die wir gefunden haben. Die Todesursache kann ich erst nach der Obduktion mit Sicherheit bestimmen, aber im Moment tippe ich auf einen Herzinfarkt infolge äußerer Einwirkungen. Die Leiche weist jede Menge Blutergüsse am Torso auf, als wäre das Opfer getreten worden.«

»Sie wollen damit sagen, der Mann wurde so sehr misshandelt, dass er an seinen Verletzungen starb, und anschließend hier zur Schau gestellt?« Denn wie anders sollte man es nennen, wenn jemand die Leiche wie einen Käfer mit ausgebreiteten Armen auf dem Hungerstein drapierte.

»Wenn Sie es so umschreiben wollen – ja«, sagte die Pathologin. »Aber es gibt noch eine Besonderheit, und die ist, nun ja, äußerst delikat.«

»Hat es mit seinem Mund zu tun?«, fragte Tobias.

Die Pathologin nickte. »Dem Opfer wurde post mortem die Zunge entfernt. Wir fanden sie auf seiner Brust.«

»Fuck«, sagte Tobias, »wer macht denn so was? Ich meine, welcher normal denkende Mensch tritt jemanden zu Klump, schneidet ihm dann die Zunge raus und stellt ihn schließlich zur Schau? Das ist ja tiefstes Mittelalter!«

Wollte hier etwa irgendein geistig Verwirrter die mittelalterliche Rechtsprechung imitieren?, wunderte er sich.

Edith runzelte die Stirn. »Vielleicht will uns der Täter damit etwas sagen oder uns auf etwas hinweisen.«

»Und worauf? Dass der Alte Dreck am Stecken hat?«

»Klingt gar nicht so dumm«, erwiderte Edith. »Aber wenn der Täter tatsächlich auf irgendwelche Missstände hinweisen wollte, die das Opfer zu verantworten hat, dann müsste er sie auch artikulieren. Ansonsten hätte seine Tat keinen Sinn.«

»Sie meinen, er hätte einen Zettel mit einer Anklageschrift hinterlassen müssen?«

»Das oder ... Oder er nutzt öffentliche Medien, um die Schuld des Opfers zu belegen.«

Tobias massierte sich das Kinn. »Shit. Dann hätten wir es aber mit einem ziemlich durchgedrehten Zeitgenossen zu tun.«

»Schlimmer«, sagte Edith. »Wir müssten damit rechnen, dass weitere Morde folgen.«

Tobias schwitzte auf einmal. »Sie meinen, der Kerl wird sich weitere Übeltäter aus Worms suchen und diese sozusagen hinrichten?«

»Falls meine Analyse stimmt, dann steht das zu befürchten.«

Tobias zog eine Grimasse. »Na, dann hoffe ich, dass Sie sich ausnahmsweise irren.«

»Danke«, sagte Edith.

»Wofür?«

»Dass Sie der Meinung sind, dass ich mich selten irre.«

Tobias grinste breit. »Sie haben die beste Aufklärungsquote. Das habe ich nicht vergessen.«

Verdammt, statt gut Wetter bei Edith zu machen, sollte er ihr endlich reinen Wein einschenken. Das war er ihr verdammt noch mal schuldig, nachdem sie ihm gegenüber so ehrlich gewesen war. Sie waren Partner, wie sollten sie je ein Team werden, wenn sie sich nicht vertrauten?

»Edith, ich ...«

In diesem Augenblick kam ein Streifenpolizist auf sie zugeeilt. »Kommissarin Neudecker, gut, dass ich Sie finde. Wir haben erste Ergebnisse aufgrund der Befragung der Anwohner.«

»Nur zu«, sagte Edith. »Aber darf ich vorher bekannt machen? Das ist Kollege Gürkan, mein neuer Partner Tobias Altmann.«

Hätte der eifrige Polizist namens Gürkan nicht fünf Minuten später kommen können?, ärgerte sich Tobias. Nachdem er Edith erzählt hatte, weshalb er sich hatte versetzen lassen?

Gürkan nickte ihm zu. Pflichtschuldig nickte er zurück.

»Dann lassen Sie mal hören«, forderte Tobias Gürkan auf.

Der zappelte schon vor Ungeduld, um seine Informationen endlich loszuwerden. »Wir haben die Anwohner der Häuser direkt an der Kurve befragt. Wenn irgendjemand den Toten da runtergebracht hat, hätten die am ehesten was sehen können.«

»Und?«

»Leider Fehlanzeige. Das heißt, die alte Frau, die dort wohnt ...« Gürkan zeigte auf die Hausnummer vier. »... hat ausgesagt, dass sie ein Fahrzeug gehört hat. Es war schon dunkel, also nach zweiundzwanzig Uhr. Sie meint, dass es fast schon Mitternacht gewesen sei, kann aber keine genaue Uhrzeit nennen. Sie hatte das Fenster in ihrem Schlafzimmer geöffnet wegen der Hitze und hörte einen PKW, der in der Nähe hielt. Nach fünf oder zehn Minuten fuhr das Fahrzeug wieder weg. Das könnte der Täter gewesen sein.«

Die Uhrzeit passte, überlegte Tobias.

Edith kam ihm zuvor. »Nehmen Sie die Aussage zu Protokoll, und hören Sie sich weiter um. Vielleicht hat ja doch jemand das Fahrzeug gesehen, sodass es zu einer Fahndung reicht.«

»Jawohl!« Gürkans dunkle Augen leuchteten bei dem Wort, als habe man ihm gerade ein Geschenk gemacht. Es fehlte nur noch, dass er strammstand oder salutierte. Dann eilte er davon.

»Ganz schön eifrig, der Kollege Gürkan«, meinte Tobias.

Mit einem Hauch von Stolz in der Stimme erwiderte Edith: »Er ist einer unserer Besten. Wenn Gürkan nichts herausfindet, dann tut es niemand.«

»Dann sollten wir uns als nächstes die Wohnung des Opfers anschauen. Nach einem kleinen Frühstück. Oder haben Sie etwas dagegen einzuwenden?«

Vielleicht würde Tobias dabei ja Gelegenheit finden, Edith alles zu erzählen.

Edith war froh, dass sie das Frühstück nicht abgelehnt hatte. Sie waren in einer Filiale der ortsüblichen Bäckereikette direkt an der Abfahrt der B9 eingekehrt. Die Auswahl war üppig und der Kaffee gut – wie in allen Filialen –, auch wenn es so voll gewesen war, dass sie sich nicht unterhalten konnten. Zum einen war nun ihr Magen angenehm gefüllt, was die leichte Übelkeit vertrieb, die ihr seit dem Aufstehen zu schaffen machte, und zum anderen fand die Spusi auf diese Weise die notwendige Zeit, vor ihnen die Spuren zu sichern. Die Wohnung oder besser gesagt das Haus des Opfers lag im alten Villenviertel von Worms. Es handelte sich um eine kleine Villa im Jugendstil vom Beginn des 20. Jahrhunderts, die hinter einem schmiedeeisernen Zaun innerhalb eines parkähnlichen Gartens lag.

»Ganz schön nobel hier«, kommentierte Tobias, als er mit dem Wagen die Einfahrt hinauffuhr.

Das Fahrzeug der Kriminaltechnik war schon vor Ort. Die Haustür stand offen. Im Vergleich zu dem vertrockneten Gras am Ufer des Rheins waren die Rosen, der Rasen und der Buchs im Garten saftig grün. Ein deutlicher Beweis, dass hier jemand bereit war, viel Geld zu investieren.

Edith fühlte sich, als würde sie in einen Backofen treten, als sie aus dem halbwegs klimatisierten Auto stieg. Sie beeilte sich, ins Haus zu gelangen. Tobias folgte ihr etwas langsamer.

Wortlos sah sie sich um. Der Flur führte zu einem großzügigen Esszimmer, an das ein noch großzügigeres Wohnzimmer angrenzte. Dort hatte die Spusi bereits kleine Schildchen am Boden verteilt. Edith fand Blutspuren auf dem blassblauen Nepal-Teppich, der das Wohnzimmer einnahm. Die Vase, die auf dem Wohnzimmertisch gestanden haben musste, lag zerschellt neben dem Tisch, ein verwelkter Strauß inmitten der Scherben. Die große Tür, die auf eine weite

Terrasse mit südländischen Kübelpflanzen und schweren Gartenmöbeln aus Holz führte, stand offen.

»Ist der Täter dort hereingekommen?«, fragte Tobias einen Mitarbeiter der Spusi und zeigte auf die Terrassentür.

»Bisher deutet alles darauf hin«, erwiderte der Mann.

»Hallo, Walter«, begrüßte Edith ihn.

»Edith.« Walter lächelte knapp.

»Walter Koch«, stellte Edith ihn vor. »Und das ist mein neuer Kollege Tobias Altmann. Was kannst du uns noch erzählen?«

»So, wie es aussieht, ist das Opfer hier zu Tode gekommen. Wir haben Blutspuren auf dem Teppich und Spuren eines Kampfes gefunden.« Walter deutete auf die Blutflecken und die Scherben der Vase.

»Fingerabdrücke?«, wollte Tobias wissen.

»Jede Menge. Aber wir müssen sie natürlich erst mit dem Opfer abgleichen. Es scheint jedoch, dass der Täter sich über die offen stehende Terrassentür Zutritt verschafft hat und vom Opfer dabei ertappt wurde. Daraufhin kam es zum Kampf. Ob etwas fehlt und es sich daher um einen Raubüberfall handelt, können wir zum derzeitigen Ermittlungsstand noch nicht sagen.«

»Ist das alles?«, fragte Edith.

»Im Moment ja. Sobald wir fertig sind, erhaltet ihr unseren Bericht. Aber frühestens morgen Vormittag. Vorher schaffen wir das nicht.«

»Kein Problem«, sagte Edith. »Wir haben bis dahin noch genug zu tun. Hatte das Opfer auch ein Büro?«

Walter nickte. »Auf der anderen Seite des Hauses. Sieht so aus, als hätte das Opfer dort gearbeitet, als der Täter ins Haus eindrang.«

»Danke.« Edith nickte Walter zu und folgte dessen ausgestrecktem Arm. Tatsächlich fand sie gegenüber der Esszimmertür eine weitere Tür, die in ein riesiges Büro führte. Auf dem überdimensionierten Schreibtisch aus dunklem schwerem Holz lagen diverse aufgeschlagene Aktenordner. Einzelne Blätter waren herausgenommen und zu mehreren Stapeln sortiert. Ein wenig verschämt stand am Rand des Schreibtisches ein Computermonitor. Unter dem Tisch entdeckte Edith einen Stand-PC.

»Kein Laptop«, sprach Tobias aus, was Edith dachte. »Ziemlich old-fashioned.«

Sie zuckte mit den Schultern. »Vielleicht wurde der Laptop gestohlen.«

»Und weshalb hat der Einbrecher dann keine der Akten mitgenommen?«

Mit gerunzelter Stirn studierte Edith die Papiere, die zuoberst lagen. Es handelte sich um Abrechnungen der Werkstatt, die an das Autohaus angeschlossen war.

»Das sind Abgasuntersuchungen«, sagte Edith. »Was der Alte wohl mit diesen Rechnungen wollte?«

Tobias hob eine der Rechnungen auf und studierte sie, ehe er sie wieder auf ihren Platz zurücklegte. Er hatte sich vorschriftsmäßig einen Einweghandschuh übergezogen. »Ziemlich teuer für eine ASU, wenn Sie mich fragen.«

Als Edith genauer hinsah, bemerkte sie, dass es nicht nur ASU-Rechnungen waren, die da lagen, sondern auch noch die anscheinend dazugehörigen Prüfberichte. »Können Sie etwas damit anfangen?«, fragte sie und deutete auf die Prüfberichte.

Tobias schüttelte den Kopf. »Passe. Darum muss sich die Spusi kümmern. Aber mein Bauch sagt mir, dass es nicht um überteuerte ASUs ging.«

5

Januar 1947, Rolf Mayer

Er war nicht blöd. Rolf hatte mit eigenen Augen gesehen, wie Fritz abends im Dunkeln Kohle auf einem Karren nach Hause gebracht hatte. Und diese Kohle hatte Fritz garantiert nicht von der Verteilerstelle. Denn die machte bereits um 17 Uhr zu. Die Umkleidekabine leerte sich an diesem Donnerstagabend schnell. Es hatte angefangen zu schneien, und jeder der Spieler wollte wohl so schnell wie möglich nach Hause, ehe der Schnee noch höher wurde. Der Wirt des Vereinsheims würde heute nichts verdienen.

Rolf hatte seine Tasche bereits gepackt. Er hatte sich beeilt, damit er Fritz abpassen konnte, wenn dieser fertig war. Endlich war es soweit. Fritz rief noch kurz »Bis nächste Woche!« in die Runde, dann nahm er seine Tasche und stapfte Richtung Ausgang.

Er war kaum durch die Tür verschwunden, als Rolf ihm folgte. Der Schnee lag draußen derweil schon wadenhoch. Keuchend beschleunigte Rolf seine Schritte, um zu Fritz aufzuschließen. Sein Atem hing als Wolke in der eisigen Luft. Zu Hause würde es wenig wärmer sein.

»Hallo, Rolf!«, sprach Fritz ihn an. »Hast es wohl eilig, zu deiner Frau zu kommen. Wann ist es denn soweit?«

»In zwei Monaten. Aber die Lisbeth ist krank. Die hustet sich die Seele aus dem Leib, das ist nicht gut für das Kind, sagt der Arzt.«

»Das tut mir leid. Ich hoffe, deine Lisbeth wird bald wieder gesund.«

»Wir haben keine Kohle. Deshalb ist die Lisbeth krank.«

»Das tut mir leid«, sagte Fritz.
Rolf blieb kurz stehen und biss sich auf die Lippe. Der Schmerz half ihm, klar zu denken. Mit zwei schnellen Schritten holte er auf und packte Fritz' Arm. »Aber ihr habt Kohle.«
Nun blieb auch Fritz stehen. »Ja, und?«
»Halt mich nicht für dumm. Ich weiß, dass du deine Kohle nicht von der Verteilerstation hast.«
»Wo sollte ich sie sonst herhaben?«
»Keine Ahnung. Aber ich hab gesehen, wie du einen Karren voller Kohle spät abends heimgebracht hast. Da hatte die Verteilerstation schon lange zu.«
»Ich wurde aufgehalten.«
»Lüg mich nicht an! Ich dachte, wir sind Freunde.«
»Ich lüg dich nicht an. Ich wurde aufgehalten. Mehr nicht. Woher sollte ich denn sonst Kohle herhaben?«
»Keine Ahnung, und es ist mir auch egal. Aber meiner Lisbeth geht's wirklich nicht gut. Ich hab Angst, verdammt! Verstehst du das nicht? Soll ich einfach zusehen, wie sie stirbt – und das Baby noch dazu? Was würdest du tun, wenn es deine Cäcilia wäre?« In seiner Verzweiflung war Rolf immer lauter geworden. Seine Augen brannten auf einmal in der Kälte. »Fritz, bitte!«, fügte er leiser hinzu. »Ich weiß nicht mehr, was ich machen soll. Die Lisbeth weint sich die Augen aus. Ich muss doch irgendetwas tun! Verstehst du das denn nicht?«
»Doch«, sagte Fritz. »Doch, das verstehe ich. Aber ich habe ein Versprechen gegeben.«
»Was für ein Versprechen?«
»Niemandem zu erzählen, woher ich die Kohle habe.«
Rolf stierte an Fritz vorbei in den immer dichter fallenden Schnee. »Verstehe«, sagte er, obwohl er es nicht verstand.
»Gut, ich frag nach. Ob du auch Kohle haben kannst. Ist das in Ordnung?«

Verschämt wischte Rolf sich über das Gesicht. »Das wäre schwer in Ordnung«, antwortete er. *Mit belegter Stimme fügte er hinzu:* »Danke!«

Der schicke Bungalow von Ralf Eckert, dem Sohn des Opfers, stand in krassem Gegensatz zum Haus des Vaters. Große Glasflächen, helle Oberflächen, minimalistischer Stil und ein weitläufiger Garten mit geraden Linien waren das exakte Gegenstück zu der Gründerzeitvilla mit den alten Dielenböden, den alten Holzmöbeln und dem leicht verwilderten Landschaftsgarten des Opfers.

Edith fühlte sich an das Haus ihres Onkels erinnert und fröstelte trotz der Hitze.

»Fahren wir zum Autohaus«, sagte sie zu Tobias, als nach dem zweiten Klingeln immer noch niemand öffnete.

Da ging die Haustür auf. Ralf Eckert stand in der Tür, im perfekten Business-Outfit, als erwartete er einen wichtigen Geschäftspartner. Verwirrt sah er sie an. »Wer sind Sie?«

Edith hatte nicht mehr damit gerechnet, dass er noch zu Hause war, und brauchte einen Moment, um sich zu sortieren. Dem Verwandten eines Opfers mitzuteilen, dass ein Familienmitglied gestorben war, war immer der schwierigste Teil ihres Jobs.

Tobias kam ihr zuvor. Er lächelte so gewinnend wie ein Zahnpastamodel und zückte seinen Dienstausweis. »Kriminalpolizei. Mein Name ist Tobias Altmann, und das ist meine Kollegin Edith Neudecker. Wir möchten Ihnen ein paar Fragen stellen. Dürfen wir hereinkommen?«

Immer noch sichtlich irritiert wich Ralf Eckert zurück und machte ihnen den Durchgang frei. »Natürlich. Kommen Sie doch herein. Dauert es lange? Ich habe noch einen wichtigen Termin.«

»Ich fürchte ...«, begann Edith pikiert, als Tobias sie unterbrach.

»Es wird nicht lange dauern.«

Es ist egal, ob der Kerl einen wichtigen Termin hat, hätte Edith Tobias am liebsten zurechtgewiesen. Sie waren von der Kripo, ihr Anliegen ging vor. Aber sie verbiss sich die Bemerkung im Beisein von Eckert. Sie würde Tobias später darauf hinweisen, dass es nicht seine Aufgabe war, jedem nach dem Mund zu reden.

»Kommen Sie mit ins Wohnzimmer.«

Eine schlanke dunkelhaarige Frau kam ihnen entgegen.

»Ralf, was ...«

»Die Herrschaften sind von der Kriminalpolizei, Sabine.«

»Kriminalpolizei? Aber ... wieso ...«

Eine große Glasfront beherrschte das Wohnzimmer, durch die man einen fantastischen Blick auf die Terrasse und den Garten mit dem Swimmingpool hatte.

»Wir müssen Ihnen eine bedauerliche Mitteilung machen«, begann Edith. »Ihr Vater Werner Eckert ist Opfer einer Gewalttat geworden.«

Der junge Eckert stierte sie an, als sähe er ein Gespenst. Die Frau schlug die Hand vor den Mund.

»Ist er ...«, fragte Eckert.

Tobias nickte. »Ihr Vater ist tot. Wir gehen davon aus, dass er durch äußere Gewaltanwendung zu Tode gekommen ist. Deshalb sind wir gezwungen, Ihnen ein paar Fragen zu stellen. Es handelt sich selbstverständlich um reine Routine.«

Verdammt, musste Tobias alles so nett verbrämen, anstatt einfach zur Sache zu kommen?

Eckert ließ sich auf das Designer-Sofa fallen. Er war kreidebleich. Seine Frau stand wie gelähmt daneben.

»Wie?«, fragte Eckert.

Tobias antwortete ihm. »Wir gehen im Moment davon aus, dass Ihr Vater zu Hause von dem Täter überrascht wurde und anschließend nach Rheindürkheim gebracht und auf dem Hungerstein im Rhein abgelegt wurde. Zudem wurde ihm post mortem die Zunge entfernt.«

Eckerts Augen wurden weit. Die Frau stieß einen erstickten Laut aus.

»Ihm wurde die Zunge herausgeschnitten?«, fragte Eckert.

»So ist es«, bestätigte Tobias.

»Gibt es irgendjemanden, der einen Groll auf Ihren Vater hegt?« Wenn sie nicht ein bisschen voranmachte, wären sie in einer Stunde noch hier, ärgerte sich Edith.

»Auf meinen Vater? Herrgott, er hat große Summen für das Kinderhospiz gespendet und hatte sich schon vor zehn Jahren aus dem Geschäft zurückgezogen. Ich wüsste beim besten Willen nicht, wer ihm etwas Böses gewollt hätte. Der Streit mit dem Autohaus Weber, den es vor etlichen Jahren gab, ist noch zu den Geschäftszeiten meines Vaters beigelegt worden. Mein Vater ist eigentlich nur noch zu Jubiläen der Mitarbeiter oder zu Spendengalas aufgetaucht. Es ging ihm auch gesundheitlich nicht mehr sonderlich gut. Er hat ein schwaches Herz und Bluthochdruck, und ... Herrgott, ich kann das immer noch nicht glauben.« Eckert schüttelte den Kopf.

Seine Frau räusperte sich. »Darf ... darf ich Ihnen einen Kaffee anbieten oder ein Glas Wasser?«

»Nein, danke«, erwiderte Edith sofort.

Aber Tobias lächelte Sabine an. »Für ein Glas Wasser wäre ich sehr dankbar.«

Als Sabine mit einem verschüchterten Lächeln durch das angrenzende Esszimmer zu dem monumentalen Küchenblock ging, folgte Tobias ihr. Einen winzigen Moment lang ärgerte Edith sich über sein Verhalten, dann begriff sie, dass er ihr einen Moment allein mit Eckert verschafft hatte.

»Gab es irgendwelche Probleme zwischen Ihnen und Ihrem Vater?«, fragte sie.

»Um Gottes willen, nein! Es gab auch nie Streit wegen der Geschäftsführung. Mein Vater hat seinen Rückzug zuvor mit mir abgesprochen und ist nach einem schönen Fest aus der Firmenleitung ausgestiegen. Er hat auch nie versucht, mir Vorschriften zu machen oder ähnliches.« Auf Eckerts Stirn stand feiner Schweiß.

»Können Sie sich erklären, weshalb Ihr Vater Rechnungen von Abgasuntersuchungen prüfte?«

»Weshalb sollte mein Vater Rechnungen prüfen? Wie kommen Sie darauf?«

»Nun, wir fanden diverse Aktenordner im Büro Ihres Vaters, und auf seinem Schreibtisch häuften sich Rechnungen. Wie es schien, handelte es sich um Abgasuntersuchungen. Sagt Ihnen das etwas?«

Eckert fuhr sich über die Stirn. »Ich habe keine Ahnung, was mein Vater damit wollte. Aber in letzter Zeit ist er auch etwas wunderlich geworden. Ich vermute beginnende Demenz. Wir wollten, dass er sich eine Vierundzwanzig-Stunden-Pflege nach Hause holt. Geld genug hatte er ja. Aber Sie wissen ja, wie alte Leute sind. Völlig uneinsichtig und verblendet, was die eigenen Fähigkeiten angeht.«

»Verstehe«, sagte Edith. »Dann erlauben Sie eine letzte Frage. Wo haben Sie sich gestern Abend zwischen zweiundzwanzig und dreiundzwanzig Uhr aufgehalten?«

»Sie verdächtigen mich doch nicht etwa? Ich schwöre Ihnen, ich habe mit dem Tod meines Vaters nichts zu tun!«

Beschwichtigend schüttelte Edith den Kopf. Die Reaktion kannte sie schon. »Es handelt sich um eine reine Routinefrage. Ich muss Sie das fragen.«

Eckert atmete aus. »Gestern war Mittwoch. Wir waren in der Oper. *Ein Maskenball* von Verdi. Eine Benefizveranstaltung. Meine Frau liebt die Oper.«
»Ich nehme an, Ihre Frau kann das bestätigen.«
»Selbstverständlich. Sie war ja diejenige, die das Stück sehen wollte.«

»Irgendetwas stimmt da nicht«, sagte Tobias, kaum dass sie im Wagen saßen. »Frau Eckert hat ganz schön herumgedruckst, als ich sie nach dem Verhältnis zwischen Ihrem Mann und dem alten Eckert fragte. Ich glaube, der Junior wusste, dass der Alte die ASU-Rechnungen prüft.«
»Glauben heißt nicht wissen.«
»Wir sollten die Mitarbeiter befragen.«
»Als Erstes schauen wir mal im Kommissariat nach, ob die Spusi was Neues für uns hat. Vielleicht hat sich ja auch jemand zu unserem unbekannten Toten gemeldet.«
»Ehrlich gesagt, glaub ich nicht mehr daran, dass wir jemals herausfinden, wer der Tote ist. Ich habe auch nach den Vermisstenanzeigen gefragt im Zeitraum zwischen neunzehnhundertvierzig und fünfzig. Aber durch die Angriffe der Alliierten auf die Wormser Innenstadt und die Industriegebiete kamen so viele Menschen um, und teils gab es noch Monate später Vermisste. Das ist hoffnungslos. Als wollte man eine Nadel in einem Heuhaufen finden, wobei man nicht einmal weiß, wie die Nadel aussieht.«
Tobias hatte also wieder Recherchen angestellt, ohne sie zu informieren. »Wäre nett, wenn Sie mich zuvor informieren würden.« Damit sie nicht wie ein Depp dastand, wenn ein Kollege sie darauf ansprach.
»Sorry, soll nicht mehr vorkommen. Fiel mir gestern ein, als Sie schon weg waren. Wir könnten noch diesen Bieler befragen.«

Überstunden machte er also auch noch. Wollte er sich etwa profilieren, damit sie schlecht dastand?

»Und wie sollte der uns in dem anderen Fall weiterbringen?«

»Ich bin mir nicht sicher. Aber mein Bauch sagt mir, dass da irgendeine Bestechung gelaufen ist und dass diese Bestechung irgendetwas mit unserem Fall zu tun hat.«

Edith schnaubte. »Ein bisschen viel Bauchgefühl, finden Sie nicht? Also, ich wüsste keinen Grund, weshalb Bieler uns in dem Fall weiterhelfen könnte.«

Tobias grinste schief. »Ich ja auch nicht. Aber ich möchte mir später nicht den Vorwurf machen müssen, dass ich einer Spur nicht nachgegangen bin. Vielleicht weiß Bieler etwas über die Bestechung.«

»Selbst, wenn Sie recht haben, was sollte das zu dem Fall beitragen?«

»Ich weiß es nicht. Aber wenn eine Bestechung stattgefunden hat, sollten wir der nicht nachgehen?«

Edith verkniff sich die Bemerkung, dass dafür die Kollegen vom Betrugsdezernat zuständig waren. Denn die würden erst tätig werden, wenn sie ihnen Beweise vorlegen konnten. Und die hatten sie bisher noch nicht.

Verdammt, sie würde es ihrem Onkel so wünschen, wenn er deswegen verknackt würde.

»Doch, das sollten wir«, sagte Edith.

»Neudecker, Altmann, auf ein Wort«, sagte Weingarten, als Edith mit Tobias am Büro des Chefs vorbeiging.

Wenn Weingarten sie beide zu sich rief, bedeutete das nichts Gutes. Allerdings würde Weingarten sie niemals im Beisein von Tobias von einem Fall abziehen – die Schlimmste ihrer Befürchtungen. Weingarten mochte einige Fehler haben, aber Indiskretion zählte nicht dazu. Derartiges würde er immer zuerst allein mit dem Betroffenen besprechen. Aber für weitere Gründe fehlten Edith die Ideen. Ob sich am Ende doch jemand auf ihre Annonce gemeldet hatte? Aber das würde doch nicht Weingarten auf den Plan rufen, außer ...

»Setzen Sie sich«, sagte Weingarten.

Edith gehorchte und nahm neben Tobias vor Weingartens Schreibtisch Platz.

»Ich will nicht lange um den heißen Brei herumreden«, begann Weingarten, nachdem er die Tür geschlossen hatte. Ein deutliches Zeichen dafür, dass es um eine delikate Angelegenheit ging. »Stefan Mayer hat bei mir angerufen.«

Der Oberbürgermeister höchstpersönlich? Der hatte sich, soweit Edith sich zurückerinnern konnte, noch nie persönlich in eine Ermittlung eingemischt.

Weingarten ließ sich seufzend in seinen Schreibtischstuhl fallen. Das leise Quietschen deutete auf eine vorzeitige Kapitulation des Stuhles vor Weingartens Gewicht hin. »Der Bürgermeister fragte nach dem aktuellen Stand der Ermittlungen im Falle des unbekannten Toten. Als ich ihn darüber informierte, dass der Mord sehr wahrscheinlich in den Vierzigerjahren erfolgte und es insofern also unwahrscheinlich ist, dass der Täter noch lebt, wollte er wissen, weshalb Sie dann einen Mitarbeiter vom Bauamt befragt haben. Es sei doch dann sehr unwahrscheinlich, dass dieser etwas zu dem Fall beitragen könne. Selbstverständlich habe ich Ihr Tun verteidigt. Aber ich musste dem Bürgermeister versprechen, dass Sie Ihre Ermittlungen in dieser Richtung einstellen. Außer natürlich, es gäbe einen dringenden Verdacht, der diese Ermittlungen rechtfertigen würde. Gibt es den?«

Herrje, was sollte sie darauf antworten, ohne undiplomatisch zu wirken?, überlegte Edith.

»Ja«, antwortete Tobias schlicht.

»Kollege Altmann, ich ...«

Aber Tobias unterbrach sie. »Es gibt einen Verdacht, der weitere Ermittlungen in dieser Richtung rechtfertigt, den wir aber gerne vorerst für uns behalten möchten, solange wir keine weiteren Beweise haben. Wir möchten damit möglichen Gerüchten vorbeugen. Ich hoffe, Sie verstehen, was ich meine.«

Weingarten wischte sich stöhnend den Schweiß von der Stirn. »Gehe ich recht in der Annahme, dass Herr Mayer involviert ist?«

»So ist es.«

»Ich hatte es befürchtet.«

Weingarten stützte den Kopf in seine Hände und massierte seine Halbglatze. In der Stille kollidierte eine Fliege mit der Fensterscheibe und stürzte auf die Fensterbank, wo sie sich hektisch summend auf dem Rücken drehte.

»Wir werden die Ermittlungen selbstverständlich sofort einstellen, falls ...«, begann Edith.

Aber Weingarten unterbrach sie mit einem Wink. »Ich denke, es ist besser, wenn wir unser Gespräch an dieser Stelle beenden. Sollten Sie der Meinung sein, dass es sich lohnt, weiter zu ermitteln, dann tun Sie es. Aber tun Sie es diskret, bis Sie genügend Beweise gesammelt haben. Ich hoffe, ich habe mich klar ausgedrückt.«

»Zweifelsohne«, erwiderte Tobias. »Und danke für Ihr Vertrauen.«

Weingarten winkte ab. »Irgendwelche Neuigkeiten zum Fall Eckert?«

»Nicht wirklich«, antwortete Tobias. »Sohn und Schwiegertochter waren zum Zeitpunkt des Mordes angeblich in der Oper. Aber ich habe das Gefühl, dass es zwischen Senior und Junior Differenzen gab. Leider können wir das bisher nicht bestätigen. Weitere Verdächtige haben wir nicht.«

»Schön.« Weingarten seufzte. »Halten Sie mich auf dem Laufenden. Eckert war nicht irgendwer, sondern einer der angesehensten Bürger der Stadt. Dass ausgerechnet jemand wie er mit herausgeschnittener Zunge am Rheinufer gefunden wird, dürfte die dunkelsten Fantasien der Boulevardpresse wecken. Also hüten Sie sich vor irgendwelchen unbedachten Äußerungen.«

»Selbstverständlich«, beeilte Edith sich zu antworten. »Und seien Sie versichert, dass wir Sie als Erstes informieren, falls wir in einem der beiden Fälle neue Erkenntnisse haben.«

»Was denken Sie sich eigentlich?«, begann Edith scharf, als sie die Tür zum gemeinsamen Büro hinter sich geschlossen hatte.

Natürlich musste sie sich aufregen, weil er sich erdreistet hatte, die Bestechungsspur ganz offiziell weiterverfolgen zu wollen. Wie war er eigentlich auf die Idee gekommen, dass er an der Dienststelle Worms den Tod Jürgens verarbeiten konnte? Ediths Misstrauen und Missgunst trug nicht im Mindesten dazu bei, dass er sich hier willkommen fühlte.

Davongelaufen war er. Vor den Blicken der Kollegen. Und vor Annika, Jürgens Freundin. Er konnte sich noch an jedes Wort des Telefonats erinnern, als sie ihn weinend für Jürgens Tod verantwortlich gemacht hatte. »Schwein« war noch die geringste Beleidigung gewesen, und eigentlich hatte sie mit jedem Wort recht.

»Dass wir ein Team sind und ich genauso ein Recht habe, unserem Chef zu antworten, wie Sie. Oder haben Sie etwa ein Abo darauf?«

Team? Lachhaft. Mit Edith würde er nie zu einem Team zusammenwachsen.

»In einem Team hält man sich gegenseitig auf dem Laufenden und respektiert sich.«
»Ach, tun wir das? Tun Sie das? Weshalb haben Sie mich dann nicht gleich darüber informiert, dass Seifert Ihr Onkel ist?«
»Warum haben Sie mir noch nicht erzählt, weshalb Sie nach Worms gewechselt sind? Oder muss ich erst Ihre Akte anfordern, um es zu erfahren?«
Touché! Tobias fühlte sich geohrfeigt. Edith hatte recht.
»Das ist unnötig. Wenn Sie es unbedingt wissen wollen, erzähle ich es Ihnen.«
»Ich bitte darum«, erwiderte Edith scharf.
Tobias bemerkte, dass seine Hände zitterten. Mit einem Stöhnen ließ er sich in seinen Schreibtischstuhl sinken. Er wandte Edith den Rücken zu, um das Eingangspostfach zu inspizieren. Um irgendeinen Grund zu haben, ihr nicht in die Augen zu sehen. Darin fand er tatsächlich eine Akte. Als er sie aufschlug, las er den Namen Bieler.
»Das ist Bielers Akte.«
Sie hatten sie gestern nach der Befragung von Husch angefordert. Verdammt, im Davonlaufen war er wirklich Meister.
»Das ist schön. Aber ich warte noch auf Ihre Antwort.«
Tobias starrte auf die Akte. Die Worte, die er dort las, ergaben keinen Sinn.
»Mein Partner wurde erschossen. Er ging allein einer Spur nach, weil ich telefonisch nicht erreichbar war. Ich bin zu spät gekommen.«
Weil er nach einer Party versumpft war und im Bett eines One-Night-Stands aufgewacht war, die so wenig Eindruck auf ihn hinterlassen hatte, dass er am nächsten Morgen nicht einmal mehr ihren Namen wusste.
»Verstehe«, sagte Edith. »Und da sind Sie lieber davongelaufen, als sich dem Problem zu stellen.«

Mit einem Ruck drehte Tobias sich zu ihr um. »Ich glaube nicht, dass Sie das etwas angeht.«

Edith zuckte mit den Schultern und schnappte sich die Akte, die hinter ihm auf dem Schreibtisch lag. »Ich werde mich doch wohl fragen dürfen, ob ich mich auf meinen Partner verlassen kann.«

»Das können Sie. Zu hundert Prozent.«

Er würde nie wieder seinen Partner im Stich lassen. Falls der es zuließ. Und das war bei Edith das eigentliche Problem.

»Ich werde es mir merken.« Edith schlug die Akte auf, während sie sich auf ihren Stuhl setzte. »Dann schauen wir mal, was Bieler uns zu bieten hat.«

Die anschließende Stille war kaum zu ertragen. »Du Schwein«, hatte Annika geschrien, »du rücksichtsloses, egoistisches Schwein. Du hast Jürgen hängen lassen. Er war dein Partner, und du hast ihn im Stich gelassen. Du bist schuld. Du ganz allein.«

Sie hatte recht.

»Erregung öffentlichen Ärgernisses, unangemeldete Demonstrationen, Flugblätter. Unser Herr Bieler scheint ein ziemlich eifriger Aktivist zu sein.«

Tobias atmete tief durch und befeuchtete seine Lippen. »Und gegen was hat er demonstriert?«

Ein diabolisches Lächeln erschien auf Ediths Gesicht. »Es ging um den Vorwurf der Bestechung wegen der neuen Halle in der Textorstraße, für die denkmalgeschützte Häuser abgerissen werden müssen und alteingesessene Bürger aus ihren Häusern vertrieben werden.«

»Fuck!«, platzte es Tobias heraus. »Ich glaube, wir sollten wirklich mit ihm reden.«

Bieler war zu Hause. Nach all dem Protz, den Edith an diesem Tag bereits gesehen hatte, wirkte der Häuserblock, in dem Bieler wohnte, wie ein Slum. Das Treppenhaus war kahl und dunkel, einige der Briefkästen neben der Eingangstür waren aufgebrochen, einer wies sogar Brandspuren auf. Es roch nach Essigreiniger und gebratenen Zwiebeln. Der Geruch nach Essen verlor sich, bis sie das zweite Obergeschoss erreichten.

Ein Mann Ende dreißig mit Brille wartete im Hartz-IV-Look in einer geöffneten Wohnungstür.

»Herr Bieler?«, fragte Edith schwer atmend. Wenn sie so weitermachte, würde sie die nächste Fitnessprüfung nicht bestehen, rügte sie sich selbst.

Der Mann nickte. »Was wollen Sie von mir? Ich habe das Bußgeld wegen der unangemeldeten Demonstration bezahlt.«

»Darum geht es nicht«, erwiderte Tobias, während er zu Edith aufschloss. Er atmete ganz ruhig. »Wir ermitteln in einem Mordfall. Dürfen wir reinkommen?«

Bieler zuckte nur mit den Schultern und ging zurück in die Wohnung. Die Tür ließ er offen stehen. Das war wohl seine Art, sie dazu aufzufordern, einzutreten.

Sie war froh, dass Tobias vorausging, und folgte ihm. Die Wohnung war schmutzig und unaufgeräumt. Im Flur stand ein gefüllter Plastiksack mit Flaschen, im Esszimmer der Staubsauger. Der Tisch war belegt mit Stapeln von Papier und einer Pizzaschachtel.

»Chris«, rief Bieler. »Wir haben Besuch. Die Kripo.«

Eine Frau Mitte dreißig mit rosafarbenen Haaren, schrill pink lackierten Nägeln und Minirock kam durch eine Tür.

»Kripo?«, fragte sie. »Was will denn die Kripo bei uns?«

»Sie sind?«, fragte Tobias.

»Ich? Christine Juest. Ich bin Nageldesignerin.«

»Christine ist meine Lebenspartnerin. Um was geht's? Ich muss in einer knappen Stunde zur Arbeit.«

Welche Arbeit fing am frühen Nachmittag an?, wunderte sich Edith.

»Keine Angst, wir werden Sie nicht lange aufhalten«, erwiderte sie.

Bieler machte keine Anstalten, ihnen einen Stuhl anzubieten.

Ungerührt fuhr Edith fort: »Sie haben sich dafür stark gemacht, dass die denkmalgeschützten Häuser in der Textorstraße nicht abgerissen werden, und haben in diesem Zusammenhang von Bestechung gesprochen. Wie sind Sie zu dieser Vermutung gekommen? Haben Sie für diese Behauptung irgendwelche Beweise?«

»O Mann, nicht das schon wieder.« Christine verdrehte die grell geschminkten Augen. »Haben die dich deswegen nicht schon genug genervt?«

»Wer hat Sie deswegen genervt?«, mischte Tobias sich ein.

»Halt du dich da raus, Chrissie!«, blaffte Bieler.

Christine hob die Hände. »Okay, ich halt ja schon den Mund. Man wird ja noch was sagen dürfen.«

»Wer hat Sie genervt?«, wiederholte Tobias.

»Ein Reporter war hier ...«

»Einer?«, warf Christine mit sarkastischem Unterton ein.

»Halt die Klappe!«

»Okay, okay!«

»Also, ein oder mehrere Reporter waren hier«, nahm Edith den Faden wieder auf. »Weshalb?«

»Wegen der Bestechungsaffäre. Unser sauberer Oberbürgermeister hat von diesem Seifert Geld bekommen, damit der seinen Bauantrag durchbekommt. Das weiß ich aus sicherer Quelle. Ich wundere mich, dass das anscheinend niemanden interessiert. Da frage ich mich natürlich, ob vielleicht nicht noch diverse Mitglieder des Stadtrats Schmiergelder erhalten haben, damit sie diesem Bauantrag zustimmen. Wenn Sie sich mal die Mühe machen, das Baurecht durchzulesen, werden Sie schnell herausfinden, dass die neue Halle den Anforderungen eines Gewerbemischgebiets völlig widerspricht. Übrigens ist es auch nicht wahr, dass nur eines der drei Wohngebäude unter Denkmalschutz steht. Auch das Haus der alten Schmitt erfüllt alle Kriterien. Aber das wurde natürlich geflissentlich übersehen. Denn das Haus der alten Schmitt ist in gutem Zustand. Das könnte man nicht so einfach als nicht erhaltenswert einstufen. Und ich fresse einen Besen, wenn der feine Herr Mayer da nicht selbst seine Hand im Spiel hatte, um seinem alten Freund Seifert zu helfen.«

»Haben Sie dafür Beweise?«, fragte Tobias.

Bieler deutete auf den Esszimmertisch. »Wäre mal was Neues, wenn sich jemand von den Bullen dafür interessiert. Da liegt die Expertise eines Sachverständigen. Hat das Amt für Denkmalschutz selbst in Auftrag gegeben. Aber Mayer hat behauptet, das wäre erstunken und erlogen, und hat mich deshalb wegen übler Nachrede verklagt. Aber ich schwöre Ihnen, dass ich nicht lockerlassen werde. Dieser Arsch wird sich für den Mist noch verantworten müssen. Genauso wie der Eckert mit seinen Abgasbetrügereien. Dafür werden ich und meine Kumpels schon sorgen.«

»Was sind denn das für Kumpels? Dürfen wir ihre Namen erfahren?«, wollte Tobias wissen.

Edith hätte viel lieber gewusst, was Bieler über die Abgasbetrügereien wusste.

»Ganz bestimmt nicht. Damit ihr denen auch noch die Bude einrennt.«

»Ganz recht, Mathes! Zeig's ihnen«, bestätigte Christine.

Tobias räusperte sich. »Ihnen ist schon klar, dass wir Sie wegen Behinderung der Justiz belangen können, wenn Sie dazu schweigen?«

Mit einem Grunzen zuckte Bieler mit den Schultern. »Sie können mir nicht drohen. Dann verhaften Sie mich doch.«

»Niemand will Sie verhaften«, warf Edith ein. »Aber wir haben noch eine Frage: Wo waren Sie gestern Abend zwischen zweiundzwanzig und dreiundzwanzig Uhr?«

Wie aus der Pistole geschossen antwortete Christine an Bielers Stelle: »Bei mir. In meinem Bett. Wollt ihr auch noch wissen, in welcher Stellung wir gefickt haben?«

6

Verärgert knüllte er die Zeitung zusammen und feuerte sie in eine Ecke des Kellerraums. Das Wormser Tageblatt war und blieb ein Schundblatt.

Haarklein hatte er in seinem Brief dargelegt, welche Verbrechen sich Werner Eckert hatte zuschulden kommen lassen. Aber sie erwähnten es nur kurz am Rande und taten zu allem Überfluss auch noch so, als hätte er sich das alles nur ausgedacht, um einen Grund zu haben, Werner Eckert umzubringen.

Und danach ging es nur noch um den »verrückten Killer«, der sich zum Henker von Worms aufgeschwungen hatte. Anstatt zu erkennen, was er leistete, um Worms vom Unrat zu säubern, machten sie ihn zu dem Unrat, den es zu vernichten galt.

Diese Heuchler! Letztendlich ging es doch nur ums Geld. Eckert war reich gewesen. Er hatte jede Menge Beziehungen in der High Society von Worms gehabt. Wenn sein Autohaus vor die Hunde ging, würden noch ein paar weitere Speichellecker mit in den Abgrund gerissen. Da war es besser, so zu tun, als wäre Eckert ein armes Opfer, das von einem Irren gekillt worden war, als die Wahrheit zuzulassen.

Nun gut, er musste sich etwas anderes überlegen. Der Brief ans Wormser Tageblatt war an sich keine schlechte Idee gewesen, aber damit die Größe seines Auftrags erkannt und richtig dargestellt wurde, brauchte er jemanden, der ihn unterstützte.

Sein Blick fiel auf die zusammengeknüllte Zeitung. Er hob sie auf, strich sie glatt und las den Artikel erneut. Bis er den Namen der Ermittlerin fand: Edith Neudecker. Er sah zu der Wand, an die er die Konterfeis seiner Opfer gepinnt hatte.

Ja, das war eine gute Wahl. Zumal er Dinge über sie und ihren feinen Onkel wusste, die sie garantiert gerne erfahren würde. Und wenn sie das nicht als Köder schluckte, konnte er immer noch andere Seiten aufziehen.

»Puh«, sagte Tobias, als sie die Straße erreichten. »Was halten Sie davon?«
»Ich glaube Bieler. Irgendwas ist da gelaufen. Die Expertise scheint echt zu sein. Unter diesen Voraussetzungen ist es mehr als verwunderlich, dass der Stadtrat dem Bau der neuen Halle zugestimmt hat. Dummerweise fällt die Bestechungsaffäre nicht in unseren Zuständigkeitsbereich, und ich weiß auch nicht, inwiefern uns das im Fall unseres unbekannten Toten weiterhelfen könnte.«
»Aber Bieler erwähnte doch auch etwas von Abgasbetrügereien im Autohaus Eckert!«
»Das ist ein Hinweis, was den Eckert-Fall betrifft. Ich kann mir aber keinen Zusammenhang zwischen den beiden Fällen vorstellen, außer dass sich zufällig diese Aktivistengruppe, von der Bieler gesprochen hat, der beiden Themen annimmt.«
»Trotzdem sollten wir Nachforschungen im Autohaus anstellen. Wenn der Senior wegen der Abgasbetrügereien mit dem Junior Streit hatte, wäre das ein Tatmotiv.«
Edith seufzte. »Ich fürchte, wir brauchen schon etwas mehr als diese vagen Vermutungen, um eine Hausdurchsuchung im Autohaus zu veranlassen. Wir sollten ins Kommissariat zurückkehren und sehen, ob die Spusi inzwischen etwas für uns hat. Wenn die Papiere im Büro des alten Eckert auf Abgasbetrügereien hinweisen, wäre das allerdings ein guter Grund für weitere Ermittlungen im Autohaus.«
»Sie haben recht. Dann hätten wir auch einen Grund, um Bieler noch mal auf den Zahn zu fühlen, damit wir mehr über diese Aktivistengruppe erfahren.«

»Wozu sollte das gut sein?«, fragte Edith, während sie auf dem Fahrersitz Platz nahm.

Tobias setzte sich auf den Beifahrersitz und schloss mit einem Knall die Tür. »Na ja, Eckert junior könnte natürlich ein Motiv haben, den Senior zum Schweigen zu bringen, damit seine Betrügereien nicht ans Tageslicht kommen. Aber die Art und Weise des Mordes passt nicht dazu. Die Zurschaustellung der Leiche wirkt wie eine Bloßstellung, ein ›Schaut, was ich getan habe!‹ Das passt eigentlich perfekt auf einen durchgeknallten Aktivisten, der Missetäter ermordet und an den Pranger stellt.«

Wortlos fuhr Edith an und schlug den Weg zum Kommissariat ein. Im Stillen musste sie Tobias recht geben. Aber sie traute Bieler eine solche Tat einfach nicht zu. Egal wie prollig Bieler wirkte, der Mann war intelligent. Er studierte Gesetzestexte und hatte Connections in die Stadtverwaltung. Wie sonst hätte er an die Expertise gelangen können? Vielleicht sollten sie auch noch mal mit Husch sprechen. Der Mann schien mehr zu wissen, als er ihnen mitgeteilt hatte. Mit dem neuen Wissen, das sie jetzt hatten, konnten sie vielleicht mehr aus ihm herauskitzeln.

Um was zu erreichen? Mehr Informationen zur Bestechung? Das war und blieb nicht ihr Ressort. So gern sie auch ihren Onkel ans Messer geliefert hätte, sie wollte sich von niemandem nachsagen lassen, dass sie ihn aus persönlichen Gründen an die Justiz ausgeliefert hatte. Andererseits war es doch wohl ihre Pflicht, mögliche Straftaten zu verfolgen! Und wenn Tobias recht hatte – auch wenn sie das nicht glaubte –, dann mussten sie in diese Richtung weiterermitteln.

»Stopp«, sagte Tobias unvermittelt.

»Was ...«

»Halten Sie doch mal an!«

Edith gehorchte, viel zu verwundert, um zu widersprechen. Sie hatte den Wagen kaum am Straßenrand angehalten, als Tobias schon heraussprang und die Straße zurückeilte. Ein Zeitungsstand schien sein Ziel zu sein. Er kaufte dort eine Zeitung und kam mit langen Schritten zum Auto zurückgerannt.

»Hier«, sagte er und strich das Titelblatt glatt. »Die Schlagzeile. Das ist ja wohl nicht zu glauben!«
Henker von Worms richtet Abgasbetrüger Eckert.
Edith fielen fast die Augen aus dem Kopf. »Das gibt's doch nicht! Was steht da noch? Lassen Sie mich lesen!«

Gehorsam schob Tobias die Zeitung etwas weiter auf ihre Seite, sodass sie beide den Inhalt des Titelblatts gleichzeitig lesen konnten. Da stand, der selbst ernannte Henker von Worms habe einen »Verbrecher am Volk« gerichtet. Offenbar gab es einen Bekennerbrief, in dem der Täter das Autohaus Eckert bezichtigte, Abgasuntersuchungen gefälscht und dafür zig Tausende Euro erhalten zu haben. Der Verantwortliche Eckert senior sei nun der gerechten Strafe zugeführt worden. Aber das sei noch nicht das Ende. Weitere Betrüger am Volk würden demnächst ebenfalls ihre gerechte Strafe bekommen, denn der Henker von Worms habe vor, die Stadt ein für alle Mal von Unrat zu säubern.

»Fuck«, sagte Tobias. »Das ist eine Ankündigung von weiteren Morden. Oder wie sehen Sie das?«

»Ich bin der Meinung, dass wir das Wormser Tageblatt aufsuchen sollten, um den Redakteur zu finden, der diesen Schmutz ohne Rücksprache mit der Polizei veröffentlicht hat.«

»Schön«, sagte Edith und hielt anklagend das Titelblatt der Zeitung vor das Gesicht des Chefredakteurs. »Wer hat diesen Artikel zu verantworten?«

Sie hatte Weingarten versprochen, bei ihren Ermittlungen diskret vorzugehen. Und nun kam irgendein windiger Reporter daher und stellte die Polizei öffentlich bloß. Es würde sie nicht wundern, wenn der Oberbürgermeister schon wieder Weingarten angerufen hatte und sich beschwerte. Zu Recht übrigens. Denn dieser Artikel hätte nie veröffentlicht werden dürfen.

»Ich«, sagte der bärtige Mann schlicht.

Edith studierte den Namen, der auf dem Schild auf seinem Schreibtisch stand. »Und was haben Sie sich dabei gedacht, Herr Feineisen, einen solchen Artikel zu veröffentlichen, ohne zuvor die zuständige Polizeidienststelle zu informieren?«

»Es wäre mir neu, dass ich dazu verpflichtet bin, Artikel, gleich welcher Art, bei der Polizei anzukündigen. Der Artikel ist ein Knüller. Die Leser haben ein Recht darauf, von dem Brief des Täters zu erfahren.«

Ganz ruhig, mahnte Edith sich. Sie hatte das unstillbare Verlangen, diesen Trottel anzuschreien, dass ihm Hören und Sehen verging.

»Woher haben Sie Ihre Informationen?«

»Ich bin auch nicht dazu verpflichtet, meine Informanten preiszugeben.«

Das wurde ja immer besser! Edith verkniff sich einen Fluch.

»Das schon«, mische Tobias sich ein. »Aber wir ermitteln in einem Mordfall. Wenn Sie uns Informationen vorenthalten, die zur Ergreifung des Täters führen könnten, machen Sie sich der Beihilfe zum Mord und der Behinderung der Justiz schuldig. Ich gehe nicht davon aus, dass das Ihre Absicht ist.«

Feineisen seufzte. »Ein Brief lag heute früh in unserem Briefkasten am Haus.«

»Wenn wir den sehen dürften ...«

»Ich hoffe, Ihnen ist klar, dass es sich dabei um ein Beweisstück handelt, das Sie uns nicht vorenthalten dürfen«, unterbrach Edith scharf. »Sonst ...«

»Ja, ich habe verstanden.« Feineisen erhob sich und trat an einen der Aktenschränke. Nachdem er eine der Türen aufgeschlossen hatte, holte er zielsicher einen Bogen Papier heraus und legte ihn auf seinen Schreibtisch. »Hier ist er.«

Ehe Tobias reagieren konnte, griff Edith danach mit einem Taschentuch als Schutz vor Fingerabdrücken. Der Brief war mit einer alten Schreibmaschine geschrieben. Die i-Punkte waren durch das vergilbte Papier gestanzt. Das kleine t hakte und stand leicht über der Zeile. Der Text war voller Rechtschreib- und Kommafehler. Am oberen Rand des Papiers waren Gummireste zu sehen, als wäre der Bogen von einem Block abgerissen worden.

»Nicht unbedingt der neueste Stand der Technik«, kommentierte Tobias, während er Edith über die Schulter sah.

Ob Bieler oder seine Aktivisten den Brief verfasst hatten?

»Der Brief ist konfisziert«, erklärte Edith und steckte ihn in ihre Jackentasche.

Feineisen zuckte mit den Schultern. »Nur zu. Ich habe eine Kopie.«

»Gibt es zufällig eine Kameraüberwachung des Briefkastens?«, wollte Tobias wissen.

Während er sich in seinem Ledersessel zurücklehnte, runzelte Feineisen die Stirn. »Wir haben Kameras in der Tiefgarage, am offiziellen Eingang zum Haus und am Eingang zur Tiefgarage. Der Briefkasten ist an der Ecke des Gebäudes angebracht. Ich glaube nicht, dass man den von einer der Kameras aus sehen kann.«

»Würden Sie das bitte überprüfen und uns gegebenenfalls die Aufzeichnungen zukommen lassen?«

Feineisen lächelte generös. »Aber selbstverständlich. Wenn Sie sich die Zeit nehmen wollen, sage ich bei unserer Security Bescheid, und Sie können Herrn Galdor selbst fragen.«

»Das wäre sehr freundlich von Ihnen«, erwiderte Tobias. Feineisen klickte sich durch die interne Rufliste und sprach mit einem Mitarbeiter. Nach wenigen Sätzen legte er wieder auf. »Sie können Herrn Galdor sofort aufsuchen. Er erwartet Sie.«

»Herzlichen Dank.« Tobias legte bei den Worten seine Karte auf Feineisens Schreibtisch. »Falls Ihnen noch etwas einfällt, melden Sie sich bitte.«

»Aber selbstverständlich.«

Edith glaubte, gleich zu platzen vor Zorn. Sie schaffte es nur bis zum Aufzug, wo ihre Wut sich endlich Bahn brach. »Sind Sie bescheuert, dass Sie auch noch die Laufarbeit für diesen ... diesen Feineisen übernehmen?«

»Wir müssen doch ohnehin nach unten, und ich schau mir die Sache lieber selber an, als mich auf Aussagen anderer zu verlassen.«

Verdammt, weshalb musste dieser Kerl immer eine passende Ausrede parat haben!

»Wir hätten Feineisen darauf hinweisen sollen, dass er sich melden soll, falls ihn ein weiterer Brief erreicht«, sagte Tobias. Ein weiterer Brief implizierte weitere Tote. »Gott bewahre, dass es dazu kommt.«

»Es war Ihre Schlussfolgerung, dass es weitere Tote geben könnte, falls es sich tatsächlich um eine Art Hinrichtung gehandelt hat. Und das bestätigt dieser Bekennerbrief ja offensichtlich.«

»Sie wissen, was das bedeutet?« Edith gab Tobias selbst die Antwort. »Dass wir es mit einem Serienmörder zu tun haben könnten.«

Mit einem verschmitzten Grinsen sah Tobias sie an. »Na ja,

mit diesem Bekennerbrief sollten wir doch wenigstens einen guten Grund für eine Hausdurchsuchung im Autohaus Eckert haben.«

»Auf jeden Fall. Aber morgen. Heute ist es schon zu spät.« Es würde sogar für eine Hausdurchsuchung bei Bieler reichen.

»Was ist denn hier los?« Eckert junior wirkte ein wenig verloren, während die Männer und Frauen der Spusi an ihm vorbeigingen und sich auf die verschiedenen Büroräume des Autohauses verteilten.

Koch von der Spusi zeigte auf Edith. »Fragen Sie die beiden Kommissare. Die können Ihnen sicher weiterhelfen.«

Edith wartete nicht, bis Eckert sich bewegte, sondern ging auf ihn zu. Tobias folgte ihr.

»Guten Morgen«, sagte Tobias freundlich.

Fehlte nur noch, dass er Eckert die Hand schüttelte.

Ohne Vorwarnung zückte Edith den Durchsuchungsbeschluss. »Herr Eckert, das ist eine Hausdurchsuchung. Ein gleich lautender Beschluss liegt auch für Ihre Privatwohnung vor. Wir bitten Sie darum, mit uns zu kooperieren und uns alle erforderlichen Informationen zugänglich zu machen. Haben Sie dazu noch Fragen?«

Eckert schüttelte den Kopf. »Aber wieso ... Ich meine, ich habe meinen Vater nicht umgebracht!«

»Nun, es besteht der berechtigte Verdacht, dass in Ihrer Firma Betrugsdelikte erfolgten, über die Sie informiert waren, und das auch noch mehrfach.«

»Sie glauben doch nicht etwa diesen Mist, der gestern in der Zeitung stand? Das ist üble Nachrede! Verleumdung! In meinem Haus sind niemals Abgasuntersuchungen gefälscht worden. Ich versichere Ihnen ...«

»Herr Eckert, darf ich Sie darauf hinweisen, dass alles, was

Sie sagen, vor Gericht gegen Sie verwendet werden kann? Also seien Sie vorsichtig mit Ihren Äußerungen.«

»Das ist … ein Skandal. Ich möchte mit Ihrem Vorgesetzten sprechen. Sofort.«

»Seien Sie versichert, dass Herr Weingarten über unser Vorgehen informiert ist. Aber Sie können ihn gerne anrufen, wenn Sie ihn bei seiner Arbeit stören möchten.«

Die meisten knickten bei diesem dezenten Hinweis, dass ein Anruf unerwünscht sein könnte, ein. Eckert schien da keine Ausnahme zu sein.

»Was passiert jetzt?«, fragte er.

»Die Kolleginnen und Kollegen der Spurensicherung werden ihre Akten und Computer beschlagnahmen. Sobald alles gesichtet wurde, erhalten Sie diese selbstverständlich zurück.«

»Aber … Aber wie sollen wir denn dann arbeiten?«

»Ich fürchte, dass das Autohaus solange geschlossen werden muss.«

»Wie lange?« Eckert wirkte sichtlich verzweifelt.

»Das kann ich Ihnen nicht genau sagen. Es kommt auch darauf an, inwieweit Sie uns unterstützen.«

»Ich unterstütze Sie ja. Oder sehe ich so aus, als würde ich Sie behindern?«

»Das hat niemand behauptet. Also, wenn Sie uns nun unsere Arbeit machen lassen würden …«

»Ja, ja. Natürlich.« Eckert schien aufzugeben.

»Kommen Sie«, mischte Tobias sich ein. »Das ist eine gute Gelegenheit, die Mitarbeiter zu befragen.«

»Das ist interessant.«

Tobias hatte sich Edith so leise von hinten genähert, während sie die Aussage einer Mitarbeiterin notierte, dass sie zusammenzuckte.

»Weshalb schleichen Sie sich so an?«, platzte sie heraus.
»Entschuldigung. Aber das hier sollten Sie sich anhören.« Auffordernd sah er sie an.
Mit einem Seufzen folgte Edith ihm. Tobias führte sie in eines der kleinen Büros der Verkäufer. »Michael Müller« stand auf der Tafel neben der Tür.
Ein junger Mann mit kurzen blonden Haaren saß dort hinter dem Schreibtisch. Als Edith und Tobias hereinkamen, sah er auf.
»Herr Müller, das ist meine Kollegin Frau Neudecker. Wenn Sie bitte wiederholen würden, was Sie mir gerade erzählt haben«, forderte Tobias ihn auf.
»Sie meinen, den Streit, den ich zufällig gehört habe?«
»Welchen Streit?«, fragte Edith und schloss die Tür.
»Nicht, dass Sie denken, ich lausche. Aber als ich letzte Woche noch abends spät im Büro war, um einen Kaufvertrag fertig zu machen, habe ich gehört, wie die beiden Eckerts miteinander stritten. Die waren ziemlich laut, sonst hätte ich sie ja nicht so gut hören können. Wahrscheinlich haben die beiden gar nicht bemerkt, dass ich noch da war.«
»An welchem Tag war das?«, fragte Edith.
Müller blätterte in seinem Terminkalender. »Das war am Dienstagabend. Am Mittwoch hatte ich nämlich den Termin mit dem Käufer, für den ich den Kaufvertrag anpasste.«
»Und worum ging es bei dem Streit?«
»Eckert senior sagte sinngemäß, dass der Junior ihn nicht anlügen solle, denn er hätte Beweise. Keine Ahnung für was, das sagte er nicht. Der Junior meinte daraufhin, was er dagegen machen wolle. Der Alte sei raus aus dem Geschäft, das Ganze ginge ihn nichts mehr an. Der Senior wurde daraufhin so laut, dass ich fürchtete, er bekommt einen Herzinfarkt. Er schrie, er werde nicht zulassen, dass sein nichts-

nutziger Sohn sein Lebenswerk kaputt mache. Dann ging er.«

»Danke, das ist sehr aufschlussreich«, sagte Edith. »Bitte lassen Sie die Aussage zu Protokoll geben, Altmann.«

»Was ist das Problem?«, fragte Tobias gereizt.

Nachdem er den ganzen Vormittag Mitarbeiter des Autohauses befragt hatte und den Freitagnachmittag damit zugebracht hatte, diverse Protokolle aufzunehmen, war Christine Juest wirklich die Krönung. Die rosahaarige Tussi ging ihm langsam auf die Nerven. Bielers Freundin schien sich alle Mühe zu geben, ihre Langeweile und ihr Desinteresse zur Schau zu stellen. Dabei sollte sie nur den Zweizeiler unterschreiben, der besagte, dass Bieler sich am Mittwochabend zum Zeitpunkt des Todes vom alten Eckert in Juests Anwesenheit befunden hatte.

»Wieso muss ich den Quark unterschreiben? Ich habe es euch doch schon gesagt.« Zum dritten Mal legte sie den Kugelschreiber weg.

»Weil das die übliche Vorgehensweise ist, Frau Juest. Jede Aussage wird zu Protokoll gegeben und muss anschließend von dem Betroffenen unterschrieben werden.«

»Und wozu? Weshalb muss ich das dann noch unterschreiben? Sie haben es doch. Ist doch völlig nutzlos.« Mit einem Schulterzucken schubste sie das Blatt Papier von sich, auf dem ihre Aussage niedergeschrieben war.

»Weil Ihre Aussage sonst vor Gericht keinen Bestand hat.«

»Gott, seid ihr Bullen kompliziert.«

Kompliziert war im Moment nur Christine Juest. Aber das behielt Tobias für sich. Wegen solcher Leute hasste er manchmal seinen Job.

»Dann halten Sie mich nicht länger auf und unterschreiben Sie Ihre Aussage endlich. Ansonsten muss ich annehmen, dass Ihre Aussage nicht der Wahrheit entspricht.«

»Na, das ist ja mal ne nette Beschreibung dafür, dass ich lüge.«
»Das habe ich nicht gesagt.«
»Das habe ich nicht gesagt«, äffte Christine ihn nach.
»Frau Juest, Sie strapazieren meine Geduld. Wollen Sie die Aussage nun unterschreiben oder nicht?«
»Das sagte ich doch schon! Den Scheiß unterschreib ich nicht. Kann ich jetzt gehen?«
»Nein, das können Sie nicht. Heißt das, Sie bestätigen das Alibi von Herrn Bieler nicht?«
»Was für ein Alibi?«
»Dass Herr Bieler sich zum fraglichen Zeitpunkt mit Ihnen im gemeinsamen Bett aufhielt.«
»Sie meinen, dass wir gefickt haben.«
Tobias zählte innerlich bis zehn, ehe er antwortete. Das machte diese Christine doch mit Absicht! So blöd konnte niemand sein.
»Ich meine, dass Sie am Mittwochabend zwischen zweiundzwanzig und dreiundzwanzig Uhr zusammen waren.«
Christine zuckte mit den Schultern. »Klar waren wir zusammen. Das sagte ich doch schon. Wir schlafen zusammen.«
»Und weshalb unterschreiben Sie diese Aussage dann nicht?«
»Geh mir weg mit dem Ding, Mann! Ich weiß nicht mehr, was am Mittwoch war. Wahrscheinlich waren wir gemeinsam im Bett. Wir schlafen zusammen.«
»Das sagten Sie bereits. Sind Sie auch am Mittwoch gemeinsam ins Bett gegangen?«
»Kann sein, dass Matze an dem Abend später ins Bett kam. Ich meine, da war ein Abend, da kam er später. Keine Ahnung, wo er war. Er kam halt später. Kann der Dienstag gewesen sein, vielleicht auch der Mittwoch. Merken Sie sich das so genau?«

Am liebsten hätte Tobias sich bekreuzigt. »Das heißt, Sie können *nicht* bestätigen, dass Herr Bieler am vergangenen Mittwochabend zwischen zweiundzwanzig und dreiundzwanzig Uhr zu Hause war?«
»Kann sein oder auch nicht sein. Ich weiß es nicht. Sagte ich doch schon.«
»Also nicht.«
»Hey, verdammt! Sie drehen mir die Worte im Mund rum. Ich habe nicht gesagt, er war nicht da. Ich habe nur gesagt, es könnte sein, dass er nicht da war. Und deshalb will ich auch den Wisch da nicht unterschreiben. Haben Sie es jetzt kapiert?«
Und ob Tobias es verstanden hatte! Bieler hatte kein Alibi für den Zeitpunkt des Mordes am alten Eckert.

Edith sah auf die Uhr. 17:30 Uhr. Freitag. Sie sollte längst zu Hause sein, um endlich ihren Feierabend zu genießen. Aber nein, die Juest musste Bielers Alibi zerschießen. Sie verstand ja, dass Tobias Bieler daraufhin sofort ins Kommissariat bestellt hatte, um dem Aktivisten noch mal auf den Zahn zu fühlen. Aber mussten solche Dinge immer am späten Freitagnachmittag passieren?
»Also, Herr Bieler«, sagte Edith scharf. »Ich frage Sie ein letztes Mal. Wo waren Sie am Mittwochabend zwischen zweiundzwanzig und dreiundzwanzig Uhr?«
»Zu Hause. Das sagte ich doch schon. Nur weil die Chrissie sich nicht mehr daran erinnern kann, heißt das noch lange nicht, dass ich nicht zu Hause war.«
»Herr Bieler«, mischte sich Tobias ein. »Darf ich Sie daran erinnern, dass Sie einen Meineid leisten, wenn Sie uns nicht die Wahrheit sagen?«
»Wieso das denn? Ich bin doch nicht vor Gericht.«
»Das nicht. Aber wir werden Sie darum bitten, dass Sie

Ihre Aussage unterzeichnen. Sollte diese nicht der Wahrheit entsprechen, dann handelt es sich um einen Meineid.«
»Aha«, machte Bieler. Er wirkte nicht überrascht.
»Also«, begann Edith erneut. »Würden Sie jetzt die Freundlichkeit haben und uns erzählen, wo Sie sich am Mittwochabend aufgehalten haben?«
Bieler seufzte. »Ich habe mich mit einem Mitarbeiter des Bauamts getroffen.«
»Ist sein Name zufällig Husch?«, fragte Edith.
Bieler nickte. »Weshalb fragen Sie mich, wenn Sie es schon wissen?«
»Weil wir Ihre Bestätigung brauchen. Und was haben Sie mit Husch besprochen? Spät abends?«
»Es ging um die Fabrikerweiterung der Firma Landmaschinen Seifert GmbH. Ich sagte Ihnen doch schon, dass da irgendwas faul ist. Husch gab mir die Expertise über den Denkmalschutzstatus vom Haus der alten Schmitt.«
»Das heißt, Sie kennen die Expertise erst seit dem Mittwochabend?«, fragte Edith nach.
»Das sagte ich doch eben. Das Haus von Katharina Schmitt soll abgerissen werden, genauso wie die beiden anderen leer stehenden Häuser neben der alten Fabrikhalle. Die alte Schmitt und ihr Enkel wollen logischerweise ihr Haus nicht einfach aufgeben. Ich wollte den beiden ... helfen. Die alte Schmitt ist schon über achtzig, und ihr Enkel, der sie versorgt, ist arbeitslos. Die beiden landen auf der Straße, wenn Seifert das Haus abreißen lässt.«
»Ich gehe doch davon aus, dass die beiden eine angemessene Entschädigung erhalten.«
Bieler schnaubte. »Na, da kennen Sie Seifert aber schlecht. Angeblich bewohnen die beiden das Haus widerrechtlich. Der macht sich nicht einmal die Mühe, die beiden rauszuklagen, sondern behauptet, sie wären Hausbesetzer.«

Das sähe ihrem Onkel ähnlich. »Die beiden Schmitts werden aber doch sicherlich einen Mietvertrag vorweisen können.«
»Keine Ahnung. Da müssen Sie die alte Schmitt oder ihren Enkel fragen. Kann ich jetzt gehen?«
»Nicht so eilig, Herr Bieler. Wir werden Ihre Aussage jetzt zu Protokoll geben, damit Sie sie unterschreiben können«, mischte sich Tobias ein.
»Dann beeilen Sie sich«, sagte Bieler. »Ich will nach Hause.«
»Wir auch«, sagte Edith.

Sie wusste schon, was Tobias sagen würde, wenn Bieler gegangen war. Und tatsächlich, Bieler war kaum zur Tür hinaus, da meinte Tobias: »Wir sollten Husch noch mal befragen.«
»Wir sollten uns auf den Mord an Eckert konzentrieren«, gab sie zurück.
»Und wer sagt, dass diese Bestechungsaffäre nichts mit dem Mord am alten Eckert zu tun hat?«
»Bisher haben wir keinen Hinweis darauf. Stattdessen haben wir deutliche Hinweise, dass im Autohaus Eckert Betrügereien stattgefunden haben, über die Eckert junior und senior in Streit gerieten. Das scheint mir ein Mordmotiv zu sein.«
»Und wie passen dazu die abgeschnittene Zunge und der Bekennerbrief des Henkers von Worms?«
Edith stand auf. »Irgendein Spinner, der auf den Zug aufgesprungen ist.«
»Dafür kannte dieser Spinner aber jede Menge Details.«
»Schön.« Edith blieb seufzend vor der Tür stehen. »Und was haben dann Bieler und Husch mit unserem Spinner zu tun?«

»Keine Ahnung!«, brauste Tobias auf. »Aber wenn Husch mit Bieler über die Bestechungsaffäre gesprochen hat, dann weiß vielleicht auch der Henker darüber Bescheid. Und wenn wir das, was in dem Bekennerschreiben steht, ernst nehmen, dann müssten wir Seifert und Mayer Personenschutz geben. Das meine ich.«

Personenschutz für ihren Onkel und den Oberbürgermeister …

»Okay«, sagte Edith. »Ich gehe jetzt nach Hause. Sie können Weingarten derweil gern erklären, weshalb Sie Personenschutz für Seifert und Mayer haben wollen – nachdem unser liebreizender Bürgermeister unseren Chef sehr deutlich darum gebeten hat, dass wir dieser Sache nicht weiter nachgehen sollen. Schönen Abend noch!«

7

Januar 1947, Willi Klein

Willi schwitzte trotz der Kälte, die im Vereinsheim von Wormatia Worms herrschte. Die Mannschaft hatte sich zur üblichen Zeit getroffen, obwohl aufgrund des knapp einen Meter hoch liegenden Schnees und der klirrenden Kälte an Training nicht zu denken war.

Immer wieder fiel sein Blick auf Fritz, Rolf, Rudolf und Werner. Er gönnte ihnen die Kohle ja, die er ihnen von den Amerikanern abgab. Aber die amerikanischen Freunde hatten ihn das letzte Mal nur mit der Hälfte dessen, was er brauchte, nach Hause geschickt.

»Bei dem Wetter kann doch niemand Fußball spielen!«, rief Rudolf.

»Wir müssen schauen, dass wir unsere Familien durchbekommen.« Das war Rolf.

Dass das wichtiger war als ein Fußballspiel oder der Aufstieg in die nächsthöhere Liga, hatte Willi auch schon öfter gedacht. Aber er hatte es im Gegensatz zu Rolf nicht aussprechen wollen. Rolf nahm nie ein Blatt vor den Mund.

Der Trainer hob abwehrend die Hände. »Glaubt ihr etwa, uns geht es besser? Deswegen habe ich euch ja hergerufen. Mein Vorschlag ist, das Training so lange auszusetzen, bis der Schnee schmilzt. Von der Verbandsliga habe ich das Signal bekommen, dass die Spiele aufgrund des Wetters vorerst ausgesetzt werden. Seid ihr damit einverstanden? Oder fragen wir andersherum: Hat jemand etwas dagegen einzuwenden?«

Suchend sah der Trainer sich um. Doch es meldete sich niemand. Willi sah überall nur Nicken oder zustimmende Mienen.

»Gut. Dann ist das beschlossen. Wenn es mit dem Training weitergeht, melde ich mich bei euch. Ihr könnt jetzt wieder nach Hause gehen. Und behüte euch Gott!«

Die Männer standen auf, Stühle wurden gerückt. Hie und da wurde geredet, aber niemand schien etwas zum Beschluss des Trainers sagen zu wollen. Alle dachten wohl nur daran, schnell wieder nach Hause zu kommen.

Willi nahm all seinen Mut zusammen. »Rolf, Rudolf, Werner, Fritz, kann ich euch kurz sprechen?«

Rolf war schon auf dem Weg zur Tür gewesen und kam jetzt wieder zurück. »Was ist denn noch?«

Die anderen drei nickten nur. Fritz' Miene wirkte bekümmert, als ahnte er, was Willi zu sagen hatte.

»Gleich«, sagte Willi. »Wenn die anderen weg sind.«

Das Vereinsheim leerte sich zügig. Als Letzter ging der Trainer. Nur der Wirt war noch da. »Braucht ihr noch lange?«, rief er ihnen zu.

»Nur ein paar Minuten«, erwiderte Willi.

Vor sich hinmurmelnd verließ der Wirt den Schankraum.

»Spuck es aus! Was ist los?«, fragte Rolf.

Willi holte tief Luft. »Ich hab nicht genug Kohle für euch alle.«

»Was soll das heißen?«, fragte Rolf sofort.

»Dass die Amerikaner nicht genug abgeben. Und sie haben mir gedroht, dass ich gar nichts mehr bekomme, wenn ich weiter so gierig bin. Tut mir leid ...«

»Es tut dir leid«, unterbrach Rolf ihn. »Und was heißt das? Kriegt jetzt keiner was, oder nimmst du etwa alles?«

»Das hab ich nicht gesagt. Deshalb wollte ich ja mit euch reden. Damit wir darüber sprechen.«

»Gott verdammt, wir haben nicht genug zu fressen, und jetzt willst du uns auch noch keine Kohle geben?«

»Ich will euch ja Kohle geben. Aber ich hab nicht genug.«

»Dann nimm du die Kohle, Willi«, mischte sich Werner, das Küken, überraschend ein. »Du und Fritz, ihr habt es am nötigsten.«
»Weil die beiden Kinder haben?«, brauste Rolf auf. »Und was ist mit meiner Lisbeth? Die ist schwanger!«
»Fritz' Kleiner ist krank«, warf Werner ein. Rudolf mischte sich ein. »Dann teilt es eben unter Rolf, Fritz und Willi auf. Wir schaffen es auch ohne.«
»Das ist sehr großzügig von euch«, sagte Fritz und senkte beschämt den Blick. »Aber es ist Willis Kohle. Er muss uns nichts abgeben. Was nützt es, wenn wir die Kohle aufteilen, sodass es für keinen richtig reicht?«
»Da sprichst du aber nur für dich«, sagte Rolf laut. Fritz' Blick ging Willi unter die Haut. »Wir teilen die Kohle unter uns dreien.« Er wollte sich nicht vorwerfen müssen, dass Fritz' kleiner Sohn starb, weil er ihnen nicht genügend Kohle abgegeben hatte.

Tobias hatte recht.
Edith trat die Decke von ihrem Körper herunter. Es war zu warm, und dank Tobias konnte sie ohnehin nicht schlafen. Das Gewitter, das die Wettervorhersage gemeldet hatte, war wieder um Worms herumgezogen und hatte sich stattdessen im Odenwald ausgetobt. In Worms schien es dagegen nur noch stickiger geworden zu sein.
Wenn an der Sache mit dem Henker etwas dran war, dann waren ihr Onkel und der Oberbürgermeister in Gefahr. Schön, sie wünschte dem Onkel die Pest an den Hals, aber wie sollte sie sich Weingarten gegenüber verantworten, wenn einer der beiden ermordet wurde, weil sie sich geweigert hatte, dieser Spur nachzugehen? Wie sollte sie sich je wieder im Spiegel in die Augen schauen?
Aber ein Spinner, der Stadthonoratioren tötete, weil sie

sich am Volk »versündigt« hatten, klang einfach zu verrückt, als dass sie daran glauben konnte. Gesetzt den Fall, Eckert hatte wirklich Abgasuntersuchungen gefälscht, dann rechtfertigte das noch lange keinen Mord. Ebenso wenig wie eine Bestechung oder der widerrechtliche Abriss von denkmalgeschützten Häusern. Das waren doch alles keine Mordmotive! Auch nicht, wenn man ein Spinner war. Da musste etwas anderes dahinterstecken. Aber was?

Danke, Tobias, dass du mich um meinen verdienten Schlaf bringst! Doch sie mussten dieser Spur wohl oder übel nachgehen. Auch wenn das hieß, dass sie erneut ihren Onkel aufsuchen musste. Oder dass sie sich dem Wunsch des Oberbürgermeisters widersetzte. An diesem Punkt angelangt, konnte sie ihr Gedankenkarussell endlich abstellen und die Lider schließen.

Sie war gefühlt kaum eingeschlafen, als das Klingeln des Telefons sie weckte. Tobias' Stimme klang so frisch und fröhlich, dass ihr fast übel wurde. »Guten Morgen! Ein Mitarbeiter des Autohauses sitzt in unserem Büro und möchte Selbstanzeige wegen Abgasbetrugs erstatten.«

»Guten Morgen«, sagte Edith, als sie ins Büro kam. Dabei war nichts an diesem Morgen gut. Es war Samstag. Auch Polizisten hatten ein Wochenende verdient. Aber der grauhaarige Mann, Anfang fünfzig, der mit Tobias in ihrem Büro auf sie wartete, schien anderer Meinung zu sein.

»Guten Morgen.« Tobias reichte ihr ungefragt eine Tasse Kaffee. »Darf ich vorstellen, das ist Herr Klaus Wenger. Er ist der Leiter der ans Autohaus Eckert angeschlossenen Werkstatt.«

Der Duft der Arabica Sonderedition war unverschämt gut. Mit einem Seufzen ließ sich Edith in ihren Schreibtischstuhl sinken. »Und was verschafft uns die Ehre, Sie an diesem Samstagmorgen im Kommissariat begrüßen zu dürfen?«, fragte sie, nachdem sie einen Schluck Kaffee genommen hatte.

Unsicher sah der Mann zu Tobias. »Ich dachte, es wäre richtig, dass ich Ihnen meine Aussage zu Protokoll gebe?«

»Natürlich, Herr Wenger. Jede Information ist wichtig für uns. Bitte informieren Sie meine Kollegin darüber, was Sie zu uns führt.«

»Ich sagte es Ihnen ja bereits. Ich … Wir haben Abgasuntersuchungen ge… verändert. Und Herr Eckert wusste davon.«

»Sie meinen Eckert junior, nehme ich an«, unterbrach Edith ihn.

Der Mann nickte. »Eigentlich hat er uns … mich darum gebeten. Es fing damit an, dass ein Kunde seine Karre aufmotzen ließ. Also nicht nur die Karosserie, sondern auch den Motor. Danach war natürlich der TÜV fällig. Den lassen wir selbstverständlich im Haus durchführen.«

»Und?«, fragte Edith. Nun war sie neugierig geworden.

»Na ja, die Grenzwerte wurden von dem neuen Motor nicht eingehalten. Wir haben eine Drosselung der Leistung eingebaut. Aber dadurch verlor der Motor natürlich an Spritzigkeit. Der Kunde hat sich daraufhin bei Herrn Eckert beschwert, und der gab uns … also mir daraufhin den Auftrag, die Drosselung wieder zu entfernen. *Nachdem* der TÜV-Prüfer im Haus gewesen war.«

»Und Sie haben das einfach so erledigt, obwohl Sie wussten, dass es gegen das Gesetz verstößt?«, fragte Tobias.

Wenger senkte den Blick. Er räusperte sich. »Eckert … Eckert gab mir eine Sondergratifikation. Ein Dankeschön des Kunden, so nannte er es.«

»Wie hoch war denn diese Sondergratifikation?«, wollte Edith wissen.

»Tausend Euro. Die konnten wir gerade gut gebrauchen, weil ...«, Wenger verstummte.

Edith verschluckte sich fast an ihrem Kaffee. Herrje, wenn Wenger tausend Euro erhalten hatte, dann hatte Eckert sicher mindestens doppelt so viel von seinem Kunden erhalten. Ohne dass etwas für ihn dabei heraussprang, hatte Eckert das bestimmt nicht getan.

»Und wie oft kam es zu derlei Unregelmäßigkeiten«, fragte Edith. »Oder war das ein Einzelfall?«

Wenger schüttelte den Kopf. »Das war kein Einzelfall. Wir hatten seitdem nahezu jeden Monat Motornachrüstungen, die nicht vom TÜV abgenommen wurden. Manchmal waren es auch mehrere Aufträge im Monat. Es gab auch Karosserieveränderungen, die nicht vom TÜV abgenommen wurden. Unser Kundenstamm reichte bis nach Frankfurt und Wiesbaden.«

Die Sache schien sich herumgesprochen zu haben. Eine illegale Autowerkstatt mitten im beschaulichen Worms. Das war zu kurios, als dass Edith es glauben mochte.

»Und Sie sind dazu bereit, all das zu Protokoll zu geben und zu unterschreiben?«

Wengers Blick irrte zu Tobias. »Sie haben gesagt, dass ich dadurch Strafmilderung bekomme. Das stimmt doch?«

Natürlich, der Kollege machte wieder einen Alleingang, ohne sich mit ihr oder Weingarten abzustimmen. Edith presste die Lippen aufeinander.

Tobias lächelte beruhigend. »Ich habe das Einverständnis von Herrn Weingarten.«

»Das ist ja sehr freundlich von Weingarten«, platzte Edith heraus. »Schön, dass ich auch davon erfahre.«

»Sie sehen«, sagte Tobias ungerührt, »Sie können unbesorgt sein, Herr Wenger.«

»Und, wollen Sie Eckert auch Strafmilderung zusichern, damit er mit der Wahrheit herausrückt?«

»Verdammt, ich war in Zugzwang! Irgendetwas musste ich tun, damit Wenger nicht einfach wieder geht.«

»Wie wäre es damit, dass Sie einfach auf Ihre Kollegin gewartet hätten?«

»Was hätte das geändert? Ich hatte Weingartens Einverständnis ...«

»Was das geändert hätte? Dass wir als Team agiert hätten.«

»Als ob Sie Interesse daran hätten, dass wir ein Team werden.«

Mit offenem Mund starrte Edith Tobias an, ehe sie die Tasse mit einem lauten Knall auf den Schreibtisch stellte. Sie hatte ihren ganzen Willen zusammennehmen müssen, um sie nicht an die Wand zu werfen.

»Nur für den Fall, dass wir uns missverstehen: Ich gehe davon aus, dass Sie Ihr Versetzungsgesuch bereits eingereicht haben.«

Tobias' Lippen wurden zu einem schmalen Strich. »Nein, das habe ich nicht. Denn ich vertraue auf Ihre Einsicht.«

Am liebsten hätte Edith dem kleinen Mistkerl den Hals umgedreht. Aber okay, wenn er Krieg wollte, dann sollte er ihn haben. Ab sofort würde sie ihn nicht mehr mit Samthandschuhen anfassen oder Rücksicht auf ihn nehmen. Sollte er doch sehen, wo er ohne ihre Unterstützung landete!

Er atmete tief durch. »Damit Sie Bescheid wissen: Ich habe Eckert ins Kommissariat bestellt. Er müsste jeden Augenblick hier sein.«

»Sehr freundlich von Ihnen«, schnappte Edith. »Dann schlage ich vor, dass Sie die Befragung selbst durchführen. Ich schaue mir in der Zeit die Ergebnisse der Spusi an.«

Edith fand nicht nur die neuesten Ergebnisse der Spusi sondern auch eine Nachricht von Gürkan. Er hatte mehrere Opernbesucher befragt, die die Anwesenheit von Eckert junior und dessen Frau bestätigen konnten. Das Stück war um 22:30 Uhr zu Ende gewesen. Die verbliebene Zeit hätte also durchaus ausgereicht, um den alten Eckert zu ermorden. Aber dann hätte die Frau Eckert ihrem Mann ein falsches Alibi gegeben.

Der Bericht der Spusi besagte, dass in der Tat Unregelmäßigkeiten in den Abrechnungen der Autowerkstatt zu finden waren. Da wurden immer wieder Sondergratifikationen für den Werkstattleiter verbucht, die mit Rechnungen von Motor- oder Karosseriearbeiten zusammenfielen. Rechnungen, in denen »Sonderleistungen« geltend gemacht wurden. Eckert war also tatsächlich so dreist gewesen, die Schwindeleien über die Bücher laufen zu lassen. Andererseits hatte er auf diese Weise auch keine Probleme mit der Steuer bekommen. Solange niemand die Buchungen in Zusammenhang mit dem TÜV brachte, hätte ihm niemand etwas nachweisen können. Edith wusste nicht, ob Eckert besonders clever oder nur besonders dreist war.

Der zweite Bericht der Spusi war weniger erfreulich. Der Bekennerbrief, den das Wormser Tageblatt erhalten hatte, wies zwar einige Fingerabdrücke auf, aber sie gehörten leider dem Chefredakteur und seiner Assistentin. Demnach war der Henker tatsächlich so umsichtig gewesen, Handschuhe oder ähnliches zu benutzen, als er den Brief schrieb und in den Briefkasten des Tageblatts einwarf. Als Zufall wollte und konnte sie das nicht abtun.

Nachdem sie die Berichte gelesen hatte, legte sie diese wortlos auf Tobias' Schreibtisch. Da klopfte es auch schon an die Tür, und eine Kollegin sah herein.

»Ein Herr Eckert ist hier. Er sagt, er wurde von Ihnen herbestellt.«

»Das ist richtig. Bringen Sie ihn bitte herein.«
»Gerne.« Die Kollegin verschwand; kurz darauf klopfte es erneut, und Eckert kam herein.
»Setzen Sie sich doch, Herr Eckert«, sagte Tobias und wies auf den Stuhl, auf dem kurz zuvor Wenger gesessen hatte.
»Was soll ich hier? Ich habe Ihnen doch schon alles gesagt.«
Edith lehnte sich zurück und beschloss, den Mund zu halten. Sollte Tobias doch mal sehen, ob er alleine zurechtkam.
»Wir haben neue Beweise, dass das nicht stimmt, Herr Eckert.«
»Was soll denn da nicht stimmen? Wir waren in der Oper. Ich hatte keine Gelegenheit, meinen Vater zu ermorden. Und ich hatte auch keinen Grund dazu.«
»Das ist leider nicht richtig, Herr Eckert. Wie wir erfahren haben, dauerte die Oper nur bis zweiundzwanzig Uhr dreißig. Sie hätten also durchaus Gelegenheit gehabt, Ihren Vater im ermittelten Zeitraum zu töten.«
»Das mag sein, aber ich habe meinen Vater nicht umgebracht!«
Unbeeindruckt fuhr Tobias fort: »Worüber haben Sie sich mit Ihrem Vater am Dienstagabend gestritten?«
Zum ersten Mal wirkte Eckert verunsichert. »Am Dienstagabend? Ich kann mich nicht daran erinnern.«
»Einer Ihrer Mitarbeiter kann sich dafür umso besser daran erinnern. Ihr Vater hat die Betrügereien aufgedeckt, die sie seit etlichen Monaten in der Werkstatt durchführen lassen, und drohte, sie auffliegen zu lassen. Wollen Sie das bestreiten, Herr Eckert?«
Eckert fielen fast die Augen aus dem Kopf. »Wer behauptet das?«
»Das tut nichts zur Sache.« Tobias legte den Bericht der Spusi auf den Tisch. »Hier. Ihre Buchungen bestätigen, dass

nach etlichen Motor- und Karosserieveränderungen erhebliche Summen für Sonderleistungen und Sondergratifikationen geflossen sind. Wollen Sie das leugnen?«

Eckert schwitzte und zerrte an seiner Krawatte. »Und wenn schon! Das sind Sonderzahlungen für besonders aufwändige Arbeiten. Was soll daran falsch sein?«

»Einer Ihrer Mitarbeiter hat uns mit eidesstattlicher Versicherung zu Protokoll gegeben, dass Veränderungen an Motoren und Karosserien am TÜV vorbei eingebaut wurden. Und nicht nur einmal, sondern mit schöner Regelmäßigkeit. Der Kundenstamm reichte bis nach Frankfurt. Wollen Sie das leugnen?«

»Verdammt!«, schrie Eckert. »Und wenn es so war, deswegen habe ich noch lange nicht meinen Vater umgebracht.«

»Das heißt, Sie geben die Vorwürfe des Betrugs also zu?«

»Ja! Gott verdammt! Ja! Aber ich habe meinen Vater nicht umgebracht. Das schwöre ich Ihnen.«

Edith wusste nicht, ob sie sich über Eckerts Verhaftung wegen Betrugs freuen sollte.

»Wir sollten noch mal mit diesem Husch sprechen«, sagte Tobias.

»Heute, am Samstag? Na, dann viel Vergnügen. Das Bauamt hat geschlossen.«

Bei diesen Worten zog sie ihre Jacke an. Sie hatte wirklich keine Lust, auch nur noch eine Sekunde länger mit Tobias in einem Raum zu verbringen.

»Wo wollen Sie hin?«

»Nach Hause. Es ist Samstag. Wir haben hier unsere Pflicht getan. Das Bauamt können wir ohnehin erst am Montag aufsuchen.«

Ohne eine Antwort abzuwarten, verließ Edith das Büro. Sie eilte aus dem Kommissariat, als wäre Weingarten hinter ihr her. Erst draußen auf dem Parkplatz, wo ihr Auto stand, kam sie zum Luftholen. Die Hitze war unerträglich. Nicht einmal ein laues Lüftchen brachte eine Abkühlung.

Was auch immer sie zu Tobias gesagt hatte, sie wollte nicht nach Hause. Sie hatte eigentlich nur raus aus dem gemeinsamen Büro gewollt.

Gleich am Montag musste sie mit Weingarten sprechen. Sie würde keinen Tag länger freiwillig mit diesem Mistkerl zusammenarbeiten. Wenn er sie andauernd überging, dann hatte sie jedes Recht der Welt, die Zusammenarbeit mit ihm zu verweigern. So ging das einfach nicht, dass Tobias ohne Rücksprache mit ihr Abmachungen mit Weingarten traf. Wie stand sie denn da? Wie eine Idiotin! Und das ließ sie sich auf keinen Fall gefallen.

Ein Mann in schwarzem Shirt und Jeans näherte sich dem Parkplatz. Tobias. Ehe er in Rufweite gelangen konnte, stieg Edith in ihr Auto und startete den Motor. Sie sah, wie Tobias winkend auf sie zurannte, aber sie fuhr an ihm vorbei vom Parkplatz hinunter, ohne anzuhalten.

Kurz darauf klingelte ihr Handy. Ein Blick darauf zeigte ihr, dass es Tobias' Nummer war. Egal, was er ihr sagen wollte, sie hatte nicht die Absicht, ranzugehen.

Sie musste noch etwas regeln, was sie bei ihrem ersten Besuch beim Wormser Tageblatt versäumt hatte.

Das Telefon klingelte noch zwei Mal, ehe sie die Redaktion erreichte. Als sie die Nummer kontrollierte, erkannte sie, dass es beide Male Tobias gewesen war. Er hatte ihr sogar etwas auf den Anrufbeantworter gesprochen. Aber Edith hatte nicht die geringste Lust, sich irgendwelche Entschuldigungen anzuhören. Sollte er ruhig allein damit klarkommen.

Mit entschlossenen Schritten ging sie auf das Redaktionsgebäude zu. Zu ihrer Überraschung war Feineisen tatsächlich noch in seinem Büro.

Edith klopfte an die Tür, die sie bereits geöffnet hatte. »Darf ich hereinkommen? Kriminalpolizei, Edith Neudecker.«

Feineisen schien im Aufbruch begriffen gewesen zu sein. Dass er nicht begeistert war, wenn sie ihn von seinem Feierabend abhielt, war deutlich zu sehen. Mit einem Seufzen setzte er sich wieder. »Nur zu. Aber machen Sie es kurz. Ich möchte nach Hause.«

»Es handelt sich nur um eine Formsache. Ich bitte Sie hiermit darum, dass Sie dem Kommissariat, namentlich mir, weitere Schreiben des Henkers von Worms unverzüglich zukommen lassen. Gesetzt den Fall, er sollte sich wieder bei Ihnen melden.«

Feineisen runzelte die Stirn. »Soll das heißen, Sie verbieten mir, künftige Schreiben des Henkers zu veröffentlichen?«

Darüber hatte Edith gründlich nachgedacht. »Nein, Sie können die Schreiben nach Gutdünken veröffentlichen. Sollten Sie das nicht tun, könnte das den Täter davon abhalten, Ihnen weitere Bekennerbriefe zukommen zu lassen. Und das möchte ich vermeiden. Diese Briefe könnten wertvoll für unsere Ermittlungsarbeit sein. Aber haben Sie Verständnis dafür, wenn ich Sie darum bitte, keine Ermittlungsergebnisse ohne Rücksprache mit uns preiszugeben. Und ich möchte auch ungern über die Zeitung von weiteren Bekennerbriefen erfahren. Es handelt sich im Fall eines Mordes immerhin um ein Beweismittel, das Sie uns nicht vorenthalten dürfen.«

»Verstehe«, sagte Feineisen. »Und ich nehme an, Sie benötigen im gegebenen Fall das Original.«

»Richtig. Um den Brief auf Fingerabdrücke zu untersuchen. Es wäre insofern hilfreich, wenn Sie den Umschlag aufheben würden und zur Öffnung Handschuhe verwenden.«

»Ich werde daran denken. Kennen Sie übrigens die Legende vom Henker von Worms?«

»Es gibt tatsächlich eine Legende dazu?«, fragte Edith überrascht.

Feineisen nickte. »Irgendeine Legende oder Sage aus dem Mittelalter. Wohl zu Zeiten der Pest, als die Wormser große Not litten. Da gab es einen übereifrigen Henker, der einige Hexen verbrannte und betrügerische Händler an den Ohren ans Stadttor nagelte. Er behauptete, Gott habe ihn damit beauftragt, Worms zu reinigen. Wenn er seine Aufgabe erfüllte, werde Gott die Wormser vor der Pest retten. Was für ein kranker Geist!«

»Damals gab es wohl viele kranke Geister.« Heute auch, fügte Edith im Stillen hinzu.

»Glauben Sie, dass es weitere Morde geben wird?«, fragte Feineisen.

»Bitte zitieren Sie mich nicht. Aber wenn der Briefeschreiber sich tatsächlich auf diese Legende beruft, dann steht genau das zu befürchten.«

Im gleichen Augenblick, in dem Edith es ausgesprochen hatte, wusste sie, dass es ein Fehler gewesen war. Feineisen würde sie ganz sicher zitieren, ganz egal, welche Eide er ihr schwor.

Verdammt! Edith ging auch beim vierten Mal nicht ans Telefon. Frustriert steckte Tobias das Handy ein.

Sollte er jetzt allein zu Huschs Privatadresse fahren? Nachdem sie so verärgert gewesen war, weil er mit Weingarten gesprochen hatte, ohne sie einzubeziehen, würde sie wahrscheinlich Schnappatmung bekommen, wenn er den Mann vom Bauamt auf eigene Faust aufsuchte. Andererseits, er hatte sie vier Mal angerufen und ihr auf den Anrufbeantworter gesprochen. Es war nicht seine Schuld, wenn sie nicht ranging. Und er hatte absolut keine Lust, mit der Befragung bis Montag zu warten.

Immerhin ging es um Mord und Bestechung. Was, wenn Husch der Boden zu heiß wurde und er einfach abhaute? Wäre nicht das erste Mal, dass sich jemand aus Angst vor Konsequenzen aus dem Staub machte. Husch hatte guten Grund anzunehmen, dass irgendjemand ihn für seine Andeutungen zur Rechenschaft ziehen würde.

Mit einem Fluch stieg Tobias ins Dienstfahrzeug. Dann eben alleine.

Dank Navigationsgerät fand er problemlos zu dem kleinen Häuschen, in dem Husch wohnte. Kinderlachen und das Plätschern von Wasser drangen aus dem Garten hinter dem Haus. Er fühlte sich wie ein Eindringling. Nach einem tiefen Atemzug klingelte er.

Es war Husch selbst, der ihm die Tür öffnete. Seine Augen wurden weit. »Was ...«

»Wer ist denn da?«, fragte eine Frauenstimme.

»Ein Nachbar. Pass mal kurz auf die Kinder auf, ich bin gleich wieder da«, rief Husch ins Haus. Zu Tobias gewandt setzte er hinzu: »Was wollen Sie? Ich habe Ihnen doch alles gesagt.«

»Nicht alles. Ich hätte da noch eine Frage. Was haben Sie am Mittwochabend zwischen zweiundzwanzig und dreiundzwanzig Uhr gemacht?«

Husch starrte ihn an wie einen Geist. Er räusperte sich. »Ich war unterwegs. Joggen.«

»Kann das jemand bezeugen? Bieler zum Beispiel?«

»Bieler? Wieso ... Gott verdammt, was wollen Sie?«

»Ihnen ist klar, dass Sie einen Meineid leisten, wenn Sie eine Falschaussage machen? Wir ermitteln in einem Mordfall.«

Schweißperlen rannen über Huschs Schläfen. Mit einer fahrigen Handbewegung wischte er sich über das Gesicht.

»Das darf nicht nach außen dringen. Das müssen Sie mir versprechen.«

»Wie ich bereits sagte, ich ermittle in einem Mordfall.«

»Okay, okay. Ja, es stimmt. Ich habe mich mit diesem Bieler getroffen.«

»Und worüber haben Sie mit Bieler gesprochen? Kann es sein, dass Sie ihm etwas gegeben haben?«

»Wenn Sie es schon wissen, weshalb fragen Sie dann? Ich habe ihm die Expertise über den Denkmalschutzstatus des Hauses von Katharina Schmitt gegeben.«

»Können Sie mir mit Ihren Worten erläutern, was diese Expertise besagt?«

Husch holte tief Luft. »Dass das Haus der Schmitt alle Vorgaben erfüllt, um unter Denkmalschutz gestellt zu werden. Und dass der Oberbürgermeister davon wusste und die Expertise dem Stadtrat gegenüber verschwiegen hat.«

»Möchten Sie mir noch etwas sagen, Herr Husch?«

Husch ließ den Kopf hängen. »Mayer hat mir Geld gegeben, damit ich den Mund halte. Das Geld war von Seifert. Ich vermute, Mayer hat deutlich mehr erhalten als ich.« Nach einer kurzen Pause setzte er hinzu. »Wir haben davon das Schwimmbecken hinter dem Haus gebaut – für die Kinder.«

Tobias hatte keine Ahnung, wie viel ein Schwimmbecken kostete. Aber ganz sicher handelte es sich um einen fünfstelligen Betrag.

»Ich verspreche Ihnen, dass ich mich dafür einsetze, dass Sie Strafbefreiung erhalten für Ihre Aussage.«

»Rainer, wo bleibst du denn?«, rief die Frauenstimme.

»Ich komme«, sagte Husch. Dann schloss er mit Tränen in den Augen die Tür.

Schon wieder eine Nachricht von Tobias? Verärgert zerrte Edith das Handy aus ihrer Jackentasche, als sie zu ihrem Auto ging. Aber die Nummer, die sie auf dem Display las, ließ ihre Knie weich werden. Es war die Festnetznummer ihres Onkels.

Mit zitternden Händen öffnete sie die Fahrertür und ließ sich auf den Sitz fallen. Im Auto war es so brütend heiß, dass ihr augenblicklich der Schweiß ausbrach.

Sekundenlang starrte sie auf die Nummer, bis sie endlich die Sprachnachricht abrief.

»Ich dachte, meine Warnung war eindeutig. Vergiss, was Husch gesagt hat, oder du wirst es bereuen.«

Mit zitternden Händen wischte sie sich über das Gesicht. Ihr war auf einmal übel. Wenn den Scheißkerl doch nur der Schlag treffen würde! Damit sie endlich ihre Ruhe vor ihm hätte. Damit sie ihn nie wiedersehen musste. Nie mehr daran erinnert werden konnte, was passiert war. Was er ihr angetan hatte.

Als das Handy klingelte, hätte sie es vor Schreck fast fallen lassen. Ohne nachzudenken, ging sie ran.

»Altmann hier. Ich habe mit Husch gesprochen. Wir müssen uns treffen. Sofort. Es ist dringend.«

»Sie haben mit Husch gesprochen. Ohne mich ...«

»Sorry. Ich habe Sie vier Mal angerufen und Ihnen sogar eine Nachricht hinterlassen. Und es war gut, dass ich dort war. Husch ist geschmiert worden. Vom Bürgermeister. Und Husch sagt, dass Mayer von Seifert geschmiert wurde. Damit die Expertise verschwindet, die Bieler von Husch erhalten hat. Das ist eine Riesenschweinerei, sage ich Ihnen. Und Ihr Onkel und der Oberbürgermeister stecken mittendrin.«

»Sie hätten mich informieren müssen.«

Verdammt, und Feineisen hatte ihr von der Legende des Henkers erzählt. Wenn dieser Briefeschreiber tatsächlich der

Mörder von Eckert war, dann waren Mayer und ihr Onkel vielleicht die nächsten.

Und wenn? Traf es irgendeinen falschen?

»Das wollte ich ja! Was kann ich dafür, wenn Sie nicht rangehen. Wo waren Sie überhaupt?«

»Das tut nichts zur Sache. Ich rate Ihnen nur eins: Wenn Sie nicht wirklich ein Versetzungsgesuch schreiben wollen, dann unternehmen Sie nie wieder etwas, ohne mit mir Rücksprache zu halten. Nie wieder. Haben Sie das verstanden?«

»Weshalb? Damit Sie sich nicht übergangen fühlen?«, fragte Tobias.

»Was erlauben Sie sich ...«

»Wissen Sie was? Sie haben gewonnen. Wir beenden diesen Fall, und wenn Sie es schaffen, sich so lange wie eine echte Kollegin zu benehmen, sehen Sie mich danach nie wieder.«

8

Wie er sich wand und an seinen Fesseln zerrte, dieser Betrüger. Und dann noch auf harmlos tun, anstatt seine Verbrechen zuzugeben.
»Wer sind Sie? Was wollen Sie von mir?«
»Meinen Namen habe ich dir schon gesagt. Schon wieder vergessen?«
»Ich kenne Sie nicht.«
Das hatte er erwartet. Auch Eckert hatte ihn nicht gekannt. So schnell waren sie dazu bereit, die Schuld zu vergessen, die sie auf sich geladen hatten.
»Aber ich kenne dich. Ich weiß, was du getan hast.«
Panisch sah Klein sich um, als erwartete er, dass jemand vorbeikam, der ihm helfen würde. Aber dort, wo er in der hereinbrechenden Dämmerung spazieren gegangen war, da war das Feld menschenleer. Nicht einmal Licht brannte irgendwo.
»Ich habe nichts verbrochen.«
»O doch, das hast du. Hör doch endlich auf, es zu leugnen! Das nutzt dir doch nichts. Willst du es nicht lieber zugeben und dein Gewissen reinigen.«
»Was soll ich denn zugeben?«
»Dass du dich am Volk vergangen hast. Du hast betrogen mit falschen Etiketten und Zucker in deinen Wein getan.«
»Das macht doch jeder.«
»Dann gibst du es also zu?«
»Gott verdammt! Ich habe nichts Illegales getan. Ich schwöre es.«
Hatte der Kerl etwa Tränen in den Augen? Aber Mitleid würde er deshalb bestimmt nicht haben.
»Es ist egal, ob du gestehst. Mein Urteil steht fest.«

»*Was für ein Urteil? Ich habe nichts getan. Bitte, ich flehe Sie an ...*«
Er lächelte. Das war er endlich, der Moment, auf den er so lange gewartet hatte. »*Hiermit verurteile ich dich zum Tode. Das Urteil wird sofort vollstreckt.*«
»*Nein!*«*, wimmerte Klein.* »*Bitte ...*«
Doch ein Schlag mit einem Stein gegen die Schläfe beendete das Gejammer. Wie ein Sack Kartoffeln sackte der Mann in sich zusammen.
Irgendwie war es enttäuschend, wie wenig Einsehen der Angeklagte gezeigt hatte. Aber sei's drum. Jetzt musste er ihn noch zur Schau stellen. Er hatte sich auch schon einen guten Platz ausgesucht. Schade, dass er Edith Neudeckers Reaktion nicht mitbekommen würde. Hoffentlich kümmerte sie sich dieses Mal um das Geschreibsel des Wormser Schmierblatts. Damit die Missetaten des Angeklagten nicht wieder vergessen wurden. Aber er hatte schon eine Idee, wie er sie auf Spur bringen konnte.

Das schrille Klingeln wiederholte sich, drang beständig in Ediths Träume. Sie wälzte sich auf die andere Seite und aktivierte die Leuchtanzeige des Weckers. Sieben Uhr. Und das am Sonntag!

Es klingelte erneut. Das war das Dienst-Handy, verdammt. Also war es wichtig. Sie musste rangehen.

Hoffentlich war es kein neuerlicher Mord. Darauf konnte sie gern verzichten.

Als ihr Finger über dem grünen Knopf schwebte, zögerte sie kurz. Was, wenn es Tobias war? Und wenn schon, sie würde für den Rest des Falls mit ihm auskommen müssen.

Wieder klingelte es. Schicksalsergeben betätigte Edith den grünen Button.

»Weingarten hier. Wir haben einen weiteren Toten.«

Edith verschluckte einen Fluch. »Ich bin gleich da. Wo muss ich hinkommen?«
»Zum Raschitor in der Parkanlage. Ich werde als nächstes Altmann informieren.«
»Danke. Ich weiß, wo das ist.« Edith legte auf.
Ein Toter am Raschitor. Wieder ein historischer Ort. Ihr Bauchgefühl sagte ihr, dass es der gleiche Mörder war, der Eckert auf dem Gewissen hatte. Das würde ihre Vermutung bestätigen, dass sie es mit einem Serienmörder zu tun hatten. Wie ein Zombie tappte sie ins Bad. Die Zeit reichte nur für eine kleine Morgentoilette. Kein Kaffee. Nachdem sie sich angezogen hatte, gab sie der Katze etwas zu fressen.

Als sie die Wohnung verließ, wäre sie fast auf den Briefumschlag getreten, der vor ihrer Wohnungstür lag. Verwundert bückte sie sich. Werbung? Aber der Umschlag hatte abgestoßene Ecken und trug keinerlei Aufschrift. Nur ihren Namen. Mit Schreibmaschine geschrieben. Der i-Punkt war durchgestanzt, und das t hing leicht über der Grundlinie.

Ediths Hände zitterten. Die gleichen Merkmale waren ihr bei dem Bekennerschreiben des »Henkers« aufgefallen. Sie legte sich das Schreiben auf den Schoß und zerrte die Einmalhandschuhe über ihre Hände, ehe sie es endlich öffnete.

Drinnen war ein Brief, mit Schreibmaschine geschrieben. Ein Brief des Henkers an sie ganz persönlich.

Wie in Trance eilte Edith zu ihrem Auto, startete den Motor und schlug den Weg zum Raschitor ein. Sie hatte das Schreiben samt Umschlag vorschriftsmäßig eingetütet für die Spusi. Obwohl sie sich durch und durch an die Vorschriften hielt, fühlte sie sich unsicher. Als hätte sie etwas getan, was gegen das Gesetz verstieß.

Weshalb zum Kuckuck nahm der Henker mit ihr Kontakt auf? Weshalb hatte er seinen Bekennerbrief nicht wieder ans

Tageblatt geschickt? Andererseits, vielleicht hatte er zwei Briefe geschrieben. Den Winzer Klein, der sich des Betrugs am Volk schuldig gemacht habe, habe er gerichtet. Klein habe Etikettenschwindel betrieben und seinem Gesöff Glykol zugesetzt mit der Absicht, unschuldige Bürger zu vergiften. Für diese Vergehen gäbe es nur eine Strafe, nämlich den Tod.

Das war doch Unfug! Selbst der mittelalterliche Henker hatte Betrüger »nur« mit den Ohren am Stadttor aufgehängt. Was trieb diesen Kerl nur?

Weiter schrieb er, dass er unzufrieden sei mit der Art der Berichterstattung. Anstatt die Vergehen der Missetäter ins Zentrum der Aufmerksamkeit zu rücken, habe sich diese auf seine Person konzentriert. Das müsse sich ändern. Sie solle dafür sorgen, sonst werde sie dafür büßen. Denn auch sie trage Schuld, und er gäbe ihr die Gelegenheit, diese damit zu tilgen. Wenn sie den Verbrechern half, werde er keine Gnade mehr walten lassen.

Dieser Kerl war krank. Völliger Verlust der Orientierung. Von welcher Schuld sprach er da? Sie trug keine Schuld. Ihr Onkel vielleicht, der konnte sicherlich eine ganze A4-Seite mit Straftaten füllen. Oder wusste der Mörder von ihrer Verwandtschaft und nahm sie in Sippenhaft? Das war doch alles Blödsinn!

Die Parkanlage kam in Sicht. Sie sah das Fahrzeug der Spusi, die einfach am Straßenrand geparkt hatte, und stellte ihr Fahrzeug dahinter ab. Von Tobias konnte sie keine Spur entdecken.

Sie beeilte sich, zu den Spusi-Mitarbeitern aufzuschließen, die vor ihr Richtung Raschitor gingen.

»Koch! Einen Moment bitte!«

Der Gerufene blieb stehen und wartete, bis sie ihn erreichte.

»Hier«, sagte sie und reichte ihm den eingetüteten Brief. »Der lag heute Morgen vor meiner Tür. Er scheint vom Täter zu stammen.«

Koch nickte und steckte den Brief nach einem kurzen Blick in seine Tasche. »Verstehe. Wir kümmern uns darum. Sie erhalten einen Bericht über die Ergebnisse.«

»Danke«, sagte Edith.

Wenigstens stellte er keine Fragen.

Die Kollegen von der Spusi sperrten bereits weitläufig den westlichen Fußgängerdurchgang des Raschitors ab. Als Edith den Blick hob, konnte sie es kaum fassen: An der Nordseite hing kopfüber die Leiche eines Mannes. Der Körper war mit einem Strick an den Füßen an der Nordseite des Fußgängertors aufgehängt worden, genauer gesagt, an den Holzbalken des Wehrgangs.

Die Arme hingen herab. Er trug Hosen und ein kurzärmeliges Hemd, das voller Blut war. Sie vermutete, dass das Blut von der Kopfverletzung an seiner Schläfe herrührte. Als jemand von der Spusi das Seil löste, um das Opfer herabzulassen, drehte sich der Körper leicht, sodass sie das Gesicht sehen konnte. An der Stelle der Nase klaffte ein Loch.

Ediths Magen hob sich. Sie war froh, dass sie noch nichts gegessen hatte, und wich zurück, um dem Anblick zu entgehen. Dabei prallte sie gegen eine andere Person.

»Entschuldigung«, quetschte sie hervor.

Dann entdeckte sie, dass es Tobias war – in kurzen Hosen, Shirt und Laufschuhen.

»Kein Problem. Ist kein angenehmer Anblick.«

Edith straffte sich. Mit einem Blick auf seinen Aufzug setzte sie hinzu: »Das ist nicht unbedingt angemessene Kleidung.«

»Ich war beim Joggen«, erwiderte Tobias. »Keine Zeit zum Umziehen.«

Sonntagmorgen um sieben Uhr. Edith kam sich faul und unsportlich vor.

»Es gibt einen Bekennerbrief. Ich habe ihn bereits der Spusi übergeben.«

»Sie waren schon beim Tageblatt?«

Edith holte tief Luft. »Nein, er lag vor meiner Wohnungstür. Mit meinem Namen darauf.«

Tobias pfiff durch die Zähne. »Können Sie sich einen Grund vorstellen, weshalb er seine Briefe jetzt lieber an Sie richtet?«

Das hatte sie sich auch schon gefragt. »Mir scheint, dass er mit der Berichterstattung des Tageblatts nicht zufrieden ist. Es wird ihm zu wenig auf die Schandtaten der Opfer eingegangen. Und er will, dass ich das richte.«

Ein leises Schnauben kam aus Tobias' Mund. »Ganz schön verrückt.«

»Sie sagen es.«

Edith war froh, dass Florence auf sie zukam und das Gespräch unterbrach, ehe sie Tobias noch erklären musste, dass der Henker ihr gedroht hatte, falls sie nicht für eine angemessene Berichterstattung sorgte.

»Guten Morgen.« Florence brachte tatsächlich ein Lächeln zustande.

Edith wunderte sich, was an diesem Morgen gut war.

»Mein erster Eindruck ist, dass das Opfer durch stumpfe Gewalteinwirkung auf die Schläfe eine tödliche Schädelfraktur erlitt. Aber das muss sich selbstverständlich erst noch bei der Autopsie bestätigen. Die Tatwaffe könnte ein Stein gewesen sein.«

»Ich gehe nicht davon aus, dass er hier getötet wurde«, sagte Tobias.

Florence schüttelte den Kopf. »Aufgrund der Leichenflecken vermute ich, dass das Opfer an einer anderen Stelle ge-

tötet wurde und dann hier ausgestellt wurde. Anders kann man es ja nicht nennen. Zeitpunkt des Todes war gestern Abend gegen einundzwanzig Uhr. Die Nase wurde übrigens wiederum post mortem entfernt – wie die Zunge beim Fall Eckert. Bisher konnten wir das fehlende Leichenteil aber nicht finden. Die Vermutung liegt nahe, dass es sich um den gleichen Täter handelt.«
»Das vermute ich auch. Es gab wieder einen Bekennerbrief. Vermutlich mit derselben Schreibmaschine geschrieben. Ich habe Koch das Schreiben bereits gegeben.«
»Dann haben wir es also mit einem echten Serienmörder zu tun.«
»Im Moment spricht alles dafür«, antwortete Edith.
»Sie hören von mir.« Florence nickte Edith und Tobias freundlich zu, ehe sie zurück zur Leiche ging.
»Einundzwanzig Uhr an einem Samstagabend. Da war hier noch viel zu viel Betrieb, um die Leiche aufzuhängen.«
»Niemand sagt, dass er sie sofort aufgehängt hat. Er konnte warten, bis hier Ruhe herrschte.«
Und dann hatte er ihr noch einen Brief geschrieben und vor die Haustür gelegt. Der Kerl musste die ganze Nacht unterwegs gewesen sein. Wer tat so etwas? Und weshalb?
Die Gründe, die der Henker anführte, überzeugten sie nicht. Niemand brachte jemanden um, weil er den TÜV betrogen hatte oder Wein panschte. Dahinter musste etwas anderes stecken. Etwas Persönliches.
Etwas Persönliches, das auch mit ihrem Onkel zu tun hatte. Deshalb nahm der Kerl sie auch in Sippenhaft. Ja, das ergab Sinn.
Aber wie sollte sie diesen Grund herausfinden? Was hatten die beiden Opfer und ihr Onkel gemeinsam?
»Darf ich Sie zu einem Kaffee einladen, ehe wir zu Kleins

Angehörigen fahren? Ich habe einen Mordshunger, und wenn mein Magen knurrt, kann ich nicht klar denken.«

»Nein, danke«, sagte Edith, ohne nachzudenken. Im nächsten Augenblick bereute sie es, denn ihr Magen knurrte laut und vernehmlich. »Wir sollten zuerst die Angehörigen von Klein aufsuchen.«

»Können Sie mich mitnehmen? Wäre einfacher, bei Ihnen mitzufahren, als mich von den Kollegen von der Streife hinkutschieren zu lassen.«

»Selbstverständlich.«

Sie bereute ihre Zusage bereits, als Tobias sich auf den Beifahrersitz setzte.

»Äh, was ich noch sagen wollte. Wegen gestern ...«

»Ich habe sehr gut verstanden, was Sie gestern sagen wollten. Ich glaube nicht, dass Sie noch irgendetwas hinzufügen müssen.«

»Doch, ich muss etwas hinzufügen. Ich hätte das vorher mit Ihnen absprechen müssen, und ich habe es auch versucht, aber ich konnte Sie nicht erreichen ...«

»Und deshalb sind Sie ohne mich zu Husch gefahren. Ist es das, was Sie hinzufügen wollten?«

»Nein, verdammt. Ich wollte Ihnen sagen, dass ich wirklich mein Bestes tue, um mit Ihnen zusammen als Team zu agieren. Aber dass Sie es mir verdammt schwer machen.«

»Ich mache es Ihnen schwer? Das wagen Sie mir zu sagen, nachdem Sie hinter meinem Rücken mit Weingarten eine Strafmilderung abgesprochen haben, ohne mich zu informieren?«

»Sie waren nicht da ...«

»Und das gibt Ihnen das Recht? Wie funktioniert Ihrer Meinung nach ein gutes Team? Jeder tut, was er will, und informiert irgendwann den anderen darüber? Also, ich habe eine andere Vorstellung von einem Team.«

»Und die wäre?«

»Dass wir miteinander reden und unsere Ideen und Informationen austauschen, ehe einer ohne Absprache losprescht. Das wäre schon mal eine gute Voraussetzung.«

Als ob sie sich daran hielte! Sie hatte Tobias die Drohung ihres Onkels verschwiegen und war alleine zum Wormser Tageblatt gefahren. Und wenn schon, Tobias war hinter ihrem Rücken zu Husch gefahren und hatte mit Weingarten Absprachen getroffen.

»Ja, ja! Schon gut. Ich habe verstanden. Was wollen Sie jetzt von mir hören? Ich habe mich bereits entschuldigt.«

»Ich will gar nichts hören. Sie haben damit angefangen.«

»Vergessen Sie's!«

Den Rest der Fahrt schwieg er. Sie hütete sich, erneut ein Gespräch anzufangen. Es führte ja zu nichts. Umso mehr freute sie sich, als das Haus der Familie Klein endlich in Sicht kam. Eine breite Hofeinfahrt lud dazu ein, zwischen dem Wohnhaus und der gegenüberliegenden Vinothek zu parken. Dahinter schlossen sich Wirtschaftsgebäude an.

Edith parkte und stieg aus. Als Tobias sie an der Haustür eingeholt hatte, drückte sie den Klingelknopf. Eine Weile geschah nichts. Dann öffnete sich, ehe sie erneut klingeln konnte, die Haustür.

Eine Frau Mitte vierzig öffnete ihnen. Ihre Augen waren gerötet, wahrscheinlich hatte sie geweint. »Entschuldigen Sie bitte, aber wir verkaufen heute nichts. Ich ... Mein Mann ... Ich ...«

»Sind Sie Frau Klein?«

Die Frau nickte. »Bitte haben Sie Verständnis, aber ...«

»Wir wollen nichts kaufen. Wir sind von der Kriminalpolizei.« Edith zückte ihren Dienstausweis. »Mein Name ist Edith Neudecker, und das ist mein Kollege Tobias Altmann. Dürfen wir vielleicht hereinkommen?«

»Kriminalpolizei? Wieso? Mein Mann ... Kommen Sie wegen meinem Mann ...«
»Könnten wir bitte erst mal ins Haus kommen?«, fragte Edith.
»Ja, natürlich. Kommen Sie!«
Endlich ließ die Frau sie ein und begleitete sie in den nächsten Raum, der sich als großzügige Wohnküche entpuppte, die zum Wohnzimmer offen war. Durch die Fenster und die Terrassentüren konnte man in den Garten schauen.
»Was ist mit meinem Mann?« Die Augen von Frau Klein glänzten verdächtig. »Hatte er einen Unfall? Ist ...«
»Es tut uns sehr leid, Ihnen das mitteilen zu müssen, aber Ihr Mann ist Opfer einer Gewalttat geworden«, mischte Tobias sich mit leiser Stimme ein.
Die feuchten Augen von Frau Klein richteten sich auf ihn.
»Ist er ... Ist er ...«
Tobias nickte. »Ja, er ist tot.«
Frau Klein umklammerte die Küchenarbeitsplatte. Eine kleine Ewigkeit war sie wie erstarrt. Dann begann sie zu schluchzen und ließ sich mit zitternden Knien auf den nächstbesten Stuhl am Esstisch sinken.
Schweigend sah Edith zum Fenster hinaus und wartete. Es war am besten, wenn man den Angehörigen einfach ein wenig Zeit gab, damit sie wieder zu sich zu kommen konnten.
»Sollen wir lieber morgen wiederkommen?«, fragte Tobias.
Frau Klein schüttelte unter Tränen den Kopf.
»Möchten Sie ein Glas Wasser?«
Wieder schüttelte sie den Kopf. Mit beiden Händen wischte sie sich über das Gesicht. »Wie ...«, fragte sie mit zitternder Stimme. »Wie ist es passiert?«
Edith ergriff das Wort. »Wir wissen noch nichts Genaues. Aber wie es scheint, wurde ihr Mann gestern Abend gegen einundzwanzig Uhr niedergeschlagen.«

»Niedergeschlagen? Aber wieso? Ich verstehe das alles nicht.«

Edith sah neue Tränen in Frau Kleins Augen und setzte schnell hinzu: »Gibt es irgendjemanden, der einen Groll gegen Ihren Mann hegt? Einen Rivalen? Jemand, der ihm den Erfolg neidete oder der sich mit Ihrem Mann überworfen hat?«

Mit bebenden Lippen schüttelte die Frau den Kopf. »Meinen Sie die Sektkellerei Reis, die wir vor ein paar Monaten gekauft haben? Aber die Übernahme verlief völlig problemlos. Der alte Reis war froh, dass jemand die Sektkellerei übernahm, weil er keinen Nachfolger hatte. Und Michael hat sich so gefreut, endlich in die Sektproduktion einsteigen zu können. Das war die ganze Zeit sein Traum gewesen, und jetzt …« Neue Tränen würgten ihr die Worte ab.

»Dürfen wir Ihnen noch ein paar Fragen stellen?«

Frau Klein nickte, obwohl ihr die Tränen über die Wangen rannen. »Bitte! Wenn es hilft, den Täter zu fassen.«

»Gab es irgendwelche Probleme mit Angestellten? Unregelmäßigkeiten in der Buchhaltung?«

Frau Klein schüttelte nur den Kopf.

»Wann haben Sie Ihren Mann zum letzten Mal gesehen?«

»Gestern Abend zum Abendessen. Er … Er ging danach noch mal ins Büro, um Bestellungen zu bearbeiten. Ich konnte das Licht im Büro sehen. Als er nach dreiundzwanzig Uhr immer noch nicht da war, bin ich ins Bett gegangen. Ich … Ich habe erst heute Morgen gemerkt, dass er die ganze Nacht nicht da gewesen war. Da habe ich mir Sorgen gemacht. Ich habe versucht, ihn auf dem Handy zu erreichen, aber er ist nicht rangegangen. Und als ich ins Büro gegangen bin, brannte das Licht immer noch, und auf dem Tisch lag ein Stapel mit Bestellungen. Ich verstehe das alles nicht.«

»Wo waren Sie selbst gestern gegen einundzwanzig Uhr? Wir müssen das fragen, Frau Klein. Das ist eine Routinefrage.«
»Hier. Zu Hause. Das sagte ich doch schon.«
»Kann das jemand bestätigen?«
Hilfesuchend sah Frau Klein sich um. »Unsere Tochter Lena. Ihre Freundin hat sie gestern versetzt. Deshalb war sie zu Hause und hat mit mir ferngesehen. Aber sie schläft noch. Finn war unterwegs, keine Ahnung, wann er heimgekommen ist. Soll ... Soll ich Lena wecken?«
»Später«, mischte Tobias sich ein. »Könnten wir vielleicht das Büro sehen?«
»Aber natürlich.«

Die Frau führte Tobias über den Hof in die Vinothek, wo sich ein gemütlich eingerichtetes Büro befand, von dem aus man über den Hof Richtung Wohnhaus blicken konnte. Wenn er sich nicht irrte, dann lag das Fenster gegenüber der Wohnküche. Er bezweifelte jedoch, dass man von der Wohnküche aus jemanden sehen konnte, der am Schreibtisch saß.

Interessiert studierte er die Papiere auf dem Schreibtisch, bis Edith zu ihnen aufschloss. Es handelte sich um größere Bestellungen von Firmen, die Kleins schienen gut im Geschäft zu sein.

»Waren solche großen Bestellungen üblich?«, fragte er.
»Das weiß ich nicht. Ich habe mit meinem Mann nur selten übers Geschäft gesprochen. Nur bei den Weinproben habe ich ihm geholfen und beim Verkauf in der Vinothek.«

Es klopfte an der offen stehenden Tür. Als Tobias sich umdrehte, entdeckte er dort einen Mann Ende dreißig im grauen Kittel.

»Herr Lauinger!«, rief Frau Klein und eilte auf ihn zu. »Stellen Sie sich vor: Mein Mann ... Michael ... Er ist ermordet worden ...« Neue Tränen hingen in ihren Wimpern.

»Dürfen wir erfahren, wer Sie sind«, fragte Tobias. »Kriminalpolizei. Tobias Altmann, und das ist meine Kollegin Edith Neudecker. Wir ermitteln im Mordfall Klein.«

»Mein Name ist Robert Lauinger. Ich bin hier der Kellermeister.«

»Kennen Sie jemanden, der einen Groll gegen Herrn Klein hegte?«, fragte Edith.

Lauinger schüttelte den Kopf. »Weshalb denn?«

»Das versuchen wir ja herauszufinden«, sagte Tobias. »Wann haben Sie Herrn Klein das letzte Mal gesehen?«

»Na, gestern Abend! Wir haben gemeinsam die Bestellungen bearbeitet. Es war schon dunkel, als Herr Klein mich nach Hause schickte. Deshalb bin ich ja auch heute hier, damit ich die Bestellungen fertig machen kann.«

»Verstehe«, sagte Tobias. »Ist das üblich, dass Sie sonntags und samstags arbeiten?«

Lauinger zuckte mit den Schultern. »Was heißt schon üblich? Wenn es nötig ist, dann arbeiten wir auch am Wochenende. Das macht Herr Klein ja auch. Man kann doch die Kunden nicht warten lassen.«

Edith mischte sich ein. »Es gibt gewisse Vorwürfe zum Thema Etikettenschwindel und Zusetzung von Glykol. Können Sie mir dazu irgendetwas sagen, Herr Lauinger?«

»Wer behauptet das?«, fragte Lauinger scharf. »Der Reis wieder, um den Preis zu heben?«

Tobias hakte nach: »Herr Reis hat Ihnen diesen Vorwurf gemacht?«

»Das habe ich nicht gesagt. Der Reis hat um den Preis für seine Sektkellerei gepokert. War ihm zu wenig, was wir ihm geboten haben. Aber unterschrieben ist unterschrieben. Da kann man nicht hinterher kommen und behaupten, man hätte nicht alle Details gewusst.«

»Und um welche Details ging es?«, wollte Edith wissen.

Es war wirklich schade, dass sich ihre Teamarbeit nur auf die Befragungen beschränkte. Wenn die Zusammenarbeit sonst auch so gut gewesen wäre ...

»Dass der Name Reis mitverkauft wird. Der alte Reis wollte das nachträglich aus dem Vertrag streichen lassen, damit sein guter Name nicht mit unserer Plörre in Verbindung gebracht wird, wie er es ausdrückte. Der Saftsack! Sähe ihm ähnlich, wenn er damit jetzt hausieren geht, um uns das Geschäft madig zu machen.«

Tobias wurde hellhörig und wandte sich an Edith. »Wir sollten die Bücher und den Laptop mitnehmen.«

»Ich sag der Spusi Bescheid.« Zu seiner Überraschung widersprach Edith nicht, sondern verließ mit einem zustimmenden Nicken den Raum. Tobias hörte sie draußen sprechen. Anscheinend telefonierte sie.

»Es tut mir leid, Frau Klein«, wandte er sich an die Witwe des Opfers. »Aber haben Sie etwas dagegen, wenn wir die Geschäftsunterlagen und den Computer Ihres Mannes mitnehmen, um weitere Nachforschungen anzustellen? Wir können uns anderenfalls natürlich auch einen Hausdurchsuchungsbefehl besorgen.«

Eine Träne lief über ihre Wange, dann schüttelte sie den Kopf. »Nein, nehmen Sie mit, was Sie brauchen. Wir haben nichts zu verbergen.«

Lauinger presste die Lippen aufeinander. Sein Blick sagte etwas anderes.

Edith atmete auf, als die Spurensicherung endlich alle Aktenordner und die beiden Computer abgeholt hatte. Lauinger und Frau Klein waren für den nächsten Tag ins Kommissariat bestellt worden, damit sie ihre Aussage zu Protokoll gaben.

»Husch wird auch morgen vorbeikommen, um seine neue

Aussage zu Protokoll zu geben, sagte Tobias, während die Spusi die Fahrzeugtüren schloss.

»Gut. Wo soll ich Sie absetzen?«

»Am Raschitor. Dann beende ich meine Joggingrunde und hole mir unterwegs was bei der Dönerbude. Mein Magen hängt mir in den Kniekehlen.«

Wollte er sie jetzt kritisieren, weil sie das Frühstück abgelehnt hatte?

»Ich hatte nicht damit gerechnet, dass wir gleich noch die Akten beschlagnahmen.«

»Hey, das war kein Vorwurf. Ich habe einfach nur Hunger. Sie nicht?«

Statt einer Antwort knurrte Ediths Magen. Doch, sie hatte Hunger. Aber das würde sie ganz sicher nicht Tobias auf die Nase binden.

»Kommen Sie. Ich will noch beim Tageblatt vorbeifahren, um zu sehen, ob unser Henker dort einen Brief abgegeben hat oder ob er nur mich beglückt hat.«

»Ich kann gerne mitfahren.«

»Nicht nötig. Beenden Sie Ihre Joggingrunde und holen Sie sich einen Döner.«

Nahezu synchron stiegen sie in Ediths Auto ein. Wortlos fuhr Edith an und schlug den Weg zum Raschitor ein.

Als das Tor in Sicht kam, räusperte Tobias sich. »Da wäre noch etwas. Ich möchte mit Weingarten reden, ob Husch für seine Aussage Strafminderung bekommen kann.«

Mit quietschenden Reifen stoppte Edith das Fahrzeug am Straßenrand. »Wie kommen Sie denn dazu? Erst Eckert, jetzt Husch ... Haben Sie in Koblenz so gearbeitet?«

»Verdammt, darum geht's doch gar nicht! Husch hat Familie. Er steht auf der Straße, wenn er aussagt. Wie hätte ich ihn sonst dazu bringen sollen, dass er mit der Bestechung rausrückt?«

»Sie haben ihm doch nicht etwa Versprechungen gemacht?«

Tobias rieb sich den Nacken. »Ich habe ihm nur versprochen, mich für ihn einzusetzen.«

Es fiel Edith schwer, nicht laut loszubrüllen. »Ich werde diese Entscheidung nicht mittragen. Machen Sie das allein mit Weingarten aus.«

»Das war keine Bitte um Hilfe. Ich wollte Sie nur informieren, damit Sie sich nicht wieder übergangen fühlen.«

»Nachdem Sie mich erneut übergangen haben. Nein, schon gut!« Edith hob abwehrend die Hände. »Ich will nicht mehr wissen. Tun Sie, was Sie nicht lassen können. Aber bitte, tun Sie mir einen Gefallen: Wechseln Sie danach die Dienststelle.«

Ohne ihr eine Antwort zu geben, stieg Tobias aus und knallte die Tür hinter sich zu. »Schönen Sonntag noch«, rief er und stapfte davon. Nach ein paar Metern begann er zu joggen und geriet bald zwischen den Gehölzen des Stadtparks außer Sicht.

Edith brauchte ihre ganze Willenskraft, um nicht auf das Lenkrad einzuprügeln. Sie hätte darauf bestehen sollen, dass Weingarten ihr sofort einen anderen Partner zuteilte. Noch war es nicht zu spät. Aber sie kannte Weingarten. Er würde keinem Wechsel in einer laufenden Ermittlung zustimmen, erst recht nicht, wenn es um einen Serienmörder ging.

Nach einem Blick über die Schulter fuhr sie an. Weitere sieben Minuten später erreichte sie das Tageblatt. Sie hatte nicht wirklich erwartet, dass jemand anwesend sein würde. Aber eine junge Frau mit ein paar Druckfahnen in der Hand lief ihr über den Weg.

»Kriminalpolizei, mein Name ist Edith Neudecker. Ist Herr Feineisen …«

»Ach, Sie sind Frau Neudecker! Sind Sie wegen des Bekennerschreibens hier? Das habe ich bereits zum Kommissariat bringen lassen. Hat es Sie nicht erreicht?«

»Oh, ich war heute noch gar nicht im Kommissariat. Wissen Sie, was drinstand?«

»Natürlich.« Das Mädchen strahlte und hielt ihr die Druckfahnen hin. »Das ist unsere Titelseite morgen.«

Dort las Edith: **Glykolpanscher zum Tode verurteilt – Der Henker von Worms schlägt wieder zu.**

»Wollen Sie, dass ich Ihnen die Kopie des Briefs hole?«

»Nein, danke«, sagte Edith und wandte sich zum Gehen. Sie hatte genug gelesen.

9

Januar 1947, Fritz Wolter

Frierend sah Fritz sich um. Er hätte gern gewusst, weshalb Willi sie in dieser klirrenden Kälte zusammengerufen hatte. Bei so einem Wetter traf man sich doch drinnen und nicht draußen unter freiem Himmel! Wobei, warm war es auch in den meisten Häusern nicht. Der Ofen in seiner Küche brannte zwar den ganzen Tag, aber er schien nicht viel Wärme abzugeben. Dafür reichte das bisschen Kohle nicht.

»Was ist los?«, fragte Rolf mit finsterer Miene.

Werner stand schüchtern im Hintergrund. Rudolf wirkte abwartend.

Willi rieb die Handflächen aneinander. »Ich habe eine Idee. Wir haben doch alle nicht genug zu essen und zu wenig Kohle.«

»Um uns das zu sagen, musst du uns nicht in dieser Kälte zusammenrufen«, *murrte Rolf.*

Willi räusperte sich. »Ich habe etwas erfahren, als ich das letzte Mal bei den Amerikanern war. Ihr habt bestimmt von den LKW-Transporten gehört. In drei Tagen soll hier in der Nähe ein LKW mit Essen vorbeikommen.«

»Moment mal«, *sagte Rolf.* »Willst du uns etwa vorschlagen, diesen LKW zu überfallen?«

»Niemals«, *platzte es aus Fritz heraus.* »Wir sind doch keine Räuber! Wir sind ehrbare Männer ...«

»... deren Familien sich den Arsch abfrieren und nicht genug zu beißen haben. Komm runter von deinem Ehrbarkeitssockel, Fritz! Deine Cäcilia weint sich bei meiner Lisbeth die Augen aus.«

»Aber wir können doch nicht ...«

Weiter kam Fritz nicht, denn Rolf unterbrach ihn erneut.
»Warum denn nicht?«
»Nur damit wir uns richtig verstehen«, mischte Willi sich ein. »Niemand wird dabei verletzt. Wenn wir das machen, müssen wir uns einen Plan ausdenken, bei dem niemand zu Schaden kommt.«
»Vor allen Dingen darf uns niemand erkennen«, warf Rudolf ein.
»Was sagst du, Werner?«, wandte Willi sich an das Küken in der Runde.
Verdattert sah Werner von einem zum anderen. »Ich weiß nicht.«
»Weißt du, wie viele Soldaten den Transport bewachen?«, fragte Rolf.
Willi antwortete prompt. »Es sind immer nur zwei Soldaten im Fahrerhaus. Und das Besondere an diesem Transport ist, dass es nur ein LKW ist. Sonst hätte ich es nicht vorgeschlagen. Wir müssen nur zwei Mann überwältigen.«
Ein ganzer LKW voller Lebensmittel. War es das wert? Fritz dachte an die traurigen Augen seiner Frau und seiner Kinder.
»Das kriegen wir hin«, sagte Rolf bestimmt. »Rudolf, was sagst du?«
»Nur wenn ihr eine Idee habt, wie wir es anstellen, dass uns niemand erkennt.«
Rolf schnaubte. »Bei der Kälte fällt es doch niemandem auf, wenn wir uns vermummen. Schau uns doch an!«
Tatsächlich hatte sich jeder einen Schal oder ein Tuch umgebunden zum Schutz vor der eisigen Kälte, sodass von den meisten nur die Augen zu erkennen waren.
»Heißt das, du bist dabei, Rudolf?«, wollte Willi wissen.
Rudolf nickte. »Einverstanden.«
Rudolf sah Werner an. »Und du?«
»Wenn ihr alle mitmacht, bin ich auch dabei. Aber ich will nicht kämpfen müssen.«

»Das kriegen wir hin«, sagte Rolf bestimmt.
Fritz hatte das Gefühl, unter dem erwartungsvollen Blick der anderen zu schrumpfen. Wieder dachte er an Cäcilia und die Kinder. Was würden sie ohne ihn nur machen? Andererseits, wie sollten sie den Winter überleben, wenn er nichts unternahm?
»Einverstanden«, sagte Fritz.

Lauinger wirkte so unausgeschlafen, wie Edith sich fühlte. Dunkle Ringe lagen um seine Augen, die Lider waren gerötet. Als hätte er die ganze Nacht kein Auge zugetan.

»Guten Morgen!« Tobias' muntere Stimme wirkte wie das komplette Gegenteil. Als würde ein frischer Wind durch das stickige Büro fegen. Er trug tatsächlich kurze Hosen und Shirt. Ungefragt stellte er einen Becher heißen Kaffee auf Ediths Schreibtisch und setzte sich gegenüber von Lauinger an den Tisch, der für Befragungen im Zimmer stand.

»Haben Sie die Zeitung gelesen?«, fragte Tobias, nachdem er an seiner Tasse genippt hatte. »Ach, und kann ich Ihnen auch einen Kaffee anbieten?«

»Und ob ich die Zeitung gelesen habe. Schmierfinken und Lügner allesamt. Das ist alles erstunken und erlogen.«

»Das heißt, Sie haben Ihre Weine weder unter falschem Namen verkauft, noch Glykol zugesetzt.«

»Natürlich nicht.«

»Sind Sie dazu bereit, das auch unter Eid auszusagen?«

»Was heißt unter Eid?« Lauinger zerrte an seinem Hemdkragen. Edith mischte sich ein. »Ganz einfach, Herr Lauinger. Sie werden Ihre Aussage zu Protokoll geben und unterschreiben müssen. Wenn Sie eine Falschaussage machen, können wir Sie strafrechtlich verfolgen.«

Auf Lauingers Stirn bildeten sich Schweißtropfen. Was eigentlich nicht verwunderlich war, so heiß wie es bereits am frühen Morgen war.

»Meine Güte, was heißt hier schon Etikettenschwindel. Wenn der Großhändler Merlot will, und unser Billigmerlot reicht nicht, dann mischen wir auch mal Spätburgunder dazu. Glauben Sie etwa, dass wir dann mit der Merlot Spätlese auffüllen?«

»Dann wird aus dem Spätburgunder einfach so Merlot?«, fragte Tobias.

»Das machen doch alle so! Fragen Sie nach! Ich wette mit Ihnen um eine Kiste Beerenauslese, dass Sie keinen Winzer finden, der das nicht so handhabt.«

»Dann ist Etikettenschwindel also normal in Ihrer Branche?«

»Das ist doch kein Etikettenschwindel! Es geht hier um billigen Ramschwein, der im Supermarkt für vier Euro im Tetrapak verkauft wird. Da können Sie froh sein, wenn das überhaupt echter Wein ist. Echter Etikettenschwindel ist, wenn ich aus Billigwein eine teure Spätlese mache oder aus einem Edel-Merlot einen Edel-Burgunder. Aber das würden die Kenner ohnehin sofort bemerken. Das können Sie gar nicht unbemerkt machen.«

Der Mann hatte wirklich ein seltsames Rechtsverständnis, fand Edith. »Es tut mir sehr leid, Sie korrigieren zu müssen. Aber das läuft sehr wohl unter der Bezeichnung Etikettenschwindel.«

»Ist das mit dem Glykol genauso?«, fragte Tobias. »Machen das auch alle, und deshalb ist es erlaubt?«

Mit hochrotem Kopf umklammerte Lauinger die Tischplatte. »Was erlauben Sie sich! Wir haben unserem Wein kein Glykol zugesetzt. Nur etwas Glukose, aber das ist erlaubt. Wenn Sie mir nicht glauben, dann sehen Sie nach.«

Tobias lächelte leicht verschmitzt. »Und wann haben Sie die Glukose zugesetzt? Vor oder nach der Gärung?«

»Wo ist da der Unterschied?«

»Nun, nach europäischem Weinrecht darf bei Qualitätsweinen Zucker nur vor der alkoholischen Gärung zugesetzt werden, um den Alkoholgehalt zu erhöhen. Und nicht nach der alkoholischen Gärung, um die Restsüße zu erhöhen.«
»Aber wenn ich einen Teil des Safts aufhebe und den dem Wein nach der Gärung wieder zusetze, ist es erlaubt. Dann setze ich dem Wein auch Zucker zu. Merken Sie nicht, wie blödsinnig dieses Gesetz ist?«
»Und deshalb kann man sich darüber hinwegsetzen? So wie beim Ramschwein, nicht wahr?«
»Das habe ich nicht gesagt«, widersprach Lauinger.
»Also noch einmal von vorn«, mischte Edith sich ein. »Sie geben zu, dass Sie und Ihr Chef Michael Klein Wein unter falschem Namen verkauft und Zucker nach der Gärung zugesetzt haben?«
»Ja, verdammt. Aber das tun alle.«
»Was alle tun, ist im Moment unerheblich. Es widerspricht dem Standard und dem geltenden Recht.«
»Aber wir haben kein Glykol zugesetzt. Das würden wir nie tun. Dieser falsche Henker lügt.«
Und im Übrigen war all das auch kein Grund, jemanden umzubringen, fand Edith.
»Eine Frage noch, Herr Lauinger. Was haben Sie gemacht, nachdem Sie Herrn Klein verlassen haben?«
Lauinger zuckte mit den Schultern. »Ich bin mit dem Hund Gassi gegangen.«
»Und wo waren Sie am vergangenen Mittwoch zwischen zweiundzwanzig und dreiundzwanzig Uhr?«
»Mittwoch? Da war dieses Kasperltheater. Diese Oper. Ich habe den Namen vergessen. Meine Frau wollte da unbedingt hin. Gott, war das langweilig! Nie wieder!«
»Nun, Ihr Stoßgebet könnte wahr werden. Kommt darauf an, wie der Richter Ihr Geständnis wertet«, sagte Edith spitz.

»Da hat unser Henker wohl nicht gut genug recherchiert und Glukose mit Glykol verwechselt«, witzelte Tobias, als Lauinger abgeführt worden war. »Mich würde vielmehr interessieren, woher er seine Informationen hat.«

Tobias zuckte mit den Schultern. »Hier ein unzufriedener Mitarbeiter, dort ein rachsüchtiger Konkurrent. Wird schwer werden, das herauszufinden. Was mich viel mehr beschäftigt, ist die Frage, wo dieser selbst ernannte Henker seine Erlaubnis zum Töten hernimmt.«

Eingedenk dessen, was Feineisen ihr über die mittelalterliche Henkerlegende erzählt hatte, meinte Edith: »Er sieht sich als Richter und Henker, der Ordnung schaffen muss.«

»Das meine ich nicht. Welcher Richter verurteilt einen Weinpanscher oder Abgasbetrüger zum Tod? Das ist doch Quatsch. Ich glaube, dass dieser Henker mit seinen Anschuldigungen von seinem wahren Motiv ablenken will.«

»Und was sollte das sein?«

»Ich weiß es nicht. Man bringt jedenfalls niemanden um, nur weil er Wein gepanscht hat. Sondern aus Eifersucht, aus Neid oder Rache. Oder aus Angst vor Strafe. Ich kann bei keinem der beiden Henkermorde irgendein plausibles Motiv erkennen.«

»Ich gestehe, dass ich bereits ähnliche Gedanken hatte. Aber ein anderes Motiv fällt mir auch nicht ein.«

»Danke.« Tobias grinste. »Das aus Ihrem Mund zu hören, ehrt mich. Vielleicht bin ich ja doch nicht so unfähig.«

»Ich habe nie behauptet, Sie seien unfähig.«

»Sondern nur, dass ich unfähig zur Teamarbeit bin. Oder weshalb wollen Sie mich partout loswerden?«

»Verdammt, ich bin müde. Es reicht. Ich will Sie nicht loswerden. Ich will Sie nur nicht als Partner haben, weil Sie einfach nicht im Team arbeiten können. Vielleicht wollen Sie es

auch nicht. Aber das ist mir egal. Wenn Sie die Dienststelle nicht verlassen wollen, können wir uns dann wenigstens darauf einigen, dass wir beide Weingarten nach diesem Fall darum bitten, dass er uns einen anderen Partner zuteilt? Das ist doch kein Zustand. Ich habe keine Lust, mich andauernd mit Ihnen zu streiten.«
»Ich habe nicht mit Ihnen gestritten.«
»Ich sagte, es reicht. Können wir uns wieder auf den Fall konzentrieren? Ein Serienmörder läuft in Worms frei herum, und ich für meinen Teil würde ihn gerne dingfest machen, ehe er den nächsten Wormser tötet.«
»An mir soll es nicht liegen. Also: Was könnte das Motiv unseres Henkers sein?«
Edith schüttelte den Kopf. »Wir brauchen eine Verbindung zwischen den beiden Toten. Was haben Eckert und Klein gemeinsam? Die beiden sind ja nicht einmal im gleichen Alter. Der alte Eckert könnte Kleins Vater sein. Sie sind nicht in die gleiche Schule gegangen. Sie treiben nicht den gleichen Sport, haben nicht die gleichen Interessen, wohnen nicht im selben Viertel. Ich kann nicht die geringsten Gemeinsamkeiten finden.«
Tobias nagte an der Unterlippe. »Sie gehören beide zu den oberen Zehntausend in Worms. Oder irre ich mich?«
»Sie meinen, jemand hat einen Hass auf die reichen Bürger der Stadt?« Edith runzelte die Stirn. »Würde jemand deswegen töten?«
»Kommt drauf an«, meinte Tobias. »Wenn die reichen Bürger irgendeinem armen Schlucker genug Unrecht angetan haben ...«
»Sie meinen Bieler?«
Tobias schüttelte den Kopf. »Bieler nicht. Aber ich glaube, dass Bieler nicht allein ist. Aus dem, was er gesagt hat, entnehme ich, dass er mit einer Gruppe zusammenarbeitet.

Vielleicht ist da ja jemand darunter, der ausreichend Hass hat.«

»Also Bieler noch mal auf den Zahn fühlen. Und seiner Chrissie.«

»Vielleicht. Vielleicht weiß auch Husch noch etwas. Und was ist mit dieser Katharina Schmitt?«

»Sie meinen die alte Frau, deren Haus abgerissen werden soll?«

»Also, wenn mein Geburtshaus widerrechtlich abgerissen werden sollte, hätte ich einen ganz schönen Hals.«

»Die Frau ist weit über Achtzig. Wie hätte sie denn den Winzer Klein am Raschitor aufhängen sollen?« Merkte Tobias nicht, wie unsinnig seine Vermutung war?, wunderte sich Edith.

»Irgendjemand hat erwähnt, dass sie einen Enkel hat, der bei ihr lebt.«

»Ich glaube, wir sollten als Erstes die Routinearbeit erledigen, ehe wir hanebüchenen Theorien hinterhersteigen. Das bedeutet, wir verifizieren die beiden Alibis von Lauinger. Ich übernehme den Gassigang und Sie die Oper.« Ehe Tobias etwas erwidern konnte, warf Edith ihm den Schlüssel des Dienstwagens zu. »Damit Sie nicht laufen müssen. Ich nehme mein Privatfahrzeug.«

Edith hatte unrecht, dachte Tobias. Lauinger war nie und nimmer der Mörder von Klein und erst recht nicht von Eckert. Der Henker war irgendein Typ, der sein Leben lang zu kurz gekommen war und nun nach Anerkennung suchte, indem er seine Peiniger einen nach dem anderen tötete und ihre Verfehlungen offenlegte. Damit er vor sich selbst gut dastand. Oder vielleicht auch nur, um aller Welt zu zeigen, welche Wichser er da hingerichtet hatte.

Das alles passte nicht zu Lauinger, und es passte auch

nicht zu dem alten Reis oder zu Eckert junior. Es passte nicht einmal zu Bieler oder seiner rosafarbenen Tussi. Egal, was Edith gesagt hatte, er wollte mit der alten Schmitt reden. Wahrscheinlich war es eine Sackgasse. Aber sein Bauch sagte ihm, dass der unbekannte Tote und die Serienmorde irgendwie zusammenhingen. Zwei Tage nach dem Fund der unbekannten Leiche war Eckert ermordet worden. Am gleichen Tag, an dem sie die Annonce in der Zeitung wegen des Eherings geschaltet hatten. Das konnte doch kein Zufall sein! Und Husch und Bieler hatten beide ausgesagt, dass Seifert den Bürgermeister geschmiert hatte, damit das Haus der alten Schmitt abgerissen werden konnte.

Bestechung. Das wäre auch ein Delikt, das der Henker nutzen könnte, um einem weiteren Mord zu motivieren. Er musste mit dieser Katharina Schmitt reden!

Entschlossen gab er die Adresse ins Navigationssystem ein und startete den Motor. Es war ihm egal, was Edith davon hielt. Ob Lauinger in der Oper gewesen war, konnte er auch über einen Anruf herausbekommen.

Binnen zehn Minuten parkte er das Dienstfahrzeug vor dem Haus in der Textorstraße. Die beiden Wohngebäude rechts und links daneben waren verfallen, die kleinen Gärten völlig verwildert. In den Regenrinnen und auf dem Dach wuchsen Gehölze. Was schade war, da es sich bei dem einen Gebäude um eine hübsche kleine Gründerzeitvilla gehandelt haben musste.

Auch das mittlere Haus musste aus der Gründerzeit stammen. Es war besser erhalten, auch wenn es dringend eine Sanierung gebrauchen könnte. Im Garten wuchsen Rosen und jede Menge bunter Stauden, die Nahrung für Schmetterlinge und Wildbienen boten. Es summte und brummte, dass es eine wahre Pracht war. Es war nicht nur schade um das alte Haus, es war erst recht schade um diesen prächtigen verwunschenen Garten, wenn er der Fabrikhalle weichen musste.

Nachdenklich ging Tobias die Stufen hoch zur Eingangstür und klingelte. Als sich nichts rührte, klingelte er erneut. »Hallo!«, rief er dann. »Ist jemand da?«
»Ja?« Ein Mann Anfang Dreißig riss die Tür auf, sodass Tobias erschrocken zurückwich. Er hatte kurzgeschorene helle Haare und trug Cargohosen, ein Rammstein-Shirt und Schnürstiefel.

Das musste wohl der Enkel der alten Schmitt sein, von dem Tobias gehört hatte.

»Kriminalpolizei. Mein Name ist Tobias Altmann. Ich möchte Frau Schmitt sprechen. Ist sie da?«

»Oma! Für dich!«, brüllte der Mann in den Flur. Dann zwängte er sich an Tobias vorbei nach draußen. »Kann spät werden heute Abend!«, rief er noch nach drinnen. Dann eilte er davon, ehe irgendjemand ihm antworten konnte.

Vom Ende des Flurs näherten sich Schritte. Eine zerknitterte alte Frau mit weißen, zu einem Knoten hochgesteckten Haaren kam auf Tobias zu.

»Ich bin Frau Schmitt«, sagte sie. »Kann ich Ihnen helfen?«

Artig sagte Tobias noch mal sein Sprüchlein auf.

»Kriminalpolizei? Sind Sie hier, weil mein Haus abgerissen werden soll? Holger sagt, dass ist illegal. Aber ich glaube das nicht. Warum sollte der Herr Seifert uns betrügen, wo er und sein Vater immer so gut für uns gesorgt haben?«

»Nein, nicht direkt. Eigentlich bin ich wegen dem Toten hier, den man in der Fabrikhalle gefunden hat.«

»Der Tote. So so. Na, dann kommen Sie mal rein.« Sie ging vor und führte ihn in ein kleines Wohnzimmer, dessen Fenster und Terrassentüren Blicke auf den blühenden Garten erlaubten. Dort angekommen, setzte sie sich auf ein altmodisches Ohrensofa und bot Tobias den dazugehörigen Sessel an. In der einen Ecke stand ein Schrank mit gläserner Vitrine, in dem Gläser und Geschirr aufbewahrt wurden. Die andere Wand wurde von einer Anrichte eingenommen, die voller gerahmter alter Schwarz-Weiß-Fotos stand. Zwei Farbfotos waren auch zu sehen. Das eine war ein Hochzeitsfoto, das andere zeigte ein Baby auf einer blauen Decke.

»Möchten Sie etwas trinken?«, fragte die alte Frau.

Da Tobias sie nicht unnötig hin und her scheuchen wollte, schüttelte er den Kopf. »Schön haben Sie es hier. Ihr Garten ist eine wahre Pracht.«

Die alte Frau lächelte. »Nicht wahr? Die schönen Blumen. Die sollen alle weggebaggert werden, hat Holger gesagt.«

»Holger ist Ihr Enkel? War das der Mann, der mir die Tür geöffnet hat?«

Sie nickte. »Er lebt hier bei mir und kümmert sich um mich. Er hat so ein gutes Herz, obwohl ihm das Leben so übel mitgespielt hat. Er hilft sogar ehrenamtlich im Tierheim.«

Tobias räusperte sich. Das fehlte ihm jetzt noch, dass ihm die Alte die Lebensgeschichte ihres Enkels erzählte.

»Wir haben beim Bauamt erfahren, dass Ihr Haus abgerissen werden soll. Deshalb bin ich hier. Wir wundern uns, weshalb Sie dem Abriss zugestimmt haben. Ich gehe doch mal davon aus, dass das hier das Haus Ihrer Eltern ist. Oder?«

»Meine Eltern, Gott hab sie selig.« Sie stand auf und holte ein Hochzeitsbild in schwarz-weiß. Zärtlich strich sie über den silbernen Rahmen. »Nein, das Haus hat nicht meinen Eltern gehört. Der alte Walter Seifert, der selige Großvater von Bertram Seifert und Gründer der Firma Seifert, hat meiner Mutter das Haus geschenkt. Damals im Hungerwinter, als mein Vater uns hat sitzen lassen.«

Ihre Augen wurden feucht, während sie das Hochzeitsbild betrachtete.

»Er hätte nicht gehen dürfen, mein Vater, wissen Sie. Meine arme Mutter war ganz allein. Sie musste die Zimmermannswerkstatt meines Vaters hergeben. Wir hatten nichts mehr, kein Dach über dem Kopf, kein Geld. Und der Schnee lag meterhoch, und es war so kalt. So eisig kalt. Ich habe jede Nacht gefroren. Und der kleine Alois wurde krank und ist gestorben. Meine Mutter hat nur noch geweint. So war das damals im Januar siebenundvierzig. Aber davon weiß die Jugend heute nichts mehr, nicht wahr?«

Irgendwann hatte Tobias in der Schule von dem Hungerwinter gehört. Als die Leiche von Eckert auf dem Hungerstein gefunden wurde, hatte er einiges darüber nachgelesen. Aber es war etwas anderes, darüber zu lesen, dass sogar der Kölner Bischof Frings Mundraub entschuldigte – woraus das Wort »fringsen« wurde –, als davon aus dem Mund einer Zeitzeugin zu erfahren.

»Das tut mir leid«, sagte er, nachdem er die Enge in seiner Kehle weggeräuspert hatte. »Und der Großvater von Bertram Seifert hat Ihrer Mutter das Haus überschrieben?«

»Er hat es ihr geschenkt.« Erneut stand sie auf und brachte ein Schwarz-Weiß-Foto. Mit zitternder Hand reichte sie es ihm. Es zeigte eine verblasste Fußballmannschaft vor einem Tor. »Das da ist sein Sohn Rudolf. Seiferts Vater.« Sie zeigte auf einen der jungen Männer. »Und das da ist Werner Eckert, der letzte Woche umgebracht wurde. So ein lieber Mensch.« Sie zeigte auf einen anderen Mann.

Tobias' Neugierde war geweckt. »Und wer sind die anderen auf dem Bild?«

Sie lachte leise. »Oh, alle kenne ich nicht mehr. Wenn Sie alle Namen wissen wollen, müssen Sie bei Wormatia Worms nachfragen. Aber das da ist mein Vater, das da ist Willi Klein, das ist Rolf Mayer, und der Torwart ist Gustav Mayer, sein Cousin. Und der da ist unser Starstürmer Norbert Junkers. Die waren schon nicht schlecht, die Jungs von der Wormatia. Und geholfen haben sie meiner Mutter, besonders die alten Freunde von meinem Vater, der Willi und der Werner. Gute Seelen allesamt. Eine Schande, dass der Bertram Seifert sich an das Geschenk seines Großvaters nicht mehr erinnert. Eine Schenkungsurkunde bräuchte ich, um zu beweisen, dass das Haus mir gehört. Was für ein Unfug. Sein Großvater hat damals nur einen Handschlag gebraucht, um uns zu helfen. Ja, so war das. Hilft Ihnen das, junger Mann? Spielen Sie auch Fußball?«

»Ich? Nein, ich jogge. Aber was Sie mir erzählt haben, hat mir sehr geholfen, Frau Schmitt. Herzlichen Dank!«

»Sie können gerne wieder vorbeikommen, junger Mann. Das nächste Mal koche ich Ihnen auch einen Kaffee.«

»Ja, ich habe den Lauinger gesehen mit seinem Hund«, sagte die Frau in den Dreißigern, die zwei Häuser von Lauinger entfernt wohnte. »Er war spät dran am Samstagabend. Normalerweise ist er früher unterwegs. Ich habe ihn nur erkannt, weil er mich gegrüßt hat, als ich ihn am Garten vorbeigehen sah. Wir haben mit den Nachbarn gegrillt und saßen noch draußen.«

»Und Sie sind sich sicher, dass es Herr Lauinger war?«, fragte Edith. Sie hatte schon gedacht, niemand hätte Lauinger gesehen.

»Natürlich. Wie ich schon sagte, er hat uns gegrüßt. Mein Mann kann das auch bezeugen und die Dieters auch. Wieso ist das denn so wichtig? Hat das was mit dem Mord an dem Klein zu tun?«

»Vielen Dank für Ihre Information«, erwiderte Edith. »Darf ich Sie dann bitten, heute im Laufe des Tages aufs

Kommissariat zu kommen, um Ihre Aussage zu Protokoll zu geben? Wenn Ihr Mann ebenfalls dazu bereit wäre, Herrn Lauingers Anwesenheit zu bezeugen, kann er gerne mitkommen.«

»Ich muss zur Polizei?«

»Eine reine Formsache. Damit wir Ihre Aussage zu Protokoll nehmen und Sie sie anschließend unterschreiben können.«

»Aha«, machte die Frau. »Gut, ich rede mit meinem Mann und komme morgen vorbei. Das reicht doch noch?«

»Ja, morgen reicht auch noch. Das wäre dann auch schon alles. Herzlichen Dank, Frau Reißinger.«

»Selbstverständlich.« Frau Reißinger nickte unverbindlich und schloss die Haustür.

Es war so heiß, dass Ediths Bluse nass von Schweiß war. Sie zog die Jacke aus und genoss dankbar die leichte Brise, die kühlend um die feuchte Bluse strich. Am Himmel dräuten dunkle Wolken. Ob jetzt endlich das versprochene Gewitter kam? Nötig hätten sie es.

Mit einem Blick auf die Zeitanzeige ihres Handys beeilte sie sich, zum Auto zu kommen, das sie am Ende der Straße abgestellt hatte. Tobias hatte die leichtere Aufgabe gehabt. Er würde sicher schon im Kommissariat sein.

Sie öffnete gerade die Fahrertür, als ihr Handy klingelte. Ob das Tobias war?

Die Nummer in der Anzeige sagte ihr nichts. »Hallo. Hier ist Edith Neudecker, Kriminalpolizei Dienststelle Worms. Mit wem spreche ich?«

Jemand atmete in ihr Ohr. Erinnerte sie an den schweren Atem des Onkels. Die ausgestreckte Hand. »Komm! Zier dich nicht so!« Der raue Verputz, der sich in ihren Rücken drückte, während der Onkel schwer atmend die Hand auf ihre Schulter legte. Die tiefer glitt, um auf ihrer kleinen Brust zur Ruhe zu kommen.

»Hör zu, du Wichser! Ich habe keine Ahnung, welche Spielchen du mit mir spielen willst. Aber eins kann ich dir versichern: Ich bin nicht mehr die kleine Edith, die sich von dir ins Gebüsch ziehen lässt. Wenn du mich noch einmal anrufst, zeige ich dich an wegen Belästigung. Darauf kannst du Gift nehmen.«

Ein leises Klicken ertönte, als der fremde Gesprächsteilnehmer auflegte.

Und wenn es nicht der Onkel gewesen war? Dann war es irgendein anderer Gestörter gewesen, der nun wusste, wie sie darauf reagieren würde, wenn er es wagte, sie erneut zu belästigen.

Tobias empfing sie mit einem Bericht aus der Rechtsmedizin. »Es gibt Neuigkeiten. Klein ist erst betäubt und dann erschlagen worden. Man hat Reste von Chloroform gefunden. Außerdem weist er Spuren von Fesseln an Händen und Füßen auf.«

Edith ließ sich in ihren Stuhl fallen und schnappte sich den Bericht, den Tobias ihr entgegenhielt. Tatsächlich, da stand, dass Klein anscheinend zuerst betäubt und gefesselt worden war, ehe er erschlagen wurde.

»Also kein Mord im Affekt«, sagte sie.

»Auf keinen Fall. Der Henker wollte zuerst mit seinem Opfer reden, ihm vielleicht die Anklageschrift vorlesen. Was auch immer. Und danach hat er ihn getötet und zur Schau gestellt. Wir können Eckert junior und Lauinger von der Liste der Verdächtigen streichen. Das passt nicht zu ihnen.«

»Ja, schon gut«, erwiderte Edith gereizt. »Wir haben einen Serienmörder, der reiche Bürger von Worms tötet, weil ...«

»Weil sie ihn auf irgendeine Weise verärgert haben. Nicht diese läppischen Anschuldigungen, irgendetwas anderes. Etwas, was schwerer wiegt. Dieser Henker muss einen rasenden Zorn haben auf die Opfer. Sonst würde er nicht so handeln.«

Edith schwieg. Sie wusste, wovon Tobias sprach. Er meinte den Zorn und Hass, den sie spürte, wenn sie an ihren Onkel dachte. Oder an ihre Tante. So viel Hass und ohnmächtige Wut musste im Henker kochen, damit er zwei Menschen auf diese abscheuliche Weise verstümmelte und zur Schau stellte. Und anschließend noch ihren Ruf zerstörte. Genau, das war es, weshalb er die Opfer anprangerte. Weil ihm ihr Tod nicht genügte.

»Die Anschuldigungen sind nicht dazu da, um von seinem Motiv abzulenken«, sagte Edith leise. »Er will auch noch den Ruf der Opfer zerstören. Er will sie komplett vernichten.«

Mit großen Augen starrte Tobias sie an. »Sie haben recht. Genauso ist es. Und wir haben jetzt noch ein Indiz: das Chloroform. Er muss irgendwie an Chloroform rankommen.«

»Vielleicht arbeitet er in einer Arztpraxis oder einer Apotheke.«

»Möglich. Wir sollten die Kollegen von der Streife darauf ansetzen. Und ich habe eine Gemeinsamkeit gefunden. Ich glaube es zumindest. Das wäre wirklich zu viel Zufall.«

Edith hatte keine Lust auf Geheimniskrämerei. »Rücken Sie raus damit. Nebenbei: Konnten Sie Lauingers Alibi für den letzten Mittwoch bestätigen? Eine Nachbarin hat ihn am Samstagabend zur fraglichen Zeit mit dem Hund gesehen.«

»Ich habe ein paar Personen, die Lauingers Anwesenheit in der Oper bestätigen können. Aber das ist irrelevant. Ich war bei Katharina Schmitt und …«

»Sie waren bei der Schmitt?« Edith glaubte, ihr müsse der Kragen platzen.

»Ja, ich weiß. Ich habe Sie nicht informiert. Aber ich informiere Sie jetzt, und es war richtig, dass ich dort war.«
»Es ist mir egal, ob es richtig war. Wir hatten uns darauf geeinigt: keine Alleingänge mehr.«
»Sie zwingen mich ja dazu! Wären Sie dazu bereit, auch nur einen meiner Vorschläge anzunehmen, müsste ich so was nicht tun.«
»Nun wollen Sie auch noch mich für Ihre Fehler verantwortlich machen. Das ...«
»Verdammt, nun hören Sie mir doch mal zu! Die Schmitt hat ein Foto von einer Fußballmannschaft von Wormatia Worms. Darauf sind der tote Eckert und der Großvater von Michael Klein zu sehen. Ihr Großvater ist auch drauf. Die haben zusammen Fußball gespielt.«
»Sie sagen, der alte Eckert und der Großvater von Klein haben zusammen mit meinem Großvater Fußball gespielt. Und wo ist da die Verbindung? Was hat Kleins Großvater mit Klein zu tun? Ich meine, weshalb sollte der Henker Klein töten, wenn die Verbindung zwischen dem alten Eckert und dem Großvater von Klein besteht?«
»Keine Ahnung. Vielleicht haben sie etwas gewusst.«
»Und was sollte das gewesen sein, das in unserem Täter so viel Hass und Zorn weckt, dass er Eckert und Klein zum Tode verurteilt und hinrichtet?«
Tobias Begeisterung fiel sichtlich in sich zusammen. »Ich weiß es nicht. Aber das kann doch kein Zufall sein!«
Edith zuckte mit den Schultern. »Ich will Ihre Entdeckung nicht kleinreden. Aber mir fällt wirklich nicht ein, wie man da eine Verbindung herstellen sollte.«

10

Januar 1947, Werner Eckert

Dick vermummt stapfte Werner hinter den anderen her durch den meterhohen Schnee. Die klirrende Kälte ließ den Wasserdampf aus seinem Atem an dem Schal, den er sich um den Hals und die untere Gesichtshälfte geschlungen hatte, ebenso gefrieren wie an seinen Augenbrauen.

Es war nicht richtig, was sie da taten. Die beiden amerikanischen Soldaten erledigten nur ihren Job. Es war nicht recht, sie zu überfallen. Seine Geschwister würden auch ohne das zusätzliche Essen irgendwie über den Winter kommen. Der Vater hatte eine Autowerkstatt und konnte sie alle mit seinem Geld ernähren. Das hoffte er zumindest.

Dann dachte er an Fritz' kleinen Alois und Rolfs schwangere Lisbeth. Die beiden waren krank. Fritz und Rolf wirkten verzweifelt. Sie hatten Angst, Angst um die beiden Menschen, die sie liebten. Das konnte er in ihren Augen sehen. Deshalb war er dabei. Das war der einzige Grund, den er gelten ließ.

»Was zottelst du so?«, fragte Rolf. »Beeil dich, sonst sind wir nicht rechtzeitig da.«

Vielleicht hoffte er das ja insgeheim, dass sie zu spät kamen und der LKW bereits vorbeigefahren wäre. Dann dachte er wieder an den kleinen Alois und an Lisbeth und ging etwas schneller.

Es war mühselig, im Schnee voranzukommen. Sie brauchten länger, als sie gedacht hatten, bis sie endlich die S-Kurve erreichten, die sie sich für ihren Überfall ausgesucht hatten. Herrgott, er konnte immer noch nicht glauben, dass er bei so was mitmachte.

»Wo sind die Spaxe?«, fragte Willi.
»Hier«, sagte Rudolf und kramte sie aus seiner Jackentasche.
»Sie kommen.« Das war Rolf.
Werner sah zu, wie Rudolf die Spaxe auf der Straße verteilte.
Fritz half ihm dabei. Seine Hände zitterten sichtlich.
»Los«, rief Rolf, der auf einem Schneeberg Posten bezogen hatte. »Versteckt euch! Sie kommen.«
Werner konnte von fern das Brummen eines Dieselmotors hören.
Während die anderen sich hinter den Schneewehen am Rand der Straße versteckten, rief Rolf: »Los, Werner, renn die Straße runter. Und denk dran, dass du zufällig hier unterwegs bist.«
Endlich erwachte Werner aus seiner Starre und tat, wie Rolf ihn geheißen hatte. Er lief und lief, bis er die S-Kurve nicht mehr sehen konnte. Keuchend hielt er inne und blickte die Straße zurück. Was, wenn die Soldaten bemerkten, dass seine Fußspuren von den Spaxen wegführten und wieder zurück?
Dann würde er sagen, dass er zum nächsten Ort gelaufen war und nun auf dem Rückweg war. Ganz einfach. Aber eigentlich bezweifelte er, dass das irgendjemandem auffallen würde.
Werner lauschte. Da! Der LKW war zum Stillstand gekommen. Er hörte jemanden in einer fremden Sprache schimpfen.
Sein Herz pochte, als wollte es zerspringen. Was, wenn er einfach den Feldweg nahm, um zurückzugehen? Wieder dachte er an Alois und Lisbeth und an Fritz, Willi, Rudolf und Rolf, die sich auf ihn verließen.
»Wir sind Kameraden«, hatte Willi gesagt.
Kameraden unterstützten sich gegenseitig.
Nach einem tiefen Atemzug, der kalte Luft in Werners Lungen brachte, stapfte er auf der Straße zurück. Als der LKW in Sicht kam, wurden seine Knie weich, aber er ging weiter.
»Hello«, rief eine fremde Stimme. »Guy! Can you help us?«

Werner schluckte die Angst hinunter und ging langsam weiter. Der LKW stand mitten auf der verschneiten Straße. Ein Mann in Uniform und mit schwarzer Hautfarbe kam auf ihn zu. Das Gewehr hielt er lässig in seiner linken Armbeuge. Ein zweiter Soldat kniete neben dem rechten Vorderreifen.
»*Thank god! Can you help us?*«*, sagte der Schwarze.*
Werner zuckte mit den Schultern. Er verstand nur wenig Englisch. »*Not understand.*«
Der Schwarze nahm ihn am Handgelenk und zeigte auf den platten linken Vorderreifen. »*We have two flat tires but only one spare tire.*«
»*Mein Vater … Father … car repair … there.*« *Werner zeigte auf den Ort.*
»*Great.*« *Der Schwarze zeigte eine Reihe weißer Zähne.* »*Can you guide me?*«
»*Show you*«*, sagte Werner.*
Der Soldat klopfte ihm auf die Schulter. Dann beugte er sich zu seinem Kollegen und redete mit ihm schnell auf Englisch. Der andere schien nicht einverstanden zu sein mit dem, was der Schwarze vorschlug. Aber anscheinend setzte dieser sich durch, denn nach ein paar Minuten gesellte er sich wieder zu Werner und grinste ihn an.
»*Come on, guy*«*, sagte er.*
Das verstand Werner. Er widerstand der Versuchung, nach den anderen Ausschau zu halten, und stapfte vorneweg. Der Schwarze folgte ihm dichtauf.

Entgegen ihren Worten ließ Tobias' Entdeckung Edith keine Ruhe. Ihr Großvater hatte mit dem ermordeten Werner Eckert Fußball gespielt, offenbar in der Ersten Mannschaft. Sie hatte nicht einmal gewusst, dass ihr Großvater Fußball gespielt hatte, geschweige denn kannte sie seine Mitspieler. Sie wollte dieses Foto sehen, sie musste es sehen. Und sie wollte die alte Frau Schmitt kennenlernen.

Die Mittagspause war ein guter Zeitpunkt, um Tobias loszuwerden. Ohne sich zu verabschieden, fuhr sie mit ihrem Privatauto zu dem Haus in der Textorstraße. Die Hitze lastete wie eine schwere Glocke auf der Stadt. Neben den vertrockneten Gärten rechts und links wirkte der Garten der alten Schmitt wie eine grüne Oase. Es war jammerschade, dass er einer Fabrikhalle weichen musste.

Ihr Herzschlag beschleunigte sich mit jedem Schritt, den sie sich der Haustür näherte. Sie musste all ihren Mut aufbieten, um die Klingel zu drücken. Es dauerte eine Weile, bis sich im Haus etwas tat. Endlich hörte sie unregelmäßige Schritte, und eine zittrige Stimme rief: »Ich komme.«

Eine alte Frau öffnete die Tür. Das zerknitterte Gesicht strahlte Wärme und Herzlichkeit aus.

»Guten Tag«, sagte Edith. »Kriminalpolizei. Edith Neudecker ist mein Name. Mein Kollege Tobias Altmann war heute Morgen bei Ihnen.«

Die alte Frau lächelte. »Ach, der nette junge Mann. Kommen Sie doch herein. Darf ich Ihnen einen Kaffee anbieten?«

»Nein, danke. Aber ein Glas Wasser wäre schön.«

Im gleichen Moment verwünschte Edith sich für ihre Worte. Sie wollte der alten Dame keinen Aufwand machen. Aber die schien sich zu freuen, dass sie ihr etwas anbieten konnte, und holte mit schlurfenden Schritten eine Flasche kaltes Wasser und ein Glas. Ehe sie sich setzte, stellte sie beides auf den Wohnzimmertisch.

»Bedienen Sie sich.«

Dankbar schenkte Edith sich ein und trank ein Glas leer.

»Womit kann ich Ihnen helfen? Ich habe Ihrem Kollegen schon erzählt, dass der alte Walter Seifert meiner Mutter dieses Haus schenkte. Das war im Januar siebenundvierzig, als mein Vater meine Mutter sitzenließ und sie von heute auf morgen völlig mittellos war. Sie haben uns alle sehr geholfen damals, die Freunde von meinem Vater. Soll ich Sie Ihnen zeigen?«

Die alte Frau Schmitt wartete Ediths Antwort nicht ab, sondern schlurfte zu der Anrichte mit den Fotos. Zwei davon suchte sie heraus und legte sie vor Edith auf den Wohnzimmertisch. Das eine war ein Hochzeitsbild, das andere das Foto einer Fußballmannschaft, beide schwarz-weiß.

Die alte Frau zeigte auf die Fußballmannschaft. »Das da ist mein Vater, und das sind seine vier Freunde, die uns damals so geholfen haben: der Rolf Mayer, Willi Klein, Werner Eckert und Rudolf Seifert, der Sohn vom alten Seifert. Er hat seinen Vater dazu gebracht, dass er meiner Mutter dieses Haus schenkte. Aber davon will sein Sohn nichts wissen. Der behauptet, weil ich keine Schenkungsurkunde habe, darf er das Haus abreißen. Aber das habe ich Ihrem Kollegen ja bereits erzählt. Was kann ich Ihnen denn noch erzählen?«

Edith nahm das Foto mit der Fußballmannschaft und studierte die Gesichter der Männer, die die Schmitt ihr gezeigt hatte. »Ist Willi Klein mit Michael Klein verwandt, dem Winzer? Wissen Sie das?«

»Natürlich weiß ich das. Michael ist der Enkel von Willi Klein. Und unser Bürgermeister Stefan Mayer ist der Enkel von Rolf Mayer. Sehen Sie, das da ist auch mein Vater.« Sie nahm das Hochzeitsbild in ihre zittrigen Hände. »Das ist er mit meiner Mutter Cäcilia an ihrem Hochzeitstag.«

Edith traute ihren Ohren nicht. »Wie heißt Ihre Mutter?«

»Cäcilia. Sehen Sie, da steht es: Fritz und Cäcilia Wolter. Mit dem Datum ihrer Hochzeit.«

Das Datum war der 15. Mai 1936.

Edith schnappte nach Luft. »Wann ist Ihr Vater verschwunden?«

»Im Januar siebenundvierzig. Das sagte ich Ihnen doch.«

»Lesen Sie Zeitung?«

»Ich? Nein, mich interessiert der Mord und Totschlag nicht, der da drinsteht. Nur Holger liest sie.«

Edith räusperte sich. »Frau Schmitt, dürfte ich mir das Hochzeitsbild Ihrer Eltern ausleihen? Sie erhalten es morgen oder übermorgen zurück, das verspreche ich Ihnen.«

»Ja, natürlich. Wenn es Ihnen hilft.«

»Und ob es mir hilft, Frau Schmitt! Haben Sie vielen Dank. Sie haben mir sehr weitergeholfen.«

Die alte Dame räusperte sich. »Sagen Sie, Frau Neudecker. Sie können nichts tun, damit mein Haus nicht abgerissen wird?«

Edith schüttelte den Kopf. Die alte Frau tat ihr leid. »Nein, leider, ich kann da gar nichts tun. Der Abriss scheint rechtens zu sein.«

Sie hasste sich für diese Worte.

»Hier!« Edith legte das Hochzeitsbild auf Tobias' Schreibtisch.

»Was ...«

»Lesen Sie, was da in der Ecke steht!«

»Sie waren bei der alten Schmitt? Ohne mich ...«

»Lesen Sie, was da steht!«

Mit gerunzelter Stirn beugte Tobias sich über das Foto. Seine Miene wandelte sich von zornig zu erstaunt, als er wieder aufsah. »Das ist der Name und das Datum von unserem Ring. Das würde bedeuten ...«

»Bei dem unbekannten Toten könnte es sich um Fritz Wolter handeln, den Vater von Frau Schmitt. Ich sagte ›könnte‹. Noch haben wir keinen Beweis.«

»Dann hätte der Vater der alten Schmitt seine Familie nicht im Stich gelassen, sondern wäre ermordet worden.«

»Und irgendjemand hat den Mord damals vertuscht und die Leiche in der Fabrikhalle von Seifert versteckt. So ist es.«

Gesetzt den Fall, bei der Leiche handelt es sich wirklich um Fritz Wolter.«

Tobias sprang auf. »Denken Sie daran, was ich gesagt habe: Die Serienmorde und die unbekannte Leiche hängen zusammen. Der erste Serienmord geschah am Tag, an dem wir die Annonce in der Zeitung geschaltet haben. Wir haben den Henker damit darauf hingewiesen, dass die Leiche von Fritz Wolter gefunden wurde. Und das hat den Stein ins Rollen gebracht. Davon bin ich fest überzeugt.«

»Das sind aber reine Mutmaßungen. Die Serienmorde und der Fall Wolter müssen nichts miteinander zu tun haben. Es kann sich auch um reinen Zufall handeln, dass der erste Serienmord am Tag der Annonce stattfand.«

»Sorry, aber an solche Zufälle glaube ich nicht. Wir sollten uns besser fragen, wer ein Interesse daran haben könnte, die Verwandten von Fritz Wolters Freunden umzubringen. Vielleicht will ja jemand den Mord vertuschen, der damals passiert ist.«

Edith runzelte die Stirn. »Das ergibt keinen Sinn. Bis auf Werner Eckert waren alle Freunde von Fritz Wolter zum Zeitpunkt der Annonce bereits verstorben. Es fällt mir schwer zu glauben, dass der Mörder von damals noch lebt und so vital ist, dass er die beiden Morde begangen haben könnte.«

»Der Mörder selbst vielleicht nicht, aber sein Sohn oder Enkel.«

»Und weshalb sollte ein Nachfahre von Fritz Wolters Freunden die Nachfahren der anderen Freunde töten? Selbst wenn die Freunde von Fritz Wolter wussten, wer ihn getötet hat, woher sollten das dessen Nachfahren wissen, und welches Interesse sollte der Nachfahre des Mörders daran haben?«

»Schauen Sie sich doch die Nachfahren von Fritz Wolters Freunden an! Das sind alles Stadthonoratioren. Ich kann mir durchaus vorstellen, dass ein angesehener Bürger dieser Stadt ein Interesse daran hat, zu verheimlichen, dass sein Vorfahr ein Mörder war.«

»Und deshalb bringt er die Nachfahren von Fritz Wolters Freunden um, aus Angst, die könnten davon wissen? Nein, das passt nicht.«

»Haben Sie eine andere Idee?«, fragte Tobias. »Und überhaupt, ist Ihnen schon aufgefallen, dass damit auch Ihr Onkel und Sie selbst in Gefahr sind? Ihr Großvater war auch ein Freund von Fritz Wolter.«

»Nicht nur der. Der Bürgermeister ist ein Enkel von Rolf Mayer, der ebenfalls ein Freund von Fritz Wolter war.«

Tobias stemmte die Fäuste in die Hüften. »Wir sollten Personenschutz für die beiden anfordern – und für Sie!«

»Und mit welcher Begründung? Dass unser Henker es möglicherweise auf die Nachfahren von Fritz Wolters Freunden abgesehen hat? Wir haben bisher noch nicht einmal einen Beweis, dass die unbekannte Leiche tatsächlich Fritz Wolter *ist*. Geschweige denn ein brauchbares Motiv, weshalb der Henker es auf die Nachfahren von Fritz Wolters Freunden abgesehen haben könnte. Und das vor dem Hintergrund, dass der Bürgermeister uns verboten hat, der Bestechungsaffäre nachzugehen. Dadurch, dass wir uns dieser Anordnung widersetzt haben, sind wir ja erst auf diese Spur gekommen.«

»Und Sie sind wirklich immer noch der Meinung, die beiden Fälle haben nichts miteinander zu tun? Hören Sie sich eigentlich selbst zu?«

»Das habe ich nicht gesagt. Ich sagte, wir haben keinen Beweis. Und solange wir keinen handfesten Beweis haben, können wir keinen Personenschutz anfordern.«

»Also riskieren wir das Leben des Bürgermeisters und Ihres Onkels. Und Ihres. Der Henker hat Kontakt mit Ihnen aufgenommen. Er kennt Sie. Wenn Sie mich fragen, wäre es am vernünftigsten, wenn Sie die beiden Fälle abgeben und sich unter Personenschutz begeben.«

Edith kam sich vor, als hätte Tobias sie gerade geohrfeigt. Der Zorn ließ sie die Fäuste ballen und einen Schritt auf Tobias zu machen. »Ich gebe diese beiden Fälle nicht ab. Niemals. Und wenn ich erfahre, dass Sie sich einmischen, sorge ich dafür, dass Sie nie wieder einen Job bekommen. Das schwöre ich Ihnen.«

Mit einem Schnauben machte Tobias einen Schritt rückwärts. »Schon okay, ich habe verstanden. Für Sie gelten andere Regeln als für mich. Sie dürfen auch ohne Abstimmung mit ihrem Kollegen Alleingänge machen. Bei Ihnen ist das in Ordnung.«

»Ich tue nur, was Sie auch die ganze Zeit tun.«

»Ach, vergessen Sie es. Ich habe es kapiert. Ich bin hier unerwünscht, und ich werde die Konsequenzen daraus ziehen, wenn wir die beiden Fälle abgeschlossen haben. Können wir uns jetzt wieder unserer Arbeit zuwenden und diesen Bieler noch mal befragen? Vielleicht hat der noch Hinweise für uns, die uns voranbringen.«

Tobias lehnte sich mit verschränkten Armen an die Wand und wartete, bis Edith Bieler auf einen Stuhl am zentral stehenden Tisch komplimentiert hatte.

Er hatte überreagiert und sich wieder einmal von Edith provozieren lassen. Wann lernte er endlich, dass er sich jedes Mal in die Scheiße ritt, wenn er Edith den Spiegel vorhielt? Sie wollte diese beiden Fälle lösen, weil ein Verwandter von ihr involviert war. Er glaubte zwar nicht, dass sie ein Interesse daran hatte, ihrem Onkel zu helfen, eher im Gegenteil, aber er konnte das verstehen. Ihm würde es nicht anders gehen an ihrer Stelle, und immerhin hatte Weingarten es abgesegnet. Also sollte er es einfach ruhen lassen und sich den beiden Fällen widmen.

Immerhin war es eine gute Idee gewesen, Bieler in den Befragungsraum zu bitten. Dieser fühlte sich sichtlich unwohl in dem kahlen Raum mit dem großen Spiegel, der in Wahrheit eine getönte Fensterscheibe war. Tobias war gespannt, wie gut sie es schafften, den guten und den bösen Cop zu spielen, um Bieler zum Reden zu bringen.

»Schön, Herr Bieler«, begann Edith. »Sie haben zugegeben, dass Sie von Herrn Husch Informationen über Bestechungsgelder und diese Expertise zum Haus von Frau Schmitt erhalten haben.« Bei diesen Worten legte Edith eine Kopie der besagten Expertise auf den Tisch.

»Ja, und?« Bieler sah Edith sichtlich verwirrt an.

Tobias stieß sich von der Wand ab und stützte sich auf den Tisch. »Wer unterstützt Sie bei Ihren Aktionen? Erzählen Sie uns nicht, dass Sie allein operieren.«

»Chrissie natürlich.«

»Und wer noch?«

»Niemand.«

»Herr Bieler«, sagte Edith scharf. »Verkaufen Sie uns nicht für dumm. Wir ermitteln in mehreren Mordfällen. Wenn Sie uns Informationen vorenthalten, machen Sie sich strafbar. Das ist Ihnen doch klar.«

Hektisch sah Bieler sich um. »Ich sagte Ihnen doch schon, dass ich allein arbeite.«

Darauf war Tobias vorbereitet. »Bei der unangemeldeten Demonstration im März diesen Jahres haben Sie angegeben, dass Sie diverse Unterstützer hätten, die Sie zu deren Schutz nicht preisgeben wollen. Was stimmt denn nun?«

Auf Bielers Stirn brach Schweiß aus. »Ich hatte damals ein paar Helfer, um die Flugblätter zu verteilen.«

»Schön, Herr Bieler«, sagte Edith freundlich. »Dann bitten wir Sie darum, uns die Namen zu nennen.«

»Die haben nur Flugblätter verteilt, sonst nichts. Die haben sich nicht strafbar gemacht.«

Völlig emotionslos antwortete Edith: »Ob Ihre Helfer sich strafbar gemacht haben oder nicht, ist unsere Entscheidung. Nicht Ihre. Also: Wer hat Ihnen damals geholfen?«

»Ich will meinen Anwalt sprechen«, platzte Bieler heraus.

»Herr Bieler«, mischte sich Tobias ein. »Sie haben gehört, was meine Kollegin eben gesagt hat. Wir ermitteln in mehreren Mordfällen, und es steht zu befürchten, dass der sogenannte Henker erneut zuschlägt. Wenn Sie uns Informationen vorenthalten, die zu der Ergreifung eines Mörders führen können, machen Sie sich mitschuldig. Insbesondere, wenn es aufgrund Ihrer Weigerung weitere Tote geben sollte. Deshalb frage ich Sie noch einmal: Wer hilft Ihnen?«

»Gesetzt den Fall, es gäbe da weitere Helfer. Was würden Sie mir denn anbieten, wenn ich Ihnen ihre Namen verrate?« Bieler rieb die ineinander verschränkten Hände.

»Sie sprechen von Strafmilderung, nehme ich an«, sagte Tobias und versuchte dabei, ein triumphierendes Lächeln zu verbergen.

Ediths Lippen wurden schmal. »Vergessen Sie es! Entweder Sie reden, oder wir werden Sie wegen Beihilfe zum Mord verhaften. Suchen Sie es sich aus.«

Bieler starrte sie mit trotzigem Blick an. »Vielleicht sollten Sie sich mal überlegen, wie Sie dastehen, wenn es zu weiteren Morden kommt und Sie nicht alles getan haben, was in Ihrer Macht stand, um das zu verhindern.«

Tobias schnappte nach Luft. Das war allerhand.

Ehe er reagieren konnte, stand Edith auf. »Herr Matthias Bieler, wir nehmen Sie hiermit fest wegen des dringenden Tatverdachts der Beihilfe im Falle der Morde an Werner Eckert und Michael Klein. Alles, was Sie sagen, kann und wird vor Gericht gegen Sie verwendet werden. Haben Sie das so weit verstanden?«

Bieler starrte sie nur an, als wollte er sie erwürgen.

Ungerührt setzte Edith hinzu: »Sie können nun Ihren Anwalt anrufen, falls Sie das möchten.«

»Danke«, war Tobias' erster Kommentar. »Danke, dass Sie unsere Arbeit so gründlich kaputt gemacht haben. Was hätte es Sie gekostet, Bieler ein wenig Honig ums Maul zu schmieren?«

»Sie meinen, ich hätte ihn anlügen sollen, damit er mit der Wahrheit rausrückt? Ganz sicher nicht. Wenn er sich über die Konsequenzen seiner Weigerung nicht klar ist, dann wird er sie eben am eigenen Leib erfahren müssen. Ein paar Tage in Untersuchungshaft bringen ihn vielleicht dazu, seine Meinung zu ändern.«

»Und wenn es weitere Morde gibt, die wir hätten verhindern können, indem wir Bieler zum Reden bringen?«

»Falsch! Nicht wir wären an diesen Morden schuld, sondern einzig und allein Bieler. Das ist kein Grund, dieser Kakerlake Vergünstigungen zuzugestehen.«

Tobias sprang von seinem Schreibtisch auf und marschierte Richtung Fenster. Mit einem Ruck öffnete er es und ließ heiße Sommerluft ins ohnehin schon stickige Zimmer fließen. Edith sah, wie er heftig ein- und ausatmete.

»Ich kümmere mich um das Protokoll«, sagte er mit gequetschter Stimme.

»Gut.«

Ehe Edith ein weiteres Wort hervorbringen konnte, stürmte er aus dem gemeinsamen Büro. Wenigstens hatte er seinen Ärger hinuntergeschluckt, anstatt eine Szene zu machen. Dennoch: Mit Keller wäre es gar nicht so weit gekommen. Der hätte sofort eingesehen, dass man keine Zugeständnisse machen durfte.

Ihr Handy summte. Verwundert zog sie es aus der Jackentasche. Die Handynummer, die angezeigt wurde, war mit keinem Namen verknüpft. Doch die Zahlen kamen ihr bekannt vor.

»Guten Tag, Kriminalpolizei, Edith Neudecker am Apparat. Mit wem spreche ich?«

»Es reicht, Edith. Du bist zu weit gegangen.« Die Stimme jagte trotz der Hitze einen kalten Schauer über ihren Rücken.

»Mit wem spreche ich?« Sie fragte, obwohl sie wusste, wem die Stimme gehörte. Aber um keinen Preis wollte sie ihrem verfluchten Onkel gegenüber den Anschein erwecken, als würde sie sofort an ihn denken.

»Du weißt, mit wem du sprichst. Also lass die Spielchen. Ich warne dich nur dieses eine Mal. Lass die Sache ruhen.«

»Welche Sache?«, fragte Edith kühl.

»Das Gelände, auf dem Katharina Schmitts Haus steht, gehört mir. Das ist ebenso sicher wie die Tatsache, dass mir allein die Firma gehört. Also hör endlich auf, herumzustochern, und lass die alte Schmitt in Ruhe.«

»Ich habe kein Interesse an der Firma. Das habe ich oft genug betont. Und wen ich in einer Mordermittlung befrage, ist immer noch meine Sache.«

»Ich wüsste nicht, wie die alte Schmitt dir bei euren Mordermittlungen helfen könnte. Also, überleg dir gut eure nächsten Schritte. Du hast bereits eine Warnung erhalten. Eine dritte wird es nicht geben.«

»Willst du mir drohen? Das ist doch lächerlich.«
»Wir werden sehen, ob du es lächerlich findest, wenn du wegen Überschreitung deiner Kompetenzen suspendiert wirst.«
Edith sprang auf. »Das ist …«
Aber der Onkel hatte bereits aufgelegt. Edith war schwindelig, ihre Knie bebten. Sie zitterte am ganzen Körper. Ob vor Zorn und Hass oder anderer aufgestauter Emotionen, wusste sie nicht.
Sie wusste nur eins: Wenn ihr Onkel sie derart bedrohte, dann hatte er etwas zu verbergen. Die Frage war nur, was.

»Weingarten will eine Sonderkommission einberufen«, sagte Tobias, als er ihr das fertige Protokoll von Bielers Befragung auf den Tisch legte. »Er wird uns morgen Vormittag weitere Kollegen zuteilen, die uns unterstützen werden.«
Edith hatte damit gerechnet. »Danke für die Info.« Als Tobias keine Anstalten machte, sich an seinen Schreibtisch zu setzen, fügte sie hinzu: »Ist noch was?«
»Das wäre eigentlich ein guter Zeitpunkt, um Weingarten darüber zu informieren, dass Sie sich aus dem Fall zurückziehen, und um Personenschutz für Sie, Ihren Onkel und den Bürgermeister zu beantragen.«
»Ich sagte es bereits: Ich werde diese beiden Fälle nicht abgeben. Und ganz sicher brauche ich keinen Personenschutz.«
»Wenn Sie ihn nicht wollen, dann wenigstens für Ihren Onkel und den Bürgermeister.«
»Wir haben keinerlei Beweise für unsere Theorien. Das reicht nicht, um Personenschutz zu beantragen. Zudem sollte Ihnen klar sein, dass der Bürgermeister uns durch Weingarten davor warnen ließ, im Fall der Bestechung weiter zu ermitteln. Wir müssten unsere Ermittlungen in diese Richtung offenlegen und könnten dadurch von den beiden

Fällen abberufen werden. Dieses Risiko bin ich nicht gewillt einzugehen. Das hilft am Ende niemandem – am wenigsten den potenziellen Opfern.«

Seltsam, ihre Schlussfolgerungen klangen plausibler, als sie gedacht hatte. Sogar Tobias' Miene hatte sich ein wenig geändert. Er wirkte weniger energisch als noch wenige Sekunden zuvor.

»Nicht, wenn Weingarten uns unterstützt.«

Edith schnaubte belustigt. »Da kennen Sie Weingarten aber schlecht. Er wird uns nur so lange unterstützen, wie sein Stuhl nicht in Gefahr ist. Wenn wir aber dem Bürgermeister Bestechung nachweisen, wird dieser sich mächtig ins Zeug legen, um Weingarten eins reinzuwürgen. Und glauben Sie mir, in diesem Augenblick wird Weingarten so weich wie Butter in der Sonne. Deshalb bin ich auch nicht glücklich über die Einberufung der Sonderkommission. Wir werden aufpassen müssen, was wir offen ausplaudern.«

»Wir müssen alle unsere Ermittlungen offenlegen. Wie sollen wir sonst effektiv operieren?«

»Sie sind naiv, Altmann. Denken sie noch mal eine Nacht darüber nach. Ich mache jetzt Feierabend. Bis morgen.«

Tobias presste die Lippen aufeinander, als müsste er sich daran hindern, sie anzuschreien. Sie wartete nicht, bis er sich beruhigen konnte, sondern schnappte ihre Tasche und verließ das Büro.

Als sie den Parkplatz erreichte, merkte sie, dass sie aufatmete. Tobias hatte recht. Sie sollte Personenschutz für ihren Onkel und den Bürgermeister beantragen. Wenn einem der beiden in dieser Nacht etwas passierte, war sie mit schuld.

Andererseits, hatten die beiden es nicht verdient? Sie würde ihrem Onkel keine Träne nachweinen. Nicht eine einzige.

Etwas klingelte.
Edith drehte sich in ihrem Bett auf die andere Seite. Aber das Klingeln sickerte penetrant in ihre Träume. Störte weiter, bis sie sich schlaftrunken aufrichtete.
Es war das Handy, das auf ihrem Nachtisch lag. Sie tastete im Dunkeln danach, fand es endlich und drückte im schummrigen Licht des Geräts den grünen Annahmeknopf.
Noch ein Mord, war ihr erster Gedanke. Bitte nicht!
Ihr Blick fand die Uhr auf dem Nachtisch. Es war kurz nach drei Uhr morgens.
Bitte, lass es nicht Weingarten oder Altmann sein!
Am Telefon war schweres Atmen zu hören.
Das war nicht Tobias.
»Wer ist da?«, fragte sie.
»Der Henker von Worms.«
Edith schnappte nach Luft. »Was wollen Sie?«
»Sie hatten einen Auftrag.«
Wovon sprach er? Dann erinnerte sich Edith an den Brief.
»Und?«
»Sie wissen genau, was ich meine. Sie sollten dafür sorgen, dass die Schuld der Opfer dargelegt wird. Stattdessen lese ich in der Zeitung nur von einem Serienmörder. Ich richte. Ich richte diese kapitalistischen Schweine, weil sie sich an der Allgemeinheit vergangen haben. Haben Sie das endlich kapiert?«
»Betrügereien sind kein Grund, jemanden hinzurichten. Das sollte Ihnen klar sein.«
»Doch. Denn sie nehmen uns aus, sie saugen uns das Blut aus. Sie machen uns klein, damit sie sich an unserer Schwäche weiden können.«
In Ediths Hirn wurde ein Schalter umgelegt. Das war eine einmalige Chance, um die Motivation des Mörders kennenzulernen.

»Erklären Sie es mir! Was haben Klein und Eckert Ihnen getan, dass sie den Tod verdienen?«

Aus dem schweren Atmen wurde ein gehässiges Lachen. »Wen kümmern Klein und Eckert? Heute Nacht war Mayer dran. Er wurde von mir gerichtet für all die Schweinereien, die er begangen hat, und für die Schmiergelder, die er genommen hat. Der gierige Fatzke.«

Mayer. Der Oberbürgermeister.

»Sie haben Stefan Mayer getötet?«

Wieder antwortete das gehässige Lachen. »Und er wird nicht der Letzte sein. So wahr ich der Henker bin. Und wenn du nicht endlich tust, was ich dir aufgetragen habe, bist du die Übernächste.«

»Ich habe niemanden betrogen. Sie haben keinen Grund, mich zu richten.«

»Halt's Maul, blöde Fotze. Ich bin der Henker, und ich entscheide, wen ich richte. Also tu, was ich dir sage, oder du wirst es büßen.«

Dann legte er auf.

Ediths Herz klopfte, als wollte es ihre Brust sprengen. Mit zitternden Fingern wählte sie Weingartens Nummer. Die Sekunden, die sie warten musste, bis er endlich ranging, waren die längsten ihres bisherigen Lebens.

»Kriminalpolizei, Weingarten am Apparat.«

»Hier ist Edith Neudecker. Der Henker hat bei mir angerufen. Es gab einen weiteren Mord.«

11

Wie der feine Pinkel da vor ihm am Boden lag und an seinen Fesseln zerrte! Er hatte sich vor Angst in seinen grauen Anzug gepisst. Der Blick der weit aufgerissenen Augen irrte immer wieder zu der Wand, wo die Bilder der anderen hingen. Seins hing an dritter Stelle. Die beiden über ihm waren schon tot.
»*Und, weißt du, weshalb du hier bist?*«, *fragte er.*
Das Häufchen Elend winselte nur. Wie ein Hund, den man geschlagen hat. Wie erbärmlich der Kerl doch war!
»*Ich klage dich an wegen des Verrats am Volk. Hast du irgendwas dazu zu sagen?*«
Tränen rannen aus den Augen des Dreckskerls. Er schluchzte.
»*Wie oft hast du Schmiergeld genommen und deine gutgläubigen Wähler betrogen? Weißt du es nicht mehr? Hast du aufgehört zu zählen, weil du es so oft gemacht hast?*«
Der Kerl schüttelte den Kopf. Er wimmerte etwas in seinen Knebel, was wie »*Bitte*« *klang.*
»*Zum Bitten ist es zu spät*«, *sagte er.* »*Du bist schuldig gesprochen. So wie deine Kumpane. Ihr glaubt, ihr könnt mit uns machen, was ihr wollt. Ihr glaubt, ihr könnt uns ausbeuten und in den Staub drücken. Uns kleinhalten, damit ihr euch über uns stellen könnt. Aber wir wehren uns. Wir sind keine bibbernden Opfer mehr. Und du bist der nächste.*«
Der Mann schluchzte. Rotz lief aus seiner Nase und in den Knebel.
»*Weißt du, was dein Großvater getan hat? Natürlich weißt du es nicht. Ihr alle habt keine Ahnung. Ihr lebt nur wie die Made im Speck. Dem Speck, den eure Väter und Großväter unsereinem abgepresst habt. Ihr denkt, es ist selbstverständlich, dass ihr Geld habt, während wir im Dreck leben. Anstatt uns was*

abzugeben von dem, was uns zusteht, presst ihr uns immer mehr ab. Weil ihr Blutsauger seid. Widerliche Ratten, die sich auf unsere Kosten immer mehr bereichern und uns die Luft zum Atmen nehmen. Ich spuck auf euch!«

Er spuckte aus. Es tat so gut, die Worte, die ihn innerlich verzehrten, endlich auszusprechen! Sie den Männern ins Gesicht zu sagen, die ihn und seine Familie jahrelang, nein, jahrzehntelang für dumm verkauft und betrogen hatten. Sie hatten es verdient. O ja, sie hatten mehr als das verdient. Sie einfach zu töten, war zu milde. Er wollte sie zur Schau stellen, dem Rest der Welt zeigen, was für verabscheuungswürdige Ratten sie waren. Ihre Existenz vernichten. Das war es, was sie verdienten.

Er griff nach dem Messer, das auf dem Tisch neben der Schreibmaschine lag. »Ich verurteile dich«, sagte er. »Ich verurteile dich zum Tode. Deine Leiche soll anschließend am Pranger hängen als Zeichen für deinesgleichen.«

Es tat gut, zu sehen, wie der Kerl wimmerte und zitterte, als er ihm das Messer an die Kehle legte. Er drückte ihm den Kopf in den Nacken und schnitt ihm mit dem Messer die Kehle durch. Das Blut spritzte weniger, als er gedacht hatte. Der Mann zappelte und wand sich. Dann lag er still.

Schade, dass es so schnell vorbei war. Eigentlich sollten sie länger leiden für das, was sie getan hatten. Er hatte sich lange überlegt, wo er ihn zur Schau stellen konnte und mit welchem Zeichen er ihn versehen sollte. Um diese Zeit war es unwahrscheinlich, dort jemanden zu treffen. Er musste nur die Leiche aus dem Kofferraum seines Wagens ziehen. Das ging schnell. Nicht wie bei Klein, den er an den Füßen am Wehrgang aufgehängt hatte. Das war eine Plackerei gewesen. Außerdem wäre er fast entdeckt worden. Deshalb hatte er sich dieses Mal für eine leichtere Variante entschieden, die aber sicherlich nicht weniger publikumswirksam war.

Das Entscheidende war ja, dass die Zeitung entsprechend berichtete. Was bisher leider nie so geschehen war, wie er sich das vorgestellt hatte. Und diese Ermittlerin, diese Edith Neudecker, parierte auch nicht so, wie er sich das vorstellte. Aber er hatte schon eine Idee, wie er den Anreiz für sie erhöhen konnte. Diese Mistkerle hatten ja nicht nur ihn und seine Familie betrogen, sondern auch sie. Er würde wetten, dass sie sich brennend für das, was er wusste, interessieren würde.

Die Inszenierung war nahezu perfekt, musste Edith eingestehen. Der Bürgermeister lag rücklings mit ausgebreiteten Armen auf der Treppe des Amtsgerichts. Er trug einen hellgrauen Anzug. Das weiße Hemd und die Krawatte waren vollgesogen mit dem Blut, das aus dem Schnitt über seine Kehle stammte. Beide Hände waren säuberlich abgetrennt und lagen auf seiner Brust, als wollte jemand sagen, er habe zu viel genommen.

Edith ahnte bereits, was Florence ihr zum Tathergang mitteilen würde. Der Tote war nicht hier ermordet worden, sondern irgendwo anders und anschließend hierhergebracht und zur Schau gestellt worden. Die Hände waren ihm post mortem abgetrennt worden. Einzig interessant war, ob auch Mayer vor seinem Tod betäubt worden war.

»Das kann ich leider erst sagen, wenn ich das Opfer auf dem Tisch hatte«, erwiderte Florence. »Frühestens morgen Nachmittag.«

»Das reicht.«

Florence verließ sie und widmete sich wieder der Leiche. Als Tobias neben sie trat, blickte Edith auf. »Sagen Sie nichts.«

»Doch«, erwiderte Tobias scharf. »Hätten wir Personenschutz beantragt, wäre er jetzt vielleicht noch am Leben.«

»Und wollen Sie mir noch etwas sagen?«

Mit zusammengepressten Lippen wandte Tobias sich ihr zu. »Wann wollen Sie Personenschutz für Ihren Onkel beantragen?«

Wenn Tobias erst erfuhr, was der Henker ihr am Telefon offenbart hatte, würde er den Personenschutz auch für sie in Auftrag geben. Und dann wäre sie raus aus dem Fall. Und eine Ahnung sagte ihr, dass da noch viel mehr verborgen war, als sie bisher auch nur ahnte. Ihr Onkel hatte so sehr darauf beharrt, dass die Firma ihm gehörte! Als hätte er Angst, sie könnte herausfinden, dass das nicht stimmte. Was, wenn mehr dahintersteckte?

Uralte Ängste drängten nach oben. Ängste, die sie vergessen zu haben glaubte. Die sie hatte vergessen wollen. Dass der Onkel die Eltern getötet hatte, um Alleinerbe zu werden. Dass ihr Leben bei Onkel und Tante nur eine groteske Inszenierung gewesen war, um sie dazu zu bringen, auf ihren Anteil an der Firma zu verzichten.

Aber wie konnte der Onkel sich so sicher gewesen sein, dass sie genauso darauf reagierte? Andererseits, hatte sie ihm nicht genügend Hinweise darauf gegeben, und zwar vom ersten Augenblick, als sie das Haus von Onkel und Tante betreten hatte?

»Ich hasse die Firma«, hörte sie sich rufen. »Ich hasse diese ganze Firma. Ich will nie mehr etwas mit ihr zu tun haben.«

Denn die Firma hatte ihr die Eltern weggenommen. Gäbe es die Firma nicht, wären sie nicht nach Frankfurt zu dem Anwalt gefahren. Dann wären sie nicht verunglückt. Dann hätte sie nicht bei Onkel und Tante leben müssen. Dann wäre das alles nie passiert.

O ja, sie hatte dem Onkel viele Hinweise dafür gegeben, dass sie keinerlei Ambitionen hatte, in die Firma einzusteigen. Und er hatte wahrlich sein Bestes getan, um dafür zu sorgen, dass sie auch keinerlei Interesse daran entwickelte, künftig mit ihm zusammenarbeiten zu wollen. Dafür hatte er gesorgt. Und zwar gründlich. Dass sie die Anteile an der Firma hatte loswerden wollen, war eigentlich nur folgerichtig gewesen.

Ob der Onkel wirklich so weit im Voraus geplant hatte? Sie konnte nicht glauben, dass er so berechnend war. Deshalb hatte sie diese Ideen als Fantastereien eines einsamen Kindes abgetan. Sie beiseitegeschoben wie die Teddybären – Zeugen der Kindheit, die sie als Erwachsene nicht mehr brauchte. Die sie in ihrem Leben nur behinderten.

Und nun waren sie auf einmal wieder da, zusammen mit all den Zweifeln und der Angst.

Nein, sie konnte dem Onkel keinen Personenschutz gewähren. Sie konnte nicht zulassen, dass sie selbst dadurch am Ende von diesem Fall abgezogen wurde. Denn das war ihre einzige Gelegenheit, um Licht in die Ängste ihrer Kindheit zu bringen.

Sie musste erfahren, ob diese Ängste berechtigt waren. Ob der Onkel die Eltern wirklich auf dem Gewissen hatte. Und ob er sie wirklich derart manipuliert hatte, dass sie genau das tat, was er sich erhofft hatte. Ein zweites Mal konnte und wollte sie nicht auf seine manipulativen Spielchen hereinfallen. Lieber verlor sie ihren Job und damit die Existenz, die sie sich allen Widernissen zum Trotz aufgebaut hatte.

Sie war bereit, alles dafür zu opfern. Wenn, ja, wenn ihr da nur nicht Tobias im Weg gestanden hätte.

Welche Optionen hatte sie?

»Ich denke darüber nach«, erwiderte Edith. »Ich verspreche es Ihnen. Aber bitte, geben Sie mir die Gelegenheit, noch diesen einen Tag bei den Ermittlungen dabei zu sein. Nur noch diesen Tag. Er wird tagsüber nicht zuschlagen.«

Tobias richtete den Blick auf die Leiche. »Bis heute Abend.«

»Stefan? Was ist mit Stefan?« Die Frau des Bürgermeisters starrte sie verwirrt an. Ihr Morgenmantel stand offen und gab den Blick auf den Shorty frei, den sie darunter trug. Die kurzen Haare waren zerzaust vom Schlaf. Sie war barfuß und zeigte die dunkelrot lackierten Zehennägel.

»Dürfen wir reinkommen?«, fragte Tobias.

Sie wich eilig zurück, als hätte sie Angst, dass sie gehen könnten, ohne mit ihr zu reden. »Natürlich, kommen Sie herein.« Doch sie ging nicht weiter, blieb einfach im Flur stehen.

Edith ergriff das Wort. »Es tut mir sehr leid, Ihnen das mitteilen zu müssen. Aber Ihr Mann ist am Amtsgericht tot aufgefunden worden. Wie es scheint, ist er Opfer einer Gewalttat geworden.«

»Nein. Nein, das ist nicht wahr. Stefan ist tot?« Die Augen der Frau schimmerten verdächtig. Sie presste die Hände gegen ihren Mund, als könnte sie so die Tränen zurückhalten.

»Ihr Mann ist tot«, sagte Tobias fest. »Er wurde ermordet. Dürfen wir Ihnen ein paar Fragen stellen?«

Sie nickte wortlos unter Tränen.

»Gibt es irgendjemanden, der einen Groll gegen Ihren Mann hegt? Oder jemanden, der Streit mit ihm hatte?«

»Ach Gott!« Sie schluchzte. »Mein Mann ist vielen Leuten auf die Füße getreten. Er ist der Bürgermeister, da kann man es nicht jedem recht machen. Da waren diese Aktivisten, die behaupteten, es wäre nicht rechtens, dass der Ausbau dieser Fabrikhalle erlaubt wurde. Dann gab es Streit mit der Opposition wegen des Ausbaus der Zubringerstraße. Auch parteiintern gab es Querelen zwischen der Basis und meinem Mann. Ich könnte das endlos fortsetzen. Aber deswegen bringt ihn doch niemand um!«

»Es wäre trotzdem sehr freundlich von Ihnen, wenn Sie uns die betreffenden Personen mit Namen und Adresse auflisten könnten – soweit vorhanden.« Edith bemühte sich, freundlich zu sein. Wenn die Frau erst in Tränen ausbrach, nützte sie ihnen vorerst nichts mehr. Sie musste sie am Denken halten.

»Ja, in Ordnung. Gleich?«

»Nein, das hat Zeit. Noch ein paar Fragen, Frau Mayer. Wo war Ihr Mann gestern Abend?«

»Auf einer Feier mit Parteifreunden. Ich hasse dieses Politikgerede. Deshalb bin ich zu Hause geblieben. Einige der anderen Frauen begleiten ihre Männer. Aber Stefan versteht, weshalb ich lieber zu Hause bleibe.« Ihre Augen füllten sich mit Tränen. Der Name ihres Mannes hatte offenbar genügt, um sie wieder auf dessen Tod aufmerksam zu machen.

»Wo hat diese Feier stattgefunden, Frau Mayer?«, fragte Tobias schnell.

»Oh, ja. Moment. Irgendwo hängt noch die Einladung.« Sie tappte davon durch eine der Türen. Edith hörte sie kramen, ehe sie wenig später mit einem gefalteten DIN-A4-Blatt zurückkehrte. »Hier, das ist sie. Da müsste auch die Adresse draufstehen.«

»Ich nehme an, Sie waren den ganzen Abend zu Hause?«, fragte Tobias.

Frau Mayer nickte. »Ich habe gelesen und Musik gehört. Das kann ich sonst nie, wenn Stefan zu Hause ...« Ohne den Satz zu beenden, brach sie in Tränen aus.

Nun war der Punkt erreicht. Ab jetzt würde es schwer werden, mehr Informationen aus Frau Mayer herauszubekommen. Aber eigentlich wussten sie alles, was sie im Moment wissen mussten.

»Herzlichen Dank, Frau Mayer«, sagte Edith. »Wir gehen jetzt. Wenn Sie möchten, können Sie sich noch ein wenig hinlegen, bis die Kollegen kommen, um Ihre Aussage zu Protokoll zu nehmen. Haben Sie das verstanden?«

Frau Mayer nickte vage.

»Komm«, sagte Edith zu Tobias. »Wir können hier nichts mehr tun.«

»Auf Wiedersehen, Frau Mayer«, sagte Tobias, dann folgte er ihr. Er war es, der die Haustür schloss. Frau Mayer hatte sich nicht mehr vom Fleck gerührt.

»Ich habe kein gutes Gefühl dabei, sie allein zu lassen.«

»Wir sind keine Seelsorger«, erwiderte Edith und ließ Tobias stehen.

Ihr Handy klingelte, ehe sie ihr Auto erreichte. Als sie das schwere Atmen am anderen Ende der Leitung hörte, wusste sie, wer der Anrufer war.

»Was wollen Sie?«, fragte Edith.

»Ich weiß Dinge, die Sie vielleicht interessieren könnten.«

»Ich wüsste nicht, was das sein könnte.«

»Über Ihren Onkel. Er hat Sie betrogen.«

»Wer ist das?« Tobias stand so plötzlich hinter ihr, dass Edith fast das Handy fallen ließ.

»Verwählt«, sagte sie und legte auf. »Fahren wir zum Kommissariat.«

Edith hörte das Klingeln des Telefons bereits im Flur vor dem Büro. Ehe sie reagieren konnte, rannte Tobias an ihr vorbei, riss die Tür des Büros auf und stürzte zum Telefon.

»Ist stelle Sie laut«, hörte sie ihn sagen.

Da erreichte sie auch schon das Zimmer und gesellte sich wortlos zu Tobias, der neben seinem Schreibtisch stand, mit dem Telefonhörer des schnurgebundenen Telefons in der Hand.

»Meine Kollegin, Frau Neudecker, hört mit«, fügte Tobias hinzu.

»Ah, hallo, Frau Neudecker. Hier ist Feineisen vom Wormser Tageblatt.«

»Guten Morgen, Herr Feineisen. Haben Sie Neuigkeiten für uns?«

»In der Tat. Wir haben ein neues Bekennerschreiben des Henkers erhalten. Sie wollten doch, dass wir Sie darüber informieren. Es lag heute Morgen im Briefkasten. Die Praktikantin hat es mir gebracht.«

Als Tobias sie fragend anblickte, nickte Edith.

»Herzlichen Dank«, antwortete Edith, »dass Sie uns angerufen haben, Herr Feineisen. Können Sie uns in aller Kürze den Inhalt des Schreibens mitteilen?«

»Dann soll ich es Ihnen nicht bringen lassen?«

»Doch, doch«, beeilte sich Edith zu antworten. »Aber eine kurze Vorabinformation wäre hilfreich.«

Feineisen räusperte sich. »Um es kurz zu machen: Der Henker kündigt einen weiteren Mord an. Es geht um unseren Oberbürgermeister Stefan Mayer. Darf ich fragen, ob das der Wahrheit entspricht?«

»Sie dürfen«, erwiderte Edith zuckersüß. »Was hat der Henker Ihnen in seinem Brief noch mitgeteilt?«

»Nun, Frau Neudecker, eine Hand wäscht die andere. Letztendlich werden wir es ja ohnehin erfahren. Für Sie macht es doch keinen Unterschied, ob wir die Tatsache, dass Herr Mayer ermordet wurde, etwas früher erfahren als die Konkurrenz. Für uns aber schon. Also, wenn Sie die Freundlichkeit hätten …«

Tobias antwortete, ehe Edith reagieren konnte. »Herr Mayer wurde heute Morgen um kurz vor vier vor dem Amtsgericht tot aufgefunden.«

»Darf ich annehmen, dass er ermordet wurde?«, fragte Feineisen eifrig.

»Sie gehen recht in der Annahme.«

»Wurden ihm auch Körperteile abgetrennt?«

»Ja, dieses Mal …«

»Das tut nichts zur Sache«, unterbrach Edith Tobias. »Was hat der Henker Ihnen in seinem Schreiben noch mitgeteilt?«
»Er schrieb, dass er den Bürgermeister der Korruption anklagt. Er habe Schmiergeld genommen, damit Bauvorhaben genehmigt wurden, die nicht rechtens waren. Und das nicht nur einmal, sondern mehrfach. Er behauptet auch, dass er das alles beweisen könne. Was uns leider nichts nützt, da der Henker leider versäumt hat, das Beweismaterial mitzuliefern.«
»Noch etwas?«, fragte Edith.
»O ja, da war noch eine Kleinigkeit.« Feineisen machte eine genüssliche Pause. »Er kündigt an, dass es sehr bald ein weiteres Opfer geben werde. Haben Sie eine Ahnung, wer das sein könnte, Frau Neudecker?«
»Selbst wenn ich es wüsste, Herr Feineisen, dann dürfte ich Ihnen meine Vermutung nicht mitteilen. Das dürfte Ihnen doch klar sein.«
»Man wird doch noch hoffen dürfen«, erwiderte Feineisen. »Ich lasse Ihnen den Brief dann bringen.«
»Danke, Herr Feineisen. Und auf Wiederhören.«
»Auf Wiederhören.«
Feineisen legte auf. Auch Tobias legte den Hörer zurück auf den Apparat.
»Was fällt Ihnen ein, der Presse Hinweise über den Mord zu geben?«, fuhr Edith Tobias an.
»Das waren keine Informationen, die er nicht auch auf andere Weise erhalten würde.«
»Darum geht es nicht. Sie dürfen ihm keinen Vorteil gegenüber seinen Konkurrenten geben. Das steht uns als Polizei nicht zu. Zudem laufen alle offiziellen Verlautbarungen über die Pressestelle. Merken Sie sich das!«
»Schon gut, schon gut. Ich dachte, es wäre in Ihrem Sinne ...«

»Ich meinem Sinne? Weshalb sollte das in meinem Sinne sein? Haben Sie irgendwann erlebt, dass ich freiwillig an Außenstehende interne Informationen preisgebe?«
»Und wann haben Sie vor, Weingarten mitzuteilen, dass auch Seifert in Lebensgefahr schwebt?«
»Sie haben mir eine Frist bis heute Abend zugesichert.«
»Und Sie wollten Weingarten bisher deswegen nicht informieren, weil wir keine Beweise hatten. Aber nun haben wir einen deutlichen Hinweis, dass ein weiterer Mord geplant ist. Das heißt, wir können nicht bis heute Abend warten. Spätestens wenn Weingarten die Sonderkommission zusammenruft, müssen wir ihm reinen Wein einschenken.«
»Schön«, quetschte Edith zwischen zusammengebissenen Zähnen hervor. »Sie haben gewonnen. Sobald wir die Soko über unsere bisherigen Ergebnisse informieren, werden wir darauf hinweisen, dass mein Onkel das nächste Ziel sein könnte.«

Zwar war Tobias froh, dass er Ediths Anwesenheit entkommen konnte, indem er die Parteifreunde von Mayer befragte. Aber der aalglatte Typ namens Alois Bittner, der im feinen Zwirn auf einem Gartenstuhl lümmelte und an seiner Zigarre sog, war ihm zutiefst zuwider.
»Selbstverständlich war Stefan anwesend«, sagte Bittner.
»Was erwarten Sie?«
»Können Sie mir sagen, wann er gegangen ist?«
»Ziemlich spät. Als einer der Letzten. Ich habe gesehen, wie er zum Parkplatz gegangen ist, ehe ich ins Taxi gestiegen bin.«
»Das heißt also, Herr Mayer war mit dem eigenen Fahrzeug bei der Feier?«
»Stefan war nie so vernünftig, sich ein Taxi zu nehmen. Obwohl er genauso viel trank wie der Rest. Ich habe immer

zu ihm gesagt: ›Stefan, wenn du auch nur ein einziges Mal mit Alkohol im Blut erwischt wirst, bist du nicht nur deinen Lappen los, sondern auch dein Amt als Bürgermeister.‹ Aber Stefan hat immer nur abgewinkt. Von wegen, niemand von der Polizei würde beim Bürgermeister einen Alkoholtest machen. Aber das würden Sie doch, oder gehe ich da falsch in der Annahme?«

»Selbstverständlich würde ich einen Alkoholtest machen, wenn ich den Verdacht hätte, ein Verkehrsteilnehmer steht unter Alkoholeinfluss. Ich finde es vorbildlich von Ihnen, dass Sie ein Taxi genommen haben.«

Bittner lächelte süffisant. »Ich kann es von der Steuer absetzen. Weshalb sollte ich da riskieren, meinen Führerschein zu verlieren?«

»Verständlich.« Egal, was der Kerl sagte, jedes Wort machte ihn nur unsympathischer. Hoffentlich konnte er bald gehen. »Um wie viel Uhr war das?«

Bittner sog an seiner Zigarre und entließ einen Rauchkringel. »Es war nach zwölf Uhr. Gegen ein Uhr oder kurz danach, vermute ich. Wie bereits gesagt, wir waren die letzten. Zusammen mit Krieg und Ulrich. Das werden Ihnen die beiden sicher bestätigen können.«

»Waren die beiden mit dem eigenen Auto bei der Feier?«

Bittner runzelte die Stirn. »Nein, Krieg ging zu Fuß. Er hat es ja nicht weit, und Ulrich hatte sich ebenfalls ein Taxi bestellt. Er wollte zuerst, dass wir uns ein Taxi teilen. Aber das habe ich abgelehnt. Das führt nur zu Problemen bei der Steuererklärung.«

»Verstehe«, sagte Tobias und stand auf. Wunderbar, jetzt konnte er hoffentlich gehen. »Ich glaube, das wär's so weit.«

»Sie enttäuschen mich, Herr Altmann. Wollen Sie nicht wissen, mit wem Mayer Streit hatte, um mögliche Verdächtige abzuklopfen?«

Verdutzt setze sich Tobias wieder. »Und mit wem hatte Mayer Streit?«

»Nicht direkt Streit. Aber es gibt einige Personen, die einen guten Grund gehabt hätten, Mayer zum Schweigen zu bringen.«

»Sie machen mich neugierig.« Tobias zückte erneut seinen Notizblock, um mitzuschreiben.

»Falls es Ihnen noch niemand erzählt hat, Mayer ist geschmiert worden.«

»Von wem und weshalb?«

»Von Seifert. Für die Genehmigung der Hallenerweiterung. Das weiß eigentlich jeder.«

»Und von wem haben Sie das erfahren?«

»Mayer hat es mir brühwarm erzählt, als er wieder einmal besoffen war. Ist einige Monate her. Hat sich regelrecht damit gebrüstet. Mayer konnte Geheimnisse noch nie gut für sich behalten. Seinen Wählern gegenüber nennt er das bürgernah.« Bittner lachte leise. »Ist das nicht schön, wie man jeden Nachteil ins Gegenteil verwandeln kann? Man braucht nur einen guten Marketingexperten.«

»Sie wussten davon und haben nichts dagegen unternommen?«

Wieder lachte Bittner. »Weshalb sollte ich meinen Parteifreund anschwärzen? Und das schwarze Schaf war ja eigentlich Seifert.«

»Inwiefern?«

Bittner sog an seiner Zigarre, ehe er endlich antwortete. »Na ja, Seifert hat wohl nicht nur Mayer geschmiert, sondern auch noch Mitarbeiter des Bauamts. Es ging um irgendeine Expertise wegen eines denkmalgeschützten Hauses oder besser gesagt, wegen eines nicht denkmalgeschützten Hauses, das aber eigentlich denkmalgeschützt sein sollte. Wie auch immer. Aber das war nicht das erste Mal, dass

Seifert Leute geschmiert hat. So viel ich weiß, ist er auch nicht auf legale Weise alleiniger Eigentümer seiner Firma geworden.«

Alarmiert sah Tobias auf. »Wie meinen Sie das?«, fragte er vorsichtig.

Bittner lächelte ihn mokant an. »Der alte Seifert hatte die Firma zu gleichen Teilen an seine beiden Söhne vererbt. Finden Sie es nicht seltsam, dass der eine der beiden samt seiner Frau kurz nach der Testamentseröffnung bei einem Unfall ums Leben kam?«

»Wollen Sie damit sagen, Seifert hätte etwas mit dem Unfalltod seines Bruders und seiner Schwägerin zu tun?« Ediths Eltern. Ob Edith etwas Ähnliches vermutete? War sie deshalb ihrem Onkel und ihrer Tante gegenüber so ablehnend? Wobei es einem die beiden wirklich schwer machten, sie zu mögen, das musste er selbst als Außenstehender zugeben.

»Ich will gar nichts sagen. Ich meine nur, dass das ein seltsamer Zufall ist. Finden Sie nicht?« Wieder lächelte Bittner, während er die Rauchringe beobachtete, die er in die Luft gepustet hatte.

»In der Tat. Aber solche Zufälle soll es geben.«

»Wenn Sie meinen ...«

Tobias stand auf. »Ich danke Ihnen für die Informationen. Wenn Sie so nett wären, auf dem Kommissariat vorbeizukommen, damit Ihre Aussage zu Protokoll gegeben werden kann?«

»Wann immer Sie möchten, Herr ... Wie war der Name?«

»Altmann. Tobias Altmann.« Er reichte Bittner seine Visitenkarte. »Falls Ihnen noch etwas einfällt ...«

Husch wirkte nicht sonderlich begeistert, als Edith und Tobias in sein Büro im Bauamt kamen. Das konnte Edith ihm nicht verdenken. Wie ein erschrecktes Kaninchen eilte er zur Tür, schaute nach links und rechts und schloss dann die Tür.

»Was wollen Sie hier?«, fragte er.

»Wir hätten da noch die ein oder andere Frage, Herr Husch«, begann Edith.

»Ich habe Ihnen doch schon alles gesagt, was ich weiß.« Wieder sah er zur Tür, als hätte er Angst, jemand könne hereinkommen.

»Wir haben erfahren, dass Herr Mayer wohl nicht nur im Fall Seifert geschmiert wurde. Können Sie das bestätigen?«

Husch seufzte. »O mein Gott! Das kostet mich den Kopf. Meine Familie ...«

»Herr Husch, Sie wissen, dass Sie sich strafbar machen, wenn Sie uns Informationen vor...«

»Ja«, schnappte Husch. »Natürlich weiß ich das.« Wieder drängte sich Edith der Vergleich eines in die Enge getriebenen Tiers auf, das sich zur Wehr setzt.

»Stimmt es, dass Mayer auch von anderen Personen mit Bauvorhaben geschmiert wurde?«

»Ja, das stimmt. Und er hat auch Schmiergeld genommen, damit die Trasse der Umgehungsstraße einen bestimmten Verlauf bekommt. Damit bestimmte Parteifreunde davon profitieren. Sie haben ja keine Ahnung, welche Klüngelwirtschaft hier herrscht.« Schwitzend sah Husch zur Tür.

»Noch eine Frage, Herr Husch. Wissen Sie, ob Bieler allein arbeitet?«

»Bieler?« Nun wirkte Husch verwirrt. »Nein, ich glaube nicht. Ich hatte auch einen anderen Kontakt, der stellvertretend für Bieler mit mir gesprochen hat. Aber seinen Namen kenne ich nicht. Der sagte auch etwas von wegen, er bräuchte die Informationen für die Gruppe. Keine Ahnung, was er damit meinte.«

»Können Sie den Mann beschreiben oder noch besser, uns dabei helfen, von ihm eine Phantomzeichnung anzufertigen?«

»Gott, es war dunkel. Er hatte einen Hoodie an und die Kapuze aufgezogen. Ich habe wirklich keine Ahnung, wie er aussieht. Er ist ungefähr so groß wie ich, hatte einen leichten Bauchansatz, obwohl er bestimmt jünger ist als ich, und trug Cargohosen und Schnürstiefel. Auf dem schwarzen Hoodie war ein Totenkopf abgebildet. Ach, und er sprach Dialekt. Falls Ihnen das hilft.«

»Das hilft uns sehr, Herr Husch. Ich danke Ihnen.« Edith zwang ein Lächeln auf ihre Lippen. Immerhin eine Beschreibung, und die hörte sich sehr nach einem Mitglied der rechten Szene an. Das war ein Ansatzpunkt, wenn auch ein vager.

»Auf Wiedersehen«, sagte Husch. Sie glaubte seiner Stimme zu entnehmen, dass er lieber auf Nimmerwiedersehen gesagt hätte.

»Einen Moment noch, Herr Husch«, sagte Tobias. »Ich hätte noch eine Frage. Wissen Sie, ob es Unregelmäßigkeiten bei der Firmenübernahme der Seifert GmbH durch Herrn Seifert gab?«

Edith verschluckte sich fast an der eigenen Spucke. Wovon sprach Tobias da?

»So viel ich weiß, wurde ihm der Anteil seines verstorbenen Bruders von der Nichte übertragen. Von Unregelmäßigkeiten weiß ich nichts.« Husch zuckte mit den Schultern.

»Ich danke Ihnen, Herr Husch«, erwiderte Tobias. »Das war's. Einen schönen Tag noch.«

Edith glaubte, sie müsse platzen. Aber sie schaffte es, zu schweigen, bis sie das Bauamt verlassen hatten. Kaum dass sich die alte Tür hinter ihnen geschlossen hatte, hielt sie es nicht länger aus.

»Was war das denn eben für eine Frage? Wie kommen Sie dazu? Welche Unregelmäßigkeiten?«

»Ein Schuss ins Blaue, mehr nicht. Ich dachte ...«

»Was dachten Sie?«

Tobias schien unter ihrem Blick zu schrumpfen. »Herrgott, Ihr Onkel und Mayer scheinen so viel Dreck am Stecken zu haben, dass es mich nicht wundern würde, wenn Ihr Onkel Sie vielleicht hintergangen hätte, um sich die Firma unter den Nagel zu reißen. Sind Sie noch nie auf diesen Gedanken gekommen?«

Und ob sie bereits daran gedacht hatte! Als sie ins Haus ihres Onkels eingezogen war, hatte sie jede Nacht darüber gegrübelt, ob der Onkel ihre Eltern umgebracht hatte, um an die verhasste Firma zu gelangen. Als sie alt genug war, das Haus des Onkels zu verlassen, hatte sie alles, was mit dem Onkel zu tun hatte, aus ihrem Leben und ihren Gedanken verbannt. Hatte alles vergessen wollen, zusammen mit ihrem heimlich gehegten Verdacht. Und nun wurde er ausgerechnet von Tobias wiederbelebt.

Mit aller Willenskraft schluckte sie ihre Emotionen hinunter. »Und jetzt? Wollen Sie das in Ihren Bericht schreiben?« Er würde wissen, was das bedeutete. Dass sie draußen war. Aber war das nicht ohnehin nur noch eine Frage der Zeit?

»Natürlich nicht. Es ist immerhin nur eine Vermutung. Mehr nicht.«

Trotzdem hätte Edith am liebsten ihre geballte Faust in Tobias' Gesicht platziert.

»Verstehe«, sagte sie stattdessen. »Und jetzt?«

»Bieler und seine Chrissie?«

»Auf jeden Fall.«

12

Januar 1947, Rolf Mayer

Rolf lugte über die Schneewehe. Fritz machte das gut, er hatte den verbliebenen Soldaten in ein Gespräch verwickelt und tat so, als sei auch er zufällig unterwegs. Sie standen vor dem LKW, Fritz hatte sich wirklich perfekt positioniert, damit sie hinten freie Bahn hatten.

Rolf gab Willi und Rudolf ein Zeichen und huschte über die Schneewehe. In Windeseile begann er, die Verschnürung zu öffnen. Als das Loch groß genug war, schlüpfte Willi hinein. Sekunden später reichte dieser Rudolf ein Paket, der es weitergab an Rolf. Den Blick auf das vordere Ende des LKWs gerichtet, schob Rolf es über die Schneewehe, sodass es auf der anderen Seite hinabrutschte.

Ein zweites Paket wanderte durch seine Hände, ein drittes. Er sah nicht auf die Aufschrift der Pakete, spürte nur, dass eines mehr wog als das andere. Ganz egal, was es war, es war etwas zu Essen und damit genau das, was seine Lisbeth brauchte. Hoffentlich konnte Fritz den Amerikaner noch eine Weile hinhalten.

Auf der Ladefläche rumpelte es. Rolf fluchte innerlich und drückte sich hinter dem LKW in Deckung. Schritte näherten sich. Er wich zur anderen Seite aus, während sein Blick die offene Plane registrierte, die nicht zu übersehen war. Da stapfte auch schon der Soldat mit dem Gewehr im Arm darauf zu.

Er rief etwas, was Rolf nicht verstand, und richtete das Gewehr auf die offene Stelle der Plane. Da tauchte Fritz hinter ihm auf, einen irren Blick im Gesicht. In seinen Händen hielt er einen Stein, den er dem Soldaten auf den Hinterkopf schlug.

Mit einem Stöhnen sackte dieser in sich zusammen. Fritz ließ den Stein fallen, seine Hände zitterten. Blut sprenkelte den Schnee rot.

Mit einem Satz war Rolf neben dem Soldaten und griff nach dem Gewehr. Sie waren aufgeflogen. In seinem Kopf herrschte nur Leere. Er konnte keinen klaren Gedanken fassen. Mit zitternden Händen richtete er das Gewehr auf den reglos daliegenden Soldaten. Erschießen, er musste den Kerl erschießen! Dann war alles gut. Dann konnte niemand erzählen, was geschehen war.

»Rolf! Rolf, hör mir zu!« War das Fritz' Stimme?

Rolf tastete nach dem Sicherungshebel und legte ihn um. Sein Zeigefinger fand den Abzug. In seinen Ohren rauschte es.

»Rolf! Leg das Gewehr weg! Wir müssen den Mann nicht erschießen. Alles wird gut. Niemand muss heute sterben. Leg einfach das Gewehr weg. Rolf, Rolf, hörst du mich?«

Rolfs Blick irrte kurz zu Fritz, der mit ausgebreiteten Armen vor ihm stand.

»Er hat uns gesehen«, sagte Rolf.

»Sieh uns doch an! Was er gesehen hat, sind vermummte Männer. Keine Gesichter. Also, leg das Gewehr weg. Bitte! Damit machst du es nur schlimmer.«

Hinter ihm knirschte es, als Willi von der Ladefläche sprang. Instinktiv wich Rolf zur Seite aus, sodass er keinen seiner Gefährten mehr im Rücken hatte. In diesem Moment tat Fritz einen Schritt auf ihn zu und griff nach dem Gewehr.

»Rolf, ich bitte dich ...« Fritz keuchte.

Rolf war selbst überrascht über die Stärke, mit der er die Waffe umklammerte. Fritz änderte seine Taktik, versuchte, das Gewehrende, das auf seine Brust zeigte, nach oben zu drücken. Mit einem Ruck riss Rolf die Waffe an sich. Ein Schuss löste sich.

Mit weit aufgerissenen Augen stierte Fritz ihn an. In seiner Stirn klaffte ein blutiges Loch. Dann brach er zusammen.

Ehe Willi oder Rudolf reagieren konnten, richtete Rolf das Gewehr auf den Soldaten und gab einen zweiten Schuss ab. Dann erst senkte er die Waffe.

»Also noch mal, Herr Bieler. Wer unterstützt Sie und Ihre Aktionen?«

Edith übte sich in Geduld. Sie glaubte nicht wirklich daran, dass Bieler reden würde. Nicht, solange sie ihn nicht unter Druck setzten – was Tobias nicht wollte – oder ihm etwas zu bieten hatten –, was ihr gegen den Strich ging.

»Mich unterstützen viele Leute mit Spenden. Ich kann Ihnen gern mein Spendenkonto offenlegen«, antwortete Bieler.

»Sie wissen genau, dass wir nicht von den Spenden sprechen, sondern von dem Mann, den Herr Husch getroffen und beschrieben hat.«

Bieler zuckte mit den Schultern. »Keine Ahnung, wer das war.«

»Cargohosen, schwarzer Hoodie mit Totenkopf und Springerstiefel – klingelt da was bei Ihnen?«, mischte Tobias sich ein.

»Wollen Sie mich jetzt mit den Neonazis in Verbindung bringen? Mit denen habe ich nichts zu tun.«

»Kennen Sie denn jemanden aus der Szene?«, fragte Edith.

Bieler schnaubte. »Also, so blöd bin ich nicht, dass ich auf Ihre Taktik hereinfalle. Nein, ich kenne niemanden aus der Neonazi-Szene.«

»Kennen Sie Holger Schmitt?«

Erstaunt sah Edith Tobias an. Wie kam er auf diese Frage?

»Schmitt? Nein. Woher denn?«, antwortete Bieler.

»Und was ist mit seiner Großmutter, der alten Frau Schmitt?«, setzte Tobias nach.

Bieler streckte sich. »Ja, die kenne ich. Ich habe sie einmal besucht in der Hoffnung, dass sie mir Material gegen Seifert liefern könnte. Aber die hat die Seiferts ja in den Himmel gehoben und auf ein Podest gestellt. Obwohl Seifert ihr Haus abreißen will. Heute, glaube ich, ist es so weit.«

Kurz dachte Edith an das schöne alte Haus und den blühenden Garten. Das Ganze war wirklich ein Jammer. Und sie war sich sicher, dass der Onkel mit falschen Karten spielte. Aber wie es schien, war es zu spät, etwas daran zu ändern.

»Und dabei haben Sie nicht zufälligerweise den Enkel kennengelernt?«

»Ich sagte es doch schon: Ich kenne ihn nicht.«

Edith schüttelte hinter Bielers Rücken den Kopf. Nutzlos, hieß das.

»Denken Sie noch mal drüber nach«, sagte sie zu Bieler. »Am besten in ihrer Zelle.«

Als Bieler draußen war, seufzte Tobias. »Und jetzt?«

»Die Juest. Vielleicht verplappert sie sich ja. Aber eine Frage hätte ich noch. Wieso fragen Sie Bieler nach dem Enkel der alten Schmitt?«

»Ich habe ihn kurz gesehen, als ich die alte Schmitt besucht habe. Er trug Cargohosen, ein Rammstein-Shirt und Springerstiefel. Er könnte zur rechten Szene gehören.«

»Sie meinen, es gibt eine Verbindung zwischen Bieler und Schmitt?« Edith runzelte die Stirn. Andererseits hätte der Enkel Schmitt ein halbwegs plausibles Motiv, um Mayer und ihren Onkel zu beseitigen. »Na ja, vielleicht haben Sie recht. Wir sollten uns diesen Holger mal vorknöpfen. So abwegig ist das nicht. Aber zuerst ist jetzt die Juest dran.«

Die wartete schon vor der Tür zum Verhörraum. Sie war so schrill gekleidet wie das letzte Mal: kurzer schwarzer Mini kombiniert mit einem Leopardentop, das mehr einem knappen Badeanzug ähnelte. Die Haare waren immer noch rosa, aber die Nägel waren jetzt schwarz lackiert – Finger und Zehen. Letztere steckten in Pantoletten, von denen Edith allein beim Zusehen, wie die Juest damit in den Verhörraum stöckelte, seekrank wurde.

»Ja?«, fragte die Juest und brachte eine rosa Kaugummiblase zum Platzen. »Machen Sie schnell. Es ist langweilig hier.«

Na, die kam ihr gerade recht! Am liebsten hätte Edith das Verhör nun extra in die Länge gezogen. Aber sie hatte beschlossen, einen Vorstoß zu wagen. Vielleicht konnte sie die Juest damit überraschen.

»Frau Juest, Ihr Freund wird von der rechten Szene unterstützt. Das wissen wir inzwischen. Nennen Sie uns Namen!«

»Was? Nee, das glaub ich nicht. Matze ist doch nicht bei den Neonazis. Das ist doch Quatsch.«

Tobias sprang ein. »Ein Zeuge hat uns berichtet, dass ein Mann, der der rechten Szene zuzurechnen ist, mit ihm stellvertretend für Herrn Bieler Kontakt aufgenommen hat. Wer könnte das gewesen sein?«

Die Juest brachte den Kaugummi erneut zum Platzen und lachte. »Nee, also dann hat der euch 'nen Bären aufgebunden. Wir wollen nix mit den Neonazis zu tun haben. Blöde Wichser, allesamt.«

Das klang jetzt aber so, als hätte die Juest sehr wohl Kontakt mit der rechten Szene gehabt.

»Noch einmal, Frau Juest: Und bitte denken Sie daran, dass Sie sich strafbar machen, wenn Sie unsere Ermittlungsarbeit behindern. Haben Sie oder Herr Bieler Kontakt mit Mitgliedern der rechten Szene?«

»Nee, hab ich doch schon gesagt.«

»Von wem wird Herr Bieler unterstützt?«, fragte Tobias noch mal.

Sie zuckte mit den Schultern. »Keine Ahnung. Von niemandem. Oder?«

Edith konnte ein Seufzen nicht unterdrücken. Wieder eine Sackgasse. Aber Bieler und Juest konnten keine Sackgasse sein, die beiden wussten definitiv mehr, als sie zugaben.

»War's das?«, fragte die Juest. »Kann ich jetzt gehen?«
»Ja«, sagte Edith. »Sie können gehen.«

»Verdammt! Die macht uns doch was vor! Und dieser Bieler genauso«, platzte Tobias heraus, kaum dass die Juest den Raum verlassen hatte.

Im Stillen konnte Edith ihm nur zustimmen. »Fragt sich nur, wie wir weiter vorgehen. Die anderen Spuren haben auch nichts ergeben. Der Konkurrent von Eckert, der Sektkellereibesitzer Reis, die Parteifreunde von Mayer – alles Fehlanzeigen. Lauinger, Wenger, Ralf Eckert, die Frau von Mayer und die von Klein – alle sauber. Kein Anhaltspunkt, dass sie irgendetwas mit unserer Mordserie zu tun haben könnten.«

»Von der Pathologie kam noch ein Bericht«, sagte Tobias. »Mayer wurde auch betäubt. Gleiches Mittel wie bei Klein.«

Edith massierte sich die Stirn. »Der Kerl hat Spaß daran, vorher mit seinem Opfer zu reden.«

»Klar, damit er ihnen die Anklageschrift vorlesen kann, ehe er sie hinrichtet. Das ergibt durchaus Sinn.«

»Nur Eckert wurde nicht betäubt.«

»Vielleicht wollte er Eckert betäuben, kam aber nicht dazu, weil der alte Mann bereits seinen Verletzungen erlegen war.«

»Oder der erste Mord war gar nicht als solcher geplant«, überlegte Edith laut.

»Ein Versehen?« Tobias sah sie ungläubig an. »Und dann hat er die Gelegenheit genutzt und das Opfer zur Schau gestellt?«

»So ähnlich. Vielleicht hat der Mord an Eckert erst den Ausschlag gegeben, auch die anderen zu töten. Überlegen wir doch mal, was war anders bei Eckert?«

Tobias' Antwort kam prompt. »Er ist kein Nachkomme von einem der Freunde vom Vater der alten Schmitt. Er kannte ihren Vater selbst.«

»Richtig«, erwiderte Edith. »Vielleicht hat der alte Eckert seinem Mörder ja etwas verraten, was diesen erst dazu brachte, auch die anderen zu töten.«

»Dann geht es vielleicht doch um den Mord an unserem nicht mehr so Unbekannten. Vielleicht wusste Eckert etwas darüber, was den Mörder dazu brachte, auch Klein und Mayer zu töten. Aber was?«

»Ich habe keine Ahnung«, gab Edith zu. »Aber wir sollten uns jetzt diesen Holger Schmitt vornehmen. Er hätte ein Motiv, Eckert zu töten. Immerhin war das sein Urgroßvater, der im Hungerwinter getötet wurde. Vielleicht hat Eckert ja irgendetwas darüber gewusst. Etwas, was Holger Schmitt ein Motiv lieferte, auch Klein und Mayer zu töten.«

»Vergessen Sie Ihren Onkel nicht! Der steht auch auf der Abschussliste. Wir sollten als Erstes ihn aufsuchen, um ihn zu warnen. Und wir sollten ihn ab sofort beobachten lassen.«

Edith wusste, wann sie geschlagen war. Es gab keinen guten Grund, ihren Onkel nicht zu warnen. Und Tobias hatte nicht von Personenschutz gesprochen, sondern von Überwachung.

»Einverstanden.«

»Lassen Sie mich reden«, sagte Tobias, als er mit Edith vor der Tür von Seiferts Haus stand. Er hatte während der Autofahrt genügend Zeit gehabt, darüber nachzudenken. So wie Edith sich das letzte Mal gegenüber ihrem Onkel verhalten hatte, schien ihm das die bessere Variante zu sein. Am besten wäre es, sie wäre gar nicht dabei. Aber das wagte er nicht laut auszusprechen.

Edith zuckte mit den Schultern. »Nur zu! Ich lasse Ihnen gern den Vortritt.«

Als die Tür aufging, stand dort wieder das Hausmädchen, das sie bereits beim letzten Mal kennengelernt hatten.

»Kriminalpolizei. Tobias Altmann ist mein Name, und das ist meine Kollegin Edith Neudecker. Wir möchten mit Herrn Seifert sprechen.«

»Herr Seifert hat jetzt keine Zeit …«

Tobias blieb breitbeinig stehen. So einfach wurde Seifert sie nicht los. »Sagen Sie ihm, dass es dringend ist. Wir warten hier solange.«

»Einen Moment bitte.« Das Hausmädchen wollte die Tür schließen, aber Tobias machte einen Schritt und verhinderte dies. Sie starrte ihn an, verkniff sich aber eine Erwiderung und eilte davon. Nach ein paar Minuten kehrte sie zurück. »Herr Seifert lässt bitten.«

Ohne einen weiteren Kommentar ging sie voraus zum Büro. Als sie es erreichten, öffnete sie die Tür und sagte: »Die Beamten von der Kriminalpolizei, Herr Seifert.«

»Kommen Sie herein«, war Seiferts Stimme zu hören.

Das Hausmädchen öffnete Tobias die Tür, sodass er eintreten konnte. Edith folgte ihm.

»Tut mir leid, aber ich habe nicht viel Zeit. Worum geht es?«, fragte Seifert.

Er saß hinter seinem wuchtigen Schreibtisch wie ein König auf seinem Thron.

»Nun, wir haben Hinweise, dass Sie sich in Gefahr befinden«, eröffnete Tobias das Gespräch. Er war gespannt, wie Seifert darauf reagierte.

Der schnaubte belustigt. »Ich? In Gefahr? Das ist doch Unfug.«

»Ich fürchte, nein. Nachdem nun auch Bürgermeister Mayer getötet wurde, gehen wir stark davon aus, dass Sie der nächste auf der Liste des Henkers sind.«

»Und woher nehmen Sie Ihre Weisheit?« Seifert klang belustigt.

Tobias baute sich breitbeinig vor dem Schreibtisch auf. »Ganz einfach. Sie haben sicher von dem Vorwurf der Bestechung im Wormser Tageblatt gelesen. Wenn der Henker Mayer getötet hat, weil dieser sich für die Genehmigung der Hallenerweiterung schmieren ließ, dann liegt es nahe, dass der Zahler des Bestechungsgelds – also Sie – der nächste auf der Abschussliste ist.«

»Bestechung?« Seifert schnaubte. »Es würde mich sehr wundern, wenn Sie das in irgendeiner Form beweisen könnten. Weshalb schenken Sie diesem Mörder eigentlich Glauben? Dieser Mann ist im höchsten Maße geisteskrank. Sie können nichts von dem, was er behauptet, als wahr annehmen. Das ist doch lachhaft!«

»Bisher hat sich alles, was der Henker behauptet hat, als wahr herausgestellt. Was nicht bedeutet, dass ich darin einen Grund sehe, jemanden umzubringen. Das ist eindeutig krank, da stimme ich Ihnen zu.«

»Das sind doch Banalitäten.«

»Diese Banalitäten hätten in jedem Fall ausgereicht, um ein Betrugsverfahren gegen die Opfer einzuleiten. Auch im Fall Mayer. Und darin sind Sie involviert. Also, was haben Sie zu dem Vorwurf der Bestechung zu sagen?«

»Das habe ich Ihnen bereits mitgeteilt: dass es Unfug ist. War's das? Kann ich jetzt weiterarbeiten?«

»Nein, das kannst du nicht«, platzte Edith dazwischen. »Hast du eigentlich zugehört, was mein Kollege dir gesagt hat? Du schwebst in Lebensgefahr. Dieser Henker hat sich Eckert, Klein und Mayer vorgeknöpft. Und nach allem, was wir wissen, bist du der nächste auf seiner Liste. Vielleicht wäre das der passende Zeitpunkt, mit uns zu kooperieren.«

»Wozu?«, fragte Seifert und fixierte Edith mit kalten Augen. »Welchen Nutzen hätte ich davon?«

Dieser widerwärtige Mistkerl! Obwohl er in höchster Gefahr schwebte, versuchte er einen Handel. Tobias wusste, was Edith davon halten würde.

»Vergiss es«, sagte sie denn auch prompt. »Ganz sicher bieten wir dir keine Vergünstigung an dafür, dass du die Bestechung zugibst. Dafür haben wir auch ohne dein Geständnis hinreichend Beweise.«

»Nun, wenn dem so ist, dann frage ich mich, weshalb ich dann noch nicht wegen Bestechung verhaftet wurde. Dass dies nicht passiert ist, beweist mir, dass ihr nichts gegen mich in der Hand habt. Und deshalb empfehle ich euch, jetzt zu gehen. Ansonsten sehe ich mich dazu gezwungen, mich beim Polizeidirektor über euch zu beschweren.«

Edith presste die Lippen aufeinander, als könnte sie sich nur mühsam beherrschen. Ohne ein weiteres Wort ging sie auf die Tür zu.

»Eine Frage noch, Herr Seifert«, sagte Tobias. »Es besteht neben der Bestechung noch der Verdacht, dass Sie sich diese Firma mit unlauteren Mitteln angeeignet haben. Was haben Sie uns dazu zu sagen?«

Die Hand auf der Türklinke blieb Edith stehen und drehte sich um. Ihr Gesicht war kalkweiß.

Seifert lächelte kühl. »Ich habe diese Firma teils geerbt, teils übertragen bekommen. Nicht wahr, Edith? Und jeder, der etwas anderes behauptet, ist ein unverschämter Lügner. Ich bitte Sie darum, jetzt mein Haus zu verlassen. Und zwar sofort.«

»Was sollte das?«, platzte es aus Edith heraus, kaum dass sie das Haus verlassen hatte. Mit einem tiefen Atemzug rang sie nach Luft. Obwohl es im Haus angenehm temperiert gewesen war, hatte sie geglaubt, keine Luft mehr zu bekommen.

Die Hitze draußen war unerträglich. Am Horizont dräuten dunkle Wolken und versprachen das Gewitter, nach dem sie sich so sehnte und das endlich Abkühlung bringen würde. Falls es nicht wie so oft an Worms vorbeizog und an der Bergstraße abregnete.

»Was?« Tobias sah sie so verständnislos an, dass Edith ihn am liebsten geschüttelt hätte.

»Was sollte diese Andeutung, mein Onkel hätte sich die Firma widerrechtlich angeeignet?« Schon wieder diese Anschuldigung! Tobias wusste etwas. Aber dieses Mal würde sie ihn nicht ungeschoren davonkommen lassen.

»Bittner erwähnte etwas in dieser Richtung.«

»Bittner? Wer ist Bittner?«

»Mitglied beim Stadtrat, Parteikollege von Mayer. Er meinte, es sei ein seltsamer Zufall, dass Ihr Vater und Ihre Mutter kurz nach der Testamentseröffnung Ihres Großvaters bei einem Unfall gestorben sind. Mehr wollte er nicht rausrücken.«

»Sie wollen damit sagen, dieser Bittner hat angedeutet, dass mein Onkel meine Eltern …« Sie wagte nicht, das Wort auszusprechen. Als würde das, was sie jahrelang insgeheim gefürchtet hatte, dadurch wahr werden.

»Ihre Eltern getötet hat.« Tobias zuckte mit den Schultern. »Genau das wies Bittner weit von sich. Aber indirekt hat er genau das impliziert.«

»Weshalb haben Sie mir nichts davon gesagt?«

Tobias senkte den Blick und ging auf das Auto zu.

Mit schnellen Schritten holte Edith ihn ein und versperrte ihm den Weg. »Weshalb haben Sie mir nichts davon gesagt?«

»Weil ich mir sicher sein wollte, ehe ich Sie damit belästige. Und weil es bedeutet hätte, dass Weingarten Sie sofort von dem Fall abgezogen hätte.«

Es fühlte sich an, als hätte jemand Edith in den Magen geboxt. Wollte Tobias ihr etwa weismachen, dass er es für sich behalten hatte, um sie zu schützen? Damit sie weiter an diesem Fall arbeiten konnte?

»Wir sollten zu Frau Schmitt fahren«, sagte Edith.

Als Edith den Bagger sah, hielt sie das Auto an. Sie erinnerte sich an den Garten und das alte Haus voller Erinnerungsstücke. Zu erleben, wie all das zerstört wurde, brach ihr das Herz.

»Wir sind zu spät«, sagte sie dumpf.

Tobias fluchte. »Wie viele Seniorenzentren gibt es in Worms?«

»Einige.«

»In irgendeinem muss sie ja sein«, meinte Tobias grimmig und zückte sein Handy.

Eine halbe Stunde später in glühender Hitze mit Blick auf den Bagger, der systematisch das Haus zerstörte, wurde Edith fündig.

»Katharina Schmitt?«, sagte ihre Gesprächspartnerin. »Ja, die ist heute Morgen bei uns eingezogen. Ein Enkel hat sie vorbeigebracht. Furchtbarer Rüpel, hat die ganze Zeit nur geschimpft. Sie können jederzeit vorbeikommen, um sie zu besuchen.«

»Herzlichen Dank. Wir sind in wenigen Minuten da.« Edith legte auf. »Ich hab sie«, sagte sie zu Tobias und startete den Motor. Sie wusste, wo das Seniorenzentrum lag.

In diesem Augenblick klingelte ihr Handy. Sie machte den Motor wieder aus und ging ran. Lautes Atmen war zu hören. Ediths Herzschlag beschleunigte sich. Das war der Henker.

»Was wollen Sie?«, fragte sie.

Nur das laute Atmen antwortete. Sie wollte schon auflegen, als sich plötzlich eine männliche Stimme meldete. »Warum kümmern Sie sich nicht um das, was wirklich wichtig ist?«

»Ich glaube nicht, dass Sie das beurteilen können. Guten Tag.«

»Wenn Sie jetzt auflegen, werden Sie nie erfahren, was für Beweise ich gegen Ihren Onkel habe.«

Edith glaubte, keine Luft mehr zu bekommen. »Wenn Sie uns Beweise in einem laufenden Fall vorenthalten, machen Sie sich strafbar.«

Der Mann lachte auf. »Wer im Glashaus sitzt, sollte nicht mit Steinen werfen. Machen Sie Ihre Arbeit. Dann erzähle ich Ihnen vielleicht mehr.«

Dann legte er auf.

»Wer war das?«, fragte Tobias.

Der Schweiß lief Edith den Rücken hinab. Wann wohl endlich das ersehnte Gewitter kam?

»Hey, was ist los? Sie sehen so aus, als hätten Sie ein Gespenst gesehen.«

»Das war der Henker.«

Tobias starrte sie an. »Das war ... Wie bitte? Was wollte er? Herrgott, wir müssen die Nummer zurückverfolgen lassen. Sofort.«

Dann würde herauskommen, dass es nicht das erste Mal war, dass er sie angerufen hatte. Und wenn schon. Es war ihr egal. Sie wollte nur, dass dieser Fall endlich gelöst wurde. Und es war ihr vollkommen gleichgültig, ob ihr Onkel überlebte oder nicht. Sie wollte nur wissen, ob er wirklich etwas mit dem Tod ihrer Eltern zu tun hatte.

»Er meint, dass wir unsere Arbeit nicht richtig tun. Wir sollen uns um das Wesentliche kümmern.«

»Das Wesentliche?«

»Die Schuld der Opfer meint er wohl. Dieser ...« Sie verschluckte das Schimpfwort, das ihr auf der Zunge lag.

»Ich rufe im Revier an. Die sollen die Nummer zurückverfolgen.«

Edith nickte nur. Wortlos sah und hörte sie zu, wie Tobias im Kommissariat anrief, ihre Handynummer durchgab und um die Verbindungen des heutigen Tages bat.

»Die Kollegen melden sich, sobald sie mehr wissen.«

»Wir müssen eine Fahndung nach dem Anrufer einleiten.«

»Schon klar. Falls es nicht ein Prepaidhandy ist.«

Sicherlich war es ein Prepaidhandy. Wer war schon so dumm und rief von einem nachverfolgbaren Handy die Polizei an?

»Fahren Sie schon mal los zum Seniorenzentrum«, sagte Tobias.

Edith gehorchte wortlos. Sie kannte die Einrichtung, sie war nicht weit von Katharinas Haus entfernt. Innerhalb weniger Minuten erreichten sie das mehrstöckige, zartgelb gestrichene Gebäude. Edith fand sogar einen Parkplatz.

Die Dame an der Rezeption gab ihnen freundlich die Zimmernummer und das Stockwerk. So fanden sie Katharina Schmitt schnell. Sie saß in dem Ohrensessel aus ihrem Haus vor dem Fenster und sah hinaus. Auf der Kommode, die zum Seniorenzentrum gehörte, standen die Bilder, die Edith bereits aus dem Haus kannte.

Die Schwester hatte sie überholt und klopfte an die offen stehende Tür. »Besuch, Frau Schmitt. Das sind zwei Leute von der Kriminalpolizei, die mit Ihnen reden möchten. Ist das in Ordnung?«

Katharina drehte sich um. Als sie Edith und Tobias entdeckte, erhellte sich ihre Miene. »Ach, Sie sind es. Kommen Sie doch rein, und setzen Sie sich zu mir.«

Mit einem befriedigten Nicken wandte die Schwester sich zum Gehen, und Edith folgte Katharinas Aufforderung, während Tobias mit der Schwester nach draußen ging.

»Das ist schön, dass Sie mich besuchen«, sagte Katharina mit einem freundlichen Lächeln und griff nach Ediths Hand. »Ist Ihr netter junger Kollege auch dabei?«

»Ja, Herr Altmann ist auch dabei. Er redet noch mit der Schwester. Wie geht es Ihnen denn, Frau Schmitt?« Es war nicht Ediths Art, Plattitüden auszutauschen. Aber angesichts der alten Frau, die gerade ihr Heim verloren hatte, konnte sie nicht anders.

Katharinas Miene wurde bekümmert. »Ach, unser schönes Haus und mein schöner Garten. Es ist eine Schande. Aber wenn Herr Seifert sagt, dass es keine Schenkungsurkunde gibt, dann wird es wohl stimmen. Herr Seifert war immer gut zu uns, wissen Sie. Er wird uns nicht anlügen.«

Edith musste sich auf die Lippen beißen, um sich eine böse Bemerkung zu verkneifen.

Just in diesem Augenblick kam Tobias herein und gesellte sich zu ihnen. »Hat Ihr Enkel Holger das auch so gesehen?«

»Holger ...« Katharina seufzte. »Holger ist ein guter Junge. Aber das war einfach alles zu viel.«

»Was war zu viel?«, fragte Edith.

»Alles. Das ganze Leben. Wissen Sie, seine Mutter, die Silke, hatte Krebs. Mein armer Jürgen hat wirklich alles getan, um ihr zu helfen. Er hat Sonderschichten bei Seiferts gemacht, sodass Herr Seifert ihm eine großzügige Bonuszahlung gegeben hat. Mit der konnte er dann die Behandlung bezahlen. Und dann war der Krebs auch weg. Aber nach sechs Jahren kam er zurück, und die Silke ist gestorben, und mein armer Jürgen ist ihr ein paar Monate später gefolgt. Da war Holger vierzehn Jahre alt. Seitdem lebt der Junge bei mir.«

»Das heißt, Ihr Sohn Jürgen hat bei der Firma Seifert gearbeitet. Von wann bis wann?«

»Ach Gott, so genau weiß ich das nicht mehr. Aber der alte Herr Seifert hat ihm sofort eine Stelle gegeben, nachdem er mit der Schule fertig war. Dort hat er gearbeitet, bis er gestorben ist. Der alte Herr Seifert war ein wirklich feiner Mann, müssen Sie wissen. Gott hab ihn selig. Aber auch der junge Seifert hat Holger sofort eine Stelle gegeben. Die Seiferts waren immer gut zu uns.«

Wie verblendet musste die alte Frau sein, wenn sie nicht bemerkte, dass ihr feiner Onkel sie betrog?, wunderte sich Edith.

»Wie kam es denn, dass die Seiferts so gut zu Ihrer Familie waren?«, fragte sie stattdessen.

»Der alte Seifert war doch ein Freund von meinem Vater, Gott hab ihn selig. Genauso wie der Werner Eckert, der Rolf Mayer und der Willi Klein. Und als mein Vater meine arme Mutter im Hungerwinter sitzen ließ, da haben sie uns alle geholfen. Der Rolf, der Willi, der Werner und der Rudolf. Der Willi hat uns Kohle gebracht von den Amerikanern, und der Werner und der Rolf haben uns Lebensmittelmarken geschenkt. Aber am meisten geholfen hat uns der Rudolf, denn der hat uns damals das Haus geschenkt. Ach, mein schönes Haus.«

»Verstehe«, sagte Edith. »Frau Schmitt, wir haben einen Toten im Fabrikgebäude gefunden, der einen Ehering trägt mit der Inschrift ›Cäcilia, 15.5.1936‹. Könnte es sein, dass der Tote Ihr Vater Fritz Wolter ist?« Sie erinnerte sich an das Hochzeitsbild von Katharinas Eltern, das sie als Beweismaterial mitgenommen hatte. Sie hatte der alten Frau versprochen, es heute wieder mitzubringen. Spätestens morgen musste sie ihr Versprechen einlösen.

»Ach ja, das hat Holger auch gesagt.« Katharina schüttelte den Kopf. Tränen sammelten sich in ihren Augen. »Er hat behauptet, der Rolf, der Willi, der Werner und der Rudolf hätten meinen Vater umgebracht. Wie kommt der Junge nur auf solche Gedanken? Daran sind bestimmt diese seltsamen Freunde schuld, mit denen er sich herumtreibt, seit Herr Seifert ihn rausgeworfen hat. Recht hat er gehabt, der Herr Seifert, der Holger ist immer zu spät gekommen, und dauernd hat er Ärger gemacht. Ich hab ihn gewarnt. Ich hab gesagt: ›Holger, wenn du so weitermachst, nimmt das ein böses Ende.‹ Aber er hat mich nur ausgelacht, und dann ist es so gekommen, wie es kommen musste. Der Herr Seifert musste ihn feuern. Er konnte gar nicht anders. Dass der Holger ihm dann aber gleich alles mögliche Böse unterstellt, das geht zu weit. Erst hat er behauptet, Herr Seifert hätte kein Recht, uns das Haus wegzunehmen, und dann schimpft er über unsere Wohltäter und lässt kein gutes Haar mehr an ihnen. Er hat sogar gesagt, dass sie gerichtet gehören. Wie kommt er nur auf solche Ideen?« Die Tränen liefen nun über Katharinas Gesicht, während sie immer wieder den Kopf schüttelte.

Edith räusperte sich. Sie war nicht gut im Trösten, noch nie gewesen. Tränen führten nur dazu, dass sie sich peinlich berührt fühlte. »Wissen Sie, wo Holger sich jetzt aufhält?«, fragte sie vorsichtig.

Katharina seufzte. »Ach Gott, wenn ich das nur wüsste. Wahrscheinlich bei seinen seltsamen Freunden. Aber wo die wohnen oder wie die heißen, das weiß ich nicht. Er hat mal einen Matthias oder Matze erwähnt und einen Bernd. Aber mehr weiß ich nicht.«

»Irgendeinen Nachnamen?«, fragte Tobias.

Die alte Frau schüttelte den Kopf. »Es tut mir sehr leid.«

Edith hatte eine Idee. »Haben Sie eine Telefonnummer von Holger?«

»Aber natürlich! Warten Sie! Ich habe sie mir auf einen Zettel geschrieben. Wo ist er denn?« Die alte Frau stand auf und schlurfte zum Nachttisch neben ihrem Krankenbett. Nachdem sie eine Weile in der Schublade gekramt hatte, hielt sie einen kleinen Notizzettel in den Händen. »Hier ist sie.« Mit zitternden Händen reichte sie Edith den Zettel.

»Danke, Frau Schmitt. Sie haben uns sehr geholfen.« Edith bemühte sich um ein Lächeln, während sie den Zettel an Tobias weitergab, der die Nummer in sein Handy tippte und den Zettel dann an Frau Schmitt zurückgab.

»Und was passiert jetzt?«, wollte Katharina wissen. »Der Holger hat doch nicht etwa was angestellt?«

»Das wissen wir noch nicht. Aber vielleicht kennt er jemanden, der uns mehr sagen kann. Deshalb würden wir gerne mit ihm sprechen.« Das war eine dreiste Lüge. Denn nach allem, was die alte Frau Schmitt ihnen erzählt hatte, war Holger in der Liste der Verdächtigen ganz nach oben geklettert.

»Er ist ein guter Junge. Wirklich. Er will nichts Böses. Das sind nur diese seltsamen Freunde, die er hat, und das Unglück, das ihn sein Lebtag verfolgt hat.«

»Ja, Frau Schmitt«, bestätigte Tobias, »das wissen wir. Wir wollen auch nur mit ihm sprechen.«

»Gut.« Katharina nickte.

»Auf Wiedersehen, Frau Schmitt.« Edith reichte ihr die Hand.

Die Hand der alten Frau fühlte sich an wie ein welkes Pflänzchen.

»Auf Wiedersehen.« Die Alte lächelte zum Abschied.

Edith kam sich wie eine Betrügerin vor.

13

Januar 1947, Rudolf Seifert

»Okay«, sagte Willi mit ruhiger Stimme. »Leg jetzt die Waffe weg, Rolf. Es ist vorbei.«
Zu Rudolfs Überraschung gehorchte Rolf sogar. Willi nutzte die Gelegenheit und nahm ihm die Waffe aus den Händen. Erst jetzt wagte Rudolf es, sich zu Fritz hinabzubeugen. Seine bebenden Finger suchten nach der Halsschlagader. Aber da war nichts. Kein Pochen. Fritz' Augen starrten blicklos in den Himmel. Unter seinem Kopf breitete sich eine Blutlache aus. Mit diesem Loch in der Stirn konnte er nicht mehr leben.
»Das wollte ich nicht«, sagte Rolf.
Rudolf richtete sich auf. Bei Gott, er wollte heiraten, eine Familie gründen und ganz sicher nicht den Rest seines Lebens in einem Gefängnis vermodern oder gar hingerichtet werden.
»Wir müssen Fritz' Leiche verstecken.«
»Wieso Fritz' Leiche und nicht die des Amerikaners?«, fragte Willi.
»Der LKW steht hier mit zwei Platten. Ob der Soldat hier nun tot danebenliegt oder verschwunden ist, macht keinen Unterschied. Man wird nach den Schuldigen suchen. Werner kann sich rausreden, dass er mit der Sache nichts zu tun hat. Aber Fritz' Leiche hier, die sagt mehr als tausend Worte. Der kann sich nicht rausreden, und niemand wird glauben, dass Fritz den Überfall allein durchgeführt hat. Zumal der Soldat tot ist. Fritz muss also Hilfe gehabt haben. Und dass man auf uns kommt, ist ziemlich einfach, so oft wie wir zusammen sind.«
»Wir sind in einer Fußballmannschaft«, sagte Willi.
Rudolf schüttelte den Kopf. »Wir sind eine Gruppe innerhalb

der Mannschaft. Seit wir von dir Kohle bekommen. Und das wird jeder bestätigen. Also hör auf, dir falsche Hoffnungen zu machen. Schau der Realität ins Auge. Wir müssen Fritz' Leiche verstecken, sodass niemand sie je wieder finden kann. Habt ihr das verstanden – Willi, Rolf?«

Rolf stierte ihn nur an.

Willi nickte. »Du hast recht. Und hast du auch schon eine Idee, wo wir die Leiche verstecken sollen?«

Rudolf nickte grimmig. »In der Halle meines Vaters.«

»Und du glaubst, dass sie dort niemand findet?«

»Nicht, wenn wir meinem Vater anbieten, für ihn die Halle auszubessern. Gegen ein paar Lebensmittelmarken natürlich. Niemand wird etwas bemerken.«

»Und was willst du Cäcilia erzählen?«, fragte Willi. »Überhaupt, die arme Frau steht jetzt ganz alleine da.«

Rudolfs Blick glitt zu Rolf, der schwer atmend auf die beiden Toten starrte. »Ich wollte das nicht«, sagte er. »Ihr könnt mir das nicht anhängen.«

»Niemand will dir etwas anhängen«, erwiderte Rudolf.

Willi mischte sich ein. »Das seh ich anders. Wir wollten kein Blut vergießen, und ich für meinen Teil hab nichts mit den beiden Toten zu tun.«

»Er hat uns gesehen«, schrie Rolf. »Er hat uns alle gesehen ...«

»Unsere Gesichter hat er nicht gesehen. Das war völlig unnötig, du ...«

Rudolf ging dazwischen. »Aufhören, alle beide! Es ist passiert. Wir müssen jetzt schauen, dass wir den Kopf aus der Schlinge ziehen. Also, helft ihr mir dabei, Fritz' Leiche zur Halle meines Vaters zu bringen und dort einzumauern?«

»Ich will nichts damit zu tun haben.« Willi hob abwehrend die Hände.

»Du hängst mit drin, ob du willst oder nicht. Also, helft ihr mir oder nicht?«

»Ja. Ja, verdammt, ich helfe dir«, schrie Rolf.
»Und du, Willi?«
»Einverstanden«, sagte dieser widerwillig.
»Dann packt ihn auf den Schlitten. Ich führ euch zur Halle.«
»Und die Lebensmittel?«, fragte Willi.
»Packen wir drauf, was geht. Und dann nichts wie los!«

»Puh«, sagte Tobias, als sie vor dem Altenheim auf der Straße standen. »Ich glaube, wir sollten eine Fahndung nach Holger Schmitt einleiten.«

»Das glaube ich auch. Rufen Sie im Revier an und geben auch die Telefonnummer durch?« Jetzt kam sich Edith erst recht wie eine Betrügerin vor.

Was, wenn Sie einfach die Telefonnummer ausprobierten? Vielleicht ging er ja ran. Aber das machte nur Sinn mit einer Fangschaltung. Ansonsten warnten sie den Verdächtigen damit nur vor, was unter Umständen dazu führte, dass er sein Handy wegwarf oder mit einer neuen SIM-Karte versah.

Die Wolken am Himmel waren dunkler geworden. Edith glaubte, ein Donnern zu hören. Gab es am Ende doch noch ein Gewitter?

Tobias kam zurück. »Die Kollegen kümmern sich darum. Es wurde eine Großfahndung eingeleitet. Nebenbei habe ich auch Nachricht von der Spusi. Die Nummer, die bei Ihnen angerufen hat, stammt von einem Prepaidhandy, und sie stimmt nicht mit der Nummer von Holger Schmitt überein.«

»Dann war er wohl so intelligent und hat sich für seine Anrufe bei mir ein Prepaidhandy geleistet.«

»Verflucht! Warum sind wir nicht früher auf Holger Schmitt aufmerksam geworden?«

Edith zuckte mit den Schultern. »Es war meine Schuld. Ich hab der Schmitt nicht genügend Bedeutung zugemessen.«

Erstaunt wandte Tobias sich ihr zu.

»Was ist?«, fragte Edith. »Haben Sie erwartet, dass ich die Schuld auf Sie schiebe? Ich kann sehr wohl Schuld zugeben, wenn ich einen Fehler gemacht habe. Deswegen fällt mir kein Zacken aus der Krone.«

Tobias räusperte sich. »Werden Sie jetzt Personenschutz annehmen?«

»Wozu? Der Henker hat es auf meinen Onkel abgesehen, und der wird ab heute Abend überwacht. Ich sehe dazu keinerlei Veranlassung. Aber mir fällt etwas anderes ein. Wir sollten den Abriss stoppen und die Spusi auf die Überreste hetzen. Vielleicht lässt sich da die Schreibmaschine finden, mit der die Bekennerbriefe geschrieben wurden.«

»Gute Idee. Ich werde sofort im Revier anrufen und alles Erforderliche veranlassen.«

Tobias zückte wieder sein Handy und entfernte sich ein paar Schritte. Edith konnte hören, wie er mit irgendjemandem auf dem Revier sprach.

Der Henker hatte gesagt, er habe Beweise dafür, dass ihr Onkel verantwortlich für den Tod ihrer Eltern sei. Und auch dieser Bittner hatte behauptet, ihr Onkel habe beim Tod ihrer Eltern seine Finger im Spiel gehabt. Das alte Gespenst war lebendiger denn je. Ließ die Vergangenheit sie denn niemals los?

Tobias kam auf sie zu. »Erledigt«, sagte er. »Wir können sofort zum Haus der alten Schmitt fahren und dem Baggerfahrer die einstweilige Verfügung unter die Nase halten.«

»Und danach knöpfen wir uns noch mal Bieler und die Juest vor.«

Der Baggerfahrer rief erst mal seinen Chef an. Edith führte ein ermüdendes Telefonat mit Herrn Friedrich, dem Geschäftsführer der Seifert GmbH, bis dieser endlich einlenkte.

Der Baggerfahrer ließ daraufhin sein Gefährt einfach dort stehen, wo Edith ihn mit Tobias abgefangen hatte, und trollte sich.

Während sie in der Hitze auf die Spusi warteten, stolperte Tobias zwischen den Trümmern umher. Aber der Baggerfahrer hatte leider gute Arbeit geleistet, das Haus war bereits komplett zerstört. Sie konnten von Glück sagen, dass er noch nicht damit angefangen hatte, den Schutt auf den wartenden Hänger zu laden.

Edith wartete im Schatten der Umfriedungsmauer. Als der Wagen der Spusi endlich kam, gesellte Tobias sich wieder zu ihr und klopfte sich den Dreck von den Jeans.

»Ich brauch was kaltes Nasses. Am liebsten ein Bier.«

»Ich fürchte, das muss warten. Fündig geworden?«

Tobias schüttelte den Kopf. »Hoffnungslos.«

»Dann wünschen wir der Spusi mal viel Spaß.«

Koch war wenig erbaut über die neue Aufgabe für sein Team und erwartete früheste Ergebnisse am nächsten Tag. Falls es nicht regnete, und danach sah es immer mehr aus.

Sie fuhren schweigend zurück zum Revier. Da Edith Mitleid mit Tobias hatte und selbst halb am Verdursten war, hielt sie an einem Kiosk an, damit sie sich etwas Kaltes zu trinken holen konnten.

Im Revier wartete schon die Juest, schrill wie immer. Edith seufzte im Stillen.

»Was denn jetzt schon wieder?«, quengelte die Juest.

»Wir hätten nur noch ein paar Fragen. Wenn Sie mir ins Verhörzimmer folgen wollen?« Ohne sich nach der Juest umzudrehen, ging Edith vor. Als Tobias der Juest in den Verhörraum folgen wollte, hielt sie ihn zurück und schloss die Tür hinter der Juest.

»Dieses Mal machen wir den beiden Dampf.«

»Und auf welche Weise?«

Edith lächelte. »Auf jeden Fall nicht mit Vergünstigungen. Dafür mit ... nennen wir es mal Spekulationen.« Als Tobias sie stirnrunzelnd ansah, fügte sie hinzu: »Sie werden schon sehen, spielen Sie einfach mit.«

Entschlossen schritt Edith in den Verhörsaal und warf die Akte auf den Tisch. »So, Frau Juest. Wir haben neue Informationen. Und ehe Sie auch nur ein Wort sagen, gebe ich Ihnen zu bedenken, dass dies die letzte Gelegenheit für Sie ist, mit einem blauen Auge davonzukommen. Wir kennen inzwischen die Namen der Unterstützer von Matthias Bieler. Es wäre also an der Zeit, zu reden.«

Die Juest zog eine Schnute. »Manno, wenn Sie die Namen kennen, was wollen Sie dann von mir?«

Edith lächelte zuckersüß. »Nun, Frau Juest, ganz einfach. Wir wissen, dass Sie die Namen kennen. Wenn Sie sie uns jetzt nennen, würden wir davon absehen, ein Verfahren wegen Behinderung der Justiz einzuleiten. Dann vergessen wir einfach Ihre alte Aussage und berufen uns auf die neue.«

»Ey, fuck! Das ist Bestechung!«

»Nein, Frau Juest, das ist ein freundliches Angebot. Und wenn, dann wäre es Erpressung. Also, möchten Sie eine neue Aussage machen?«

Die Juest kaute mit zunehmend düsterer Miene auf ihrem Kaugummi herum. »Fuck!«, sagte sie endlich. »Ihr könnt mich mal! Ich glaub euch das nicht.«

»Bernd«, sagte Edith nur.

»Fuck, fuck, fuck!«

Frau Juest, darf ich Sie daran erinnern, dass Sie sich in einer Befragung be...«

»Ist ja schon gut. Bernd Strebel.«

»Wer noch?«, fragte Edith.

»Holger Schmitt. Und noch ein paar andere. Aber von denen kenne ich wirklich nur die Vornamen: Josef, Reinhard,

Kevin und Andy. Mehr weiß ich wirklich nicht. Da müsst ihr Matze selbst fragen.«

»Danke für Ihr Einsehen, Frau Juest. Das genügt uns. Wenn Sie dann noch Ihr Vernehmungsprotokoll unterzeichnen würden, ehe Sie gehen ...«

Als die Juest den Verhörraum verlassen hatte, sagte Edith: »Und jetzt knöpfen wir uns Bieler vor.«

Der wirkte ausgesprochen wachsam, als er hereingeführt wurde, das komplette Gegenteil von der Juest. »Ich will meinen Anwalt sprechen«, waren seine ersten Worte.

»Gerne. Aber dann werden Sie unser Angebot leider nicht erfahren«, erwiderte Edith. Sie hoffte, dass sie gut genug blufte, und wandte sich zu Tobias um. »Sagen Sie dem Kollegen vor der Tür, dass er Herrn Bieler wieder in seine Zelle führen kann.«

Doch ehe Tobias reagieren konnte, platzte Bieler dazwischen. »Welches Angebot?«

Edith setzte sich auf die Ecke des Tisches. »Frau Juest war geständig. Sie hat uns die Namen Ihrer Mittäter gegeben. Wir möchten Ihnen hiermit die Gelegenheit geben, eine Anklage wegen Behinderung der Justiz zu vermeiden, indem Sie eine neue Aussage machen.«

»Das glaube ich Ihnen nicht.«

»Wie Sie wollen. Kollege Altmann, lassen Sie Herrn Bieler zurück in seine Zelle bringen.«

»Verdammt!« Bieler sprang auf. »Hören Sie auf mit Ihren Spielchen. Glauben Sie etwa, ich durchschaue Sie nicht?«

Auch Edith stand nun auf. »Herr Bieler, ich spiele nicht. Zu keinem Zeitpunkt. Ich möchte Ihnen nur die Gelegenheit geben, Ihre Aussage zu ändern. Wenn Sie diese Chance nicht nutzen möchten, ist das Ihr Problem. Also bitte, strapazieren Sie nicht meine Geduld. Wir sind auf Ihre Aussage nicht angewiesen.«

Waren sie schon, denn die Aussage der Juest war etwas dürftig gewesen. Aber prinzipiell waren sie auf keine einzige Aussage angewiesen. Insofern war es nicht gelogen.

Bieler ballte die Fäuste. Als Tobias ihn am Arm packte, riss er sich los. »Warten Sie!«

»Möchten Sie etwas sagen?«, fragte Edith kühl. »Vielleicht den Namen Bernd Strebel.«

Bieler rang nach Luft, ehe er sich endlich wieder auf den Stuhl fallen ließ. »Josef Kohler, Reinhard Funk, Kevin Ringeisen und Andreas Schneider. Das sind die Namen.«

»Und wo haben Sie sich getroffen?«

»Bei Bernd im Liebfrauenring. Das wissen Sie doch schon. Also fragen Sie nicht so scheinheilig.«

Das Haus in der Liebfrauenstraße lag ziemlich einsam. Auf der einen Seite grenzten ein paar weitere Häuser an, gegenüber und auf der anderen Seite befanden sich Weinberge.

Ein flaues Gefühl schlich sich in Tobias' Magen. »Vielleicht sollten wir Verstärkung rufen. Was, wenn neben Strebel auch Schmitt anwesend ist und es zu einer Auseinandersetzung kommt?«

»Wir wollen nur mit Strebel reden. Mehr nicht. Ich sehe nicht, dass deshalb Verstärkung notwendig wäre.«

Tobias schwitzte. »Wenn Schmitt da ist, könnte er versuchen zu fliehen.«

Genau so unbedarft war sein ehemaliger Partner Jürgen gewesen. Und nun war Jürgen tot. Deshalb, und weil er ihm nicht sofort gefolgt war. Weil er eine Aspirin genommen hatte, um den Kater der vorherigen Nacht zu vertreiben. Und nun war Jürgen tot.

»Gut. Dann umrunden Sie das Gebäude und suchen nach einem Hinterausgang. Ich warte vor der Haustür, bis Sie bereitstehen.« Ehe Tobias etwas erwidern konnte, schritt Edith bereits auf das Haus zu.

Tobias' Herz hämmerte, als wollte es zerspringen. Seine schweißige Hand fand die Dienstwaffe unter seiner Jacke.

»Worauf warten Sie?«, rief Edith.

Verdammt, er konnte seinen Partner jetzt nicht schon wieder im Stich lassen. Nach einem tiefen Atemzug eilte Tobias hinter Edith her, überholte sie und schlich geduckt durch die Wingerte neben dem Haus. Als er eine Lücke im Zaun entdeckte, kroch er hindurch und fand sich in einem verwilderten Garten wieder. Vor ihm stand das Haus, linker Hand führte eine geschotterte Auffahrt zur Straße, die im Moment jedoch leer war.

Langsam ging Tobias auf das Haus zu. Vom Nachbarhaus war es durch eine mannshohe Mauer getrennt. Der Keller stand einen Meter über dem Boden. Tobias entdeckte eine Treppe, die zu einer Tür hinabführte – wahrscheinlich in das Kellergeschoss. Die Rollläden der rückwärtigen Fenster im Erdgeschoss und Obergeschoss waren herabgelassen.

»Bereit«, rief er.

Mit schweißfeuchten Händen zog er die Dienstwaffe und hielt sie mit ausgestreckten Armen schussbereit Richtung Boden, während er sich langsam der Treppe näherte. Irgendwo donnerte es. Kein Lufthauch regte sich in der drückenden Schwüle. Nicht einmal die Vögel sangen.

»Da macht niemand auf«, erklang Ediths Stimme.

Nach einem tiefen Atemzug lockerte Tobias den Griff um die Waffe. »Ich habe eine Kellertür gefunden. Bleiben Sie, wo Sie sind, ich schau mir die Sache mal an.«

»Verstanden«, rief Edith.

Der Schweiß rann an Tobias' Schläfe herunter, während er langsam die Treppe hinabging. Die Waffe in der rechten Hand, fasste er mit der linken die Klinke. Zu seiner Überraschung ließ sich die Tür öffnen. Ein dunkler Raum lag vor ihm. Durch die Sonne war er derart geblendet, dass er in absolute Finsternis starrte.

Den Türrahmen als Deckung nutzend, wartete Tobias, bis sich seine Augen an die Dunkelheit gewöhnt hatten. Dann schob er sich vorsichtig in den Raum. Neben der Tür fand er einen Lichtschalter. Nach kurzem Zögern betätigte er ihn. Wenn sich jemand im Keller befand, dann musste er ohnehin auf das Licht aufmerksam geworden sein, das durch die Kellertür fiel.

Als die nackte Glühbirne an der Decke aufflammte, blieb Tobias der Mund offen stehen. Er stand in einem großen Raum, der mit ein paar Tischen und Stühlen gefüllt war. Auf einem der Tische stand eine Schreibmaschine. Aber das war nicht das Auffälligste.

Eine Wand des Kellerraums war gespickt mit Bildern der Opfer, Zetteln mit ihren Namen und ihren Verbrechen, alles fein säuberlich mit Schreibmaschine getippt. Jeder i-Punkt hatte das Papier durchgestanzt, und das kleine t hing etwas über der Grundlinie. Tobias war sich sicher, dass die Schreibmaschine, die auf dem Tisch stand, genau diese Details aufweisen würde.

Er fand Bilder von Werner Eckert, Michael Klein, Stefan Mayer – und Bertram Seifert. Etwas abseits von den Bildern der vier Männer war Ediths Bild an die Wand gespießt. Darunter stand ihr Name, ihr verwandtschaftliches Verhältnis zu Seifert und ihre Handynummer sowie die handschriftliche Notiz ›Bonuszahlung!‹.

Neben den Bildern prangte ein Stadtplan von Worms, auf dem einige Orte mit Pins markiert waren. Als Tobias näher trat, entdeckte er, dass es sich um die Wohnungen der Opfer und um die Fundorte der Leichen handelte, die jeweils mit unterschiedlich farbigen Pins markiert waren.

Als er sich umdrehte, um die Treppe hinaufzugehen, entdeckte er noch etwas: In einer Ecke des Raums befand sich ein dunkler Fleck am Boden. Er war bereit, ein Monatsgehalt darauf zu verwetten, dass es sich dabei um das Blut von Stefan Mayer handelte.

Mit zitternder Hand steckte er die Waffe wieder ein und eilte die Treppe hoch. »Frau Neudecker! Kommen Sie schnell! Wir brauchen einen Durchsuchungsbeschluss und die Spusi. Ich glaube, ich habe den Tatort gefunden, wo Stefan Mayer ermordet wurde.«

Wortlos betrachtete Edith die Bilder und den Stadtplan. Immerhin, ihr Foto hing abseits, also stand sie wohl nicht auf der Abschussliste. Sie wunderte sich, woher der Henker ihre Handynummer hatte. Dann erinnerte sie sich daran, dass sie der alten Frau Schmitt ihre Visitenkarte dagelassen hatte.

Dennoch – Weingarten musste sie jetzt von dem Fall abziehen. Er hatte gar keine andere Wahl. Andererseits war sie jetzt so stark involviert, dass die weiteren Ermittlungen ohne sie nicht funktionieren würden.

Kochs Leute waren bereits eifrig damit beschäftigt, die Beweisstücke zu nummerieren und katalogisieren.

Koch gesellte sich zu ihr. Als er ihr Bild entdeckte, pfiff er durch die Zähne. »Das da hinten in der Ecke ist eindeutig Blut. Wir werden eine Probe nehmen, um es genauer zu untersuchen.«

»Danke«, sagte Edith.

»Ohne voreilig sein zu wollen: Ich gehe davon aus, dass mit dieser Schreibmaschine auch die Bekennerbriefe geschrieben wurden.«

»Ich auch.«

»Wenn wir im restlichen Haus noch etwas Interessantes finden, geben wir Ihnen Bescheid.«

Edith nickte nur. Sie hielt es im Keller nicht mehr aus. Ohne Koch und seinen Leuten noch einen Blick zu gönnen, eilte sie die Treppe hinauf. Mit Blick auf den verwilderten Garten rang sie nach Luft.

»Sie sollten Personenschutz annehmen.« Tobias. Natürlich.

Wie eine Furie fuhr Edith zu ihm herum. »Ein für alle Mal: Ich brauche keinen Personenschutz, und ich will keinen. Haben Sie das verstanden?«

»Der Henker kennt Ihre Handynummer, und er kennt Ihre Adresse. Er kann Ihnen jederzeit auflauern und ...«

»Ich sagte, ich brauche keinen Personenschutz. Was ist daran so schwer zu verstehen?«

»Er hat Ihr Foto an der Wand hängen.«

»Aber es hängt nicht bei den Opfern. Ich stehe nicht auf der Abschussliste. Kapieren Sie das endlich!«

Was zum Teufel sollte die Notiz ›Bonuszahlung‹ bedeuten? Und noch dazu mit Ausrufezeichen.

»Das ist unvernünftig und ...«

»Haben Sie die Fahndung nach Bernd Strebel veranlasst?«, unterbrach Edith ihn.

»Schon längst geschehen. Und Ihr Onkel wird ab sofort überwacht. Weingartens Anordnung. Er ist es auch, der Ihnen Personenschutz geben will.«

»Ich sagte Nein. Und dabei bleibt es. Noch irgendwas?«

»Nein.« Tobias' Lippen wurden schmal.

Sollte er doch sauer auf sie sein. Das war nicht ihr Problem.

»Wollen Sie noch etwas sagen?«, blaffte sie ihn an, als er nach einer gefühlten Ewigkeit immer noch wie bestellt und nicht abgeholt neben ihr stand.

»Seien Sie doch vernünftig ...«

»Ich bin vernünftig. Ich brauche kein Kindermädchen. Erstens bin ich nicht in Gefahr. Und zweitens kann ich auf mich selbst aufpassen. Und jetzt lassen Sie mich endlich in Ruhe.«

Tobias' Lippen wurden noch etwas schmaler. Dann schnaubte er und stapfte davon.

Verflucht, er hatte ja recht. Es war unvernünftig. Aber sie konnte keinen Kollegen gebrauchen, der sie auf Schritt und Tritt verfolgte und am Ende sogar noch mit in ihre Wohnung kam.

Es rumpelte in der Ferne. Das Gewitter schien sich immer noch nicht entscheiden zu wollen, ob es nach Worms kam oder lieber zur Bergstraße weiterzog. Oder war es bereits an der Bergstraße gewesen und kehrte nun zurück?

Ihr Handy klingelte. Im Display stand »Weingarten«. Edith unterdrückte einen Fluch, ehe sie den Anruf annahm.

»Neudecker hier.«

Ein Schnaufen antwortete, ehe Weingarten sich meldete. »Weingarten. Kollege Altmann hat mir erzählt, dass Sie den Personenschutz ablehnen. Ich erwarte eine Erklärung.«

Was sollte sie darauf antworten?

»Altmann dramatisiert. Ich benötige keinen Personenschutz. Ich stehe nicht auf der Abschussliste des Henkers. Für ihn bin ich nur eine Mittelsfrau. Mehr nicht.«

»Er könnte erneut mit Ihnen Kontakt aufnehmen. Möglicherweise sogar direkten Kontakt. Damit müssen wir rechnen. Und ich werde nicht zulassen, dass Sie schutzlos sind. Haben Sie das verstanden?«

»Ja. Und was bedeutet das?«

»Dass ich die Kollegen Gürkan und Klaus damit beauftragen werde, Sie ab sofort zu überwachen.«

Edith biss sich auf die Lippen, um den Fluch zu unterdrücken, der ihr auf der Zunge lag. »Verstanden. Noch etwas?«

»Ja. Sie begeben sich sofort nach Hause. Sie sind bis auf Weiteres vom Dienst freigestellt.«

»Das können Sie nicht machen. Das ist mein Fall. Ich ...«
»Das *war* Ihr Fall, Frau Neudecker. Kollege Altmann wird übernehmen. Zudem ist dank Ihnen und Kollege Altmann der Mörder ausgemacht. Sie können sich beruhigt zurückziehen und sich aus der Schusslinie begeben.«
»Das ist ...« Edith fielen keine passenden Worte ein.
»Haben Sie mich verstanden, Frau Neudecker? Ich möchte Sie ungern vom Dienst suspendieren. Außer, Sie zwingen mich dazu.«
»Ja, ich habe verstanden«, quetschte sie zwischen ihren zusammengebissenen Zähnen hervor.
Und ob sie verstanden hatte! Wenn sie nicht alles täuschte, dann hatte sie das Tobias zu verdanken.

Als Edith den Schlüssel ins Schloss ihrer Wohnungstür steckte, um diese zu öffnen, stutzte sie. Weshalb konnte sie den Schlüssel nicht zweimal im Schloss drehen? Hatte sie, als sie die Wohnung verließ, nicht wie üblich zweimal abgeschlossen?
Verwundert öffnete sie die Tür. Die Wohnung lag im Halbdunkel, da sie wegen der Hitze die Rollläden heruntergelassen hatte, ehe sie sie verließ. Seltsamerweise kam Max ihr nicht wie gewohnt entgegen, um sie zu begrüßen. Irgendetwas war da faul. Sie konnte es förmlich riechen.
Leise schloss sie die Tür hinter sich und tastete nach ihrer Dienstwaffe. Geduckt schlich sie zur Tür, die ins Esszimmer führte. Die Tür stand einen Spalt weit offen – das war immer so, damit Max rein und raus konnte. Sie riss die Tür auf und ging mit schussbereiter Waffe hinein. Nichts. Verflixt noch mal, wo war der Kater?
Nachdem sie in alle Richtungen gesichert hatte, ging sie weiter zur Küche – immer noch nichts. Ihre Anspannung ließ ein wenig nach. Wahrscheinlich hatte sie doch nur ver-

gessen, richtig abzuschließen. Gut, dass die Kollegen sie nicht sehen konnten. Aber das erklärte immer noch nicht, wo Max steckte.

Vorsichtig schlich sie weiter ins Wohnzimmer. Da fand sie den Kater, der schlafend auf dem Sofa lag. Seltsam. Sie ging neben ihm in die Hocke und legte die Hand auf den pelzigen Körper. Der Kater schlief tief und fest. Er wurde nicht wach, als sie ihn rüttelte. Zwei der Opfer waren betäubt worden, erinnerte sie sich.

Sie wollte gerade aufspringen, als plötzlich eine Plastiktüte über ihren Kopf gestülpt wurde. Panisch griff sie danach, die Waffe fiel aus ihrer Hand. Ein süßlicher Geruch machte ihren Kopf schwer und benebelte sie. Sie zerrte an der Plastiktüte, fühlte den männlichen Körper, der sich gegen ihren Rücken drückte, spürte, wie die Kraft aus ihren Fingern und Armen wich.

»Hör gut zu, Kommissarin!« Die männliche Stimme war rau und heiser. Der warme Atem küsste ihren Nacken. Ediths Arme erschlafften.

»Ich habe Beweise, dass dein sauberer Onkel deine Eltern umgebracht hat. Hör einfach auf, nach mir zu suchen, und lass meine Oma in Ruhe. Dann bring ich den Scheißkerl für dich um. Hast du das verstanden? Denk gut darüber nach!«

Edith fielen die Augen zu. Denk darüber nach, denk darüber nach … Dann wurde es schwarz um sie.

14

Angestrengt sah er von seinem Fahrzeug auf die Fenster des Mehrfamilienhauses, die zu Edith Neudeckers Wohnung gehörten. Die dunklen Wolken am Himmel zogen sich bedrohlich zusammen, Wind kam auf.

Hoffentlich hatte die blöde Kuh endlich verstanden, dass sie eigentlich am gleichen Strang zogen. Sie musste doch genauso ein Interesse daran haben, ihren Onkel tot zu sehen, wie er. Der Mistkerl hatte ihr Leben zerstört. Ihre Eltern umgebracht, den Gönner gespielt und ihr dann noch die Firma weggenommen.

Er hatte sie genauso verarscht wie ihn. Er hatte den Tod mehr als verdient. Doppelt und dreifach hatte er ihn verdient. Für all die Male, in denen er und sein Vater sich als Gönner hochstilisiert hatten, obwohl sie genau wussten, dass sie schuld waren am Unglück seiner Familie. Für all die Male, die sie ihn in den Dreck drückten, ihm die Knie wegtraten, damit er als Schuldner vor ihnen kniete, sodass sie ihm gönnerhaft die Hand reichen konnten.

Genau das Gleiche hatte ihr verdammter Onkel mit ihr getan. Ihr die Familie genommen, damit sie vor ihm im Dreck kniete und er sie gönnerhaft daraus befreien konnte, um ihr dann nebenbei noch die Firma wegzunehmen. Wie konnte sie so duldsam sein und das einfach ungestraft hinnehmen? War die dumme Kuh etwa so sehr Polizistin, dass sie sich darüber erhaben dünkte?

Er hasste diese widerlichen, aufgeblasenen Wichtigtuer. Hätte er nur die Macht, sie alle einen nach dem anderen auszuknipsen! Mit den vier Wichsern hier musste noch lange nicht Schluss sein. Es gab noch etliche andere Wichtigtuer, die ihnen folgen konnten und sollten. Damit ihrem Treiben endlich ein Ende ge-

setzt wurde. Das war sein Ziel als Henker von Worms. Das musste sie doch verstehen!

Er sah auf die Uhr. Eigentlich musste sie jetzt wieder wach sein. Wenn sie blieb, wo sie war, dann hatte er freie Bahn. Sollte sie so dumm sein, das Haus zu verlassen, um ihren Onkel zu warnen, dann würde er sich beeilen müssen. Und dann würde er keine Gnade kennen, falls sie ihm in die Quere kam.

»Miau!«

Etwas Feuchtes stieß gegen ihre Wange und ihr Augenlid. Wieder ertönte das fordernde »Miau!«, dieses Mal direkt neben ihrem Ohr.

Die Plastiktüte. Der Henker. Der Henker war in ihre Wohnung eingedrungen.

Eine raue Katzenzunge schleckte über ihre Wange.

Ihre Hände zuckten zu ihrem Kopf. Aber die Plastiktüte war weg. Sie fand nur den pelzigen, warmen Körper des Katers, der um ihren Kopf herumstrich und mauzte.

Stöhnend setzte sie sich auf. Mit der Bewegung fing es an, in ihrem Kopf zu hämmern. Ihr war schwindelig. Alles drehte sich um sie. Sie war froh, dass sie sich ans Sofa anlehnen konnte.

»Miau!« Der Kater stieß seinen dicken Kopf gegen ihren Oberkörper.

»Schon gut, Max! Ich bin ja wach. Alles ist gut.«

Erneut stieß der Kater den Kopf gegen ihre Brust. Ihre Hände fanden den Katzenkörper und begannen, ihn zu streicheln. Prompt war ein sonores Schnurren zu hören. Die Vibration beruhigte ihre Nerven.

Der Henker war weg. Hätte er sie töten wollen, dann wäre sie jetzt bereits tot. Sie war allein. Nur, was hatte er gewollt?

»Ich habe Beweise, dass dein sauberer Onkel deine Eltern umgebracht hat.« Deswegen war er bei ihr gewesen? Um ihr das zu sagen? Ein Handel, damit sie die Fahndung einstellte und ihm Gelegenheit gab, ihren Onkel zu töten.

Das Angebot war verlockend. Zu verlockend. Aber sie war vom Dienst freigestellt. Sie konnte die Fahndung nicht stoppen. Und selbst wenn sie es gekonnt hätte, sie hätte es nicht getan. Egal, womit der selbst ernannte Henker sie lockte, sie würde sich nicht darauf einlassen. Kein Angebot konnte so gut sein, dass sie ihren Schwur bei der Vereidigung vergaß.

Verdammt, sie musste Tobias Bescheid sagen! Der Henker war definitiv unterwegs, um ihren Onkel zu töten.

Müde tastete sie nach ihrem Handy. Ihre Finger stießen dabei gegen das Holster der Dienstwaffe. Es war leer. Die Waffe!, durchzuckte es sie. Sie hatte sie fallen lassen. Alarmiert setzte sie sich auf. Der Kater miaute vorwurfsvoll. Wo war die Waffe?

Mit hämmernden Kopfschmerzen sah sie sich um. Nichts, die Waffe war weg. Das konnte nicht sein! Sie ging in die Hocke, sah unters Sofa, unter den Sessel und den Schrank. Aber da war nichts, nur ein vergessenes Spielzeug von Max. Die Waffe war weg.

Edith atmete tief durch, um die Übelkeit in ihrer Kehle hinunterzudrängen. Sie musste den Verlust der Dienstwaffe melden. Sie musste Tobias anrufen. Sofort.

Nach zwei vergeblichen Anläufen gelang es ihr endlich, mit zitternden Händen das Handy aus ihrer Jackentasche zu angeln und Tobias' Nummer zu wählen.

»Kriminalpolizei. Altmann hier.«

»Ich bin's, Edith. Der Henker hat mir zu Hause aufgelauert.«

»Geht es Ihnen gut? Sind Sie verletzt?«

»Es geht mir gut. Dem Kater auch. Er hat mich betäubt und mir die Dienstwaffe abgenommen.«

Tobias fluchte.

»Und er ist auf dem Weg zu Seifert. Er hat den Mord an ihm mir gegenüber angekündigt.«

Tobias fluchte ein zweites Mal. »Ich habe auch Neuigkeiten für Sie«, sagte er dann. »Wir haben Bernd Strebel gefunden. Er hat zugegeben, Teil einer rechtsradikalen Gruppe zu sein, die sich zum Ziel gesetzt hat, sogenannte ›Verräter am Volk‹ zu bestrafen. Der Kopf dieser Gruppe sei Holger Schmitt. Sie hätten ihm dabei geholfen, die Verräter am Volk auszumachen und Beweise über sie zu sammeln. Aber mit den Morden selbst will er nichts zu tun haben. Er habe auch nichts davon gewusst, dass Schmitt in Strebels Keller Mayer umgebracht hat. Das Blut in der Ecke gehört tatsächlich zu Mayer.«

»Sie müssen die Personenschützer warnen.«

»Mach ich. Und Ihnen geht es wirklich gut?«

»Machen Sie sich um mich keine Sorgen. Kümmern Sie sich um meinen Onkel.«

»Sofort. Wiederhören.«

Tobias legte auf.

Schwankend stand Edith auf. Mit kleinen, vorsichtigen Schritten ging sie in die Küche, gab dem Kater etwas zu fressen und schenkte sich ein Glas Wasser ein. Sie hatte es noch nicht zur Hälfte getrunken, als ihr Handy klingelte.

»Altmann hier. Die Personenschützer haben versucht, Kontakt mit Ihrem Onkel in seiner Villa aufzunehmen. Aber er ist nicht da. Ihre Tante weiß angeblich nicht, wo er steckt. Den Geschäftsführer habe ich auch schon angerufen. Fehlanzeige. Haben Sie eine Ahnung …«

»Das alte Büro in der Textorstraße, neben der abgerissenen Halle«, platzte Edith in Tobias' Worte.

»Bin schon unterwegs.« Ein Tuten in der Leitung sagte Edith, dass Tobias aufgelegt hatte.

Einen Herzschlag lang sah sie auf Max, dann stürzte sie

das Glas Wasser hinunter, schnappte sich die Autoschlüssel und eilte aus der Wohnung. Sie befand sich näher an der Textorstraße. Egal, was der Dreckskerl von Onkel getan hatte, es war ihre Pflicht, ihn zu retten. Oder fühlte sie sich vielmehr schuldig, weil sie die Gefahr für Seifert so lange ignoriert hatte? Hatte irgendein Teil von ihr vielleicht doch gehofft, der Henker würde ihn töten, damit sie ihre Rache bekam?

Für alles, was er ihr angetan hatte. Er verdiente den Tod. Oder nicht?

Sie überschritt sämtliche Geschwindigkeitsbegrenzungen, fuhr bei Dunkelgelb über etliche Ampeln und hielt mit quietschenden Reifen vor dem Abrissgelände in der Textorstraße.

Es dunkelte, was auch an den Wolken lag, die sich über Worms zusammengezogen hatten. Eine frische Bö fegte durch Ediths verschwitztes Haar und trocknete den Schweiß auf ihrem Gesicht und in ihrem Nacken. Irgendwo donnerte es.

Sie rannte an den Überresten der Halle vorbei auf ein dahinter liegendes zweistöckiges Ziegelsteingebäude zu. Darin befand sich das alte Büro, das seit etlichen Jahren nur noch für die Lagerverwaltung genutzt wurde. Neben dem Gebäude stand tatsächlich der silbergraue Mercedes ihres Onkels.

Sie hastete die Stufen hinauf und hämmerte gegen die Tür. »Herr Seifert! Polizei! Machen Sie auf!«

Niemand antwortete. War der Henker am Ende schon hier gewesen?

Mit klopfendem Herzen betätigte sie die Klinke. Die Tür schwang quietschend auf.

»Herr Seifert. Polizei. Wo sind Sie?«

Es roch muffig. Ediths Stimme klang schrill in ihren Ohren.

»Herr Seifert! Onkel? Ich bin's, Edith. Wo bist du?«

Das Knarzen einer Diele lenkte ihren Blick auf die Tür am Ende des Flurs. Durch die offen stehende Tür trat ihr Onkel.

»Was willst du hier?«, fragte er kühl.

»Dich unter meinen Schutz nehmen. Der Henker hat gedroht, dich zu töten. Er ist unterwegs zu dir …«

»Herrgott, kommst du schon wieder mit deinem Unsinn über diesen Henker.«

»Er hat gedroht, dich zu töten.«

»Und du willst ihn daran hindern? Das ist doch lächerlich.«

»Was? Dass ich versuchen sollte, dich zu retten? Traust du mir das nicht zu?«

Der Onkel lachte abfällig. »Das auch. Aber machen wir uns doch nichts vor. Du hast ganz sicher kein Interesse daran, mich zu schützen. Ich kann mich gut an deine Worte erinnern, als du uns damals verlassen hast. Ich soll verrecken, hast du gesagt. Das habe ich nicht vergessen, du undankbares Stück.«

»Undankbar?«, schrie Edith. »Du hast mich wie Dreck behandelt.«

»Wir haben dir ein Zuhause gegeben.«

»Zuhause nennst du das? Du hast mich gestalkt. Du bist in mein Zimmer gekommen und hast zugesehen, wie ich mich ausziehe.«

Komm, sagte die Stimme in ihrem Kopf. *Nun zier dich nicht so …*

»Und was ist dabei?«

»Du … du hast mich begrabscht …«

Der Onkel kam einen drohenden Schritt auf sie zu. »Du hinterhältiges Stück Dreck. Sexuelle Belästigung. Ist es das, was du mir anhängen willst? Versuch es, und du wirst in deinem Leben nicht mehr froh. Das schwöre ich dir.«

»Du hast meine Eltern auf dem Gewissen.« Tränen brannten auf einmal in Ediths Augen.

»Du fantasierst. Die unangenehme Wahrheit ist, dass dein Vater das Auto hätte zur Werkstatt bringen sollen. Die Bremsen waren defekt. Das hätte er wissen müssen. Du bist gestört. Du hast Wahnvorstellungen. Aber du warst schon immer nicht ganz klar im Kopf, genau wie deine Mutter. Ein Wunder, dass sie dich bei der Polizei genommen haben. Aber ich verspreche dir, dass ich dafür sorgen werde, dass das ein Ende hat.«

»Du lügst.« Bei den Worten kam Edith auf ihn zu. Sie hatte die Fäuste geballt, die Arme angewinkelt, die Muskeln angespannt.

»Was? Willst du mich etwa schlagen?« Der Onkel schnaubte abfällig. »Grab dir dein eigenes Grab. So wie dein Vater es getan hat. Er ist zu diesem Notar gefahren, um mich aus der Firma zu drängen. Das hatte er dann davon.«

»Also gibst du es zu, du Heuchler.«

»Was, dass ich etwas mit dem Tod deiner Eltern zu tun habe? Nein, mit keiner Silbe. Ich spreche hier nur von der gerechten Strafe für seine Gier, die ihn ereilt hat. Genauso wie dich deine Suspendierung ereilen wird für dein unverschämtes Benehmen. Dafür werde ich sorgen.«

»Das hätte mein Vater nie getan.«

Der Onkel lachte. »Da kennst du deinen Vater schlecht. Ich sei unfähig, die Firma zu führen, hat er behauptet. Unmoralisch hat er mich genannt. Unlauter. Und deshalb hat er versucht, mich aus der Firma zu werfen. Wer ist denn da der Unlautere und Unmoralische, frage ich dich.«

Edith schnappte nach Luft.

»Da fällt dir keine Antwort ein, nicht wahr? Weil du genauso von dir selbst überzeugt bist wie dein Vater. So moralisch erhaben über allen anderen. Dabei seid ihr viel schlimmer in eurer verlogenen Bigotterie.«

»Das muss ich mir nicht anhören.«

Sollte der Henker ihn doch finden. Sollte er ihn töten und ihm vorher seine Verbrechen vorlesen. Ihren Segen hatte er.

Ohne ein weiteres Wort drehte sie dem Onkel den Rücken zu und stürmte zur Tür.

»Ja, geh nur«, rief der Onkel ihr hinterher. »Ich bin froh, wenn ich dich nie wieder sehen muss.«

Sie riss die Haustür auf und stürmte hinaus. Regentropfen trafen ihr erhitztes Gesicht. Fort, sie wollte nur fort. Den Onkel nie wiedersehen. Fort aus Worms. Irgendwohin, wo niemand sie kannte und nichts sie an ihre Kindheit erinnern konnte. Dabei wusste sie genau, dass sie vor ihren Erinnerungen nicht davonlaufen konnte. Und dafür hasste sie ihren Onkel nur umso mehr.

Sollte der Henker ihn haben. Es war ihr egal. Nein, es war ihr recht.

Es donnerte. Der Wind fegte Edith ins Gesicht. Im Schein eines Blitzes sah sie einen Schatten auf dem Abrissgelände.

Sie blieb stehen und sah genauer hin. Da war doch jemand! Irgendeine Gestalt duckte sich hinter die Trümmer der alten Halle.

Der Henker.

Aber woher wusste er, wo ihr Onkel sich aufhielt? Dann erinnerte sie sich an die langjährige Beziehung, die die Schmitts und die Seiferts verband. Es war kein Wunder, wenn Holger Schmitt das alte Büro kannte. Sein verstorbener Vater war dort sicher früher ein- und ausgegangen, als der alte Seifert noch lebte.

Sie musste etwas tun. Verflucht, weshalb eigentlich? Sollte der Onkel doch sehen, wie er zurechtkam. Sollte der Henker ihn sich doch holen. Sie musste nur behaupten, dass sie den Schatten nicht gesehen hatte und nach Hause gefahren war. Nur sie selbst würde wissen, dass das gelogen war.

Und diese eine Person würde sie nie in Ruhe lassen und ihr immer Vorwürfe machen, dass sie nicht eingegriffen hatte.

Erste dicke Regentropfen gingen auf sie nieder. Der Wind war frisch und kühl, ein wahrer Segen nach der Hitze der vergangenen Wochen.

Sie duckte sich und huschte zu den Trümmern der alten Halle. Vorsichtig bewegte sie sich vorwärts, während sie die Trümmer als Deckung nutzte. Sie hatte keine Ahnung, was sie tun sollte, wenn sie den Henker fand. Der Kerl hatte immer noch ihre Waffe, und sie war unbewaffnet. Vielleicht konnte sie sich von hinten anschleichen und ihn überwältigen.

Hinter einem Mauerrest hielt sie inne und sah sich um. Nichts. Der Schatten war wie vom Erdboden verschluckt. Ihr Blick irrte zu dem Ziegelsteingebäude, wo sich ihr Onkel aufhielt. Hinter ein paar Fenstern brannte Licht. Und auch der Mercedes stand noch vor der Haustür. Sie könnte hier einfach warten, bis der Henker sich dem Haus näherte.

»Hände hoch«, sagte eine Stimme.

Ein Schauer rann über ihren Rücken. Das war der Henker.

Langsam tat sie, wie ihr geheißen, und stand auf. Sie wollte sich umdrehen, aber der Mann kam ihr zuvor und postierte sich breitbeinig mit schussbereiter Waffe in ihrem Gesichtsfeld.

»Ich sagte, dass Sie nicht mehr nach mir suchen sollen.«

»Ich kann die Fahndung nach Ihnen nicht abblasen. Ich bin vom Dienst freigestellt.«

Einen winzigen Moment wirkte er irritiert, ehe er blaffte: »Was machen Sie dann hier? Sie machen alles kaputt.«

»Meinen Onkel zur Rede stellen. Sie haben gesagt, er hätte etwas mit dem Tod meiner Eltern zu tun.«

Verflixt, irgendetwas musste sie tun, um aus dieser verfahrenen Situation wieder herauszukommen. Am besten war es, den Kerl erst mal in Sicherheit zu wiegen.

»Und? Hat der alte Wichser gestanden? Sicher nicht. Der glaubt bestimmt, dass der einzige Mitwisser tot ist. Aber der Scheißkerl irrt sich.«

Nervös befeuchtete Edith ihre Lippen. Das war die Gelegenheit, um Schmitt Informationen zum Tod ihrer Eltern zu entlocken.

»Hat Seifert den Mitwisser auf dem Gewissen?«

Holger schnaubte. »Das hat mein Vater ganz alleine hinbekommen. Hat sich totgesoffen, nachdem meine Mutter am Krebs verreckt ist.«

Holgers Vater war der Mitwisser? Edith fiel die Bonuszahlung ein, von der Katharina erzählt hatte. Die Bonuszahlung, die Holgers Vater verwendet hatte, um die Behandlung seiner Frau bezahlen zu können. Das musste ungefähr zur selben Zeit gewesen sein, als ihre Eltern starben.

Hatte am Ende Holgers Vater im Auftrag ihres Onkels …

»Dann war Ihr Vater der Mitwisser?«

»Glaubst du, ich bin blöd? Ich weiß genau, was du versuchst. Mich vollquatschen, um mir Informationen über den Mord an deinen Eltern rauszuquetschen. Was kriege ich dafür, wenn ich es dir erzähle?«

»Was wäre denn Ihrer Meinung nach adäquat?«

Edith schwitzte trotz des frischen Winds und der immer mehr und dicker werdenden Regentropfen, die sie trafen.

»Gehen Sie einfach heim, und lassen Sie mich tun, weshalb ich hergekommen bin. Dann erzähle ich Ihnen alles.«

»Ich kann nicht zulassen, dass Sie noch jemanden ermorden.«

Hatte sie das eben wirklich gesagt?

»Der Scheißkerl hat den Tod verdient. Er hat Ihre Eltern auf dem Gewissen, und er hat meine Oma aus ihrem Haus gejagt. Er hat gelebt wie die Made im Speck, hat uns weisgemacht, dass wir ihm dankbar sein müssen, dabei hat sein verdammter Vater meinen Urgroßvater umgebracht und meiner Uroma dann erzählt, dass er sie hätte sitzen lassen. Der Wichser. Wenn er es wenigstens zugegeben hätte! Er und seine Kumpels. Aber nein, als Gönner haben sie sich präsentiert, die Arschlöcher. Und ihre Enkel und Söhne sind keinen Deut besser. Sie haben es verdient. Verlogene Bande, allesamt.«

»Das mag ja alles sein. Aber die Nachfahren der Mörder Ihres Urgroßvaters haben keinen Mord begangen. Sie sind nur Betrüger. Der richtige Weg wäre gewesen, sie an die Polizei auszuliefern.«

Holger schnaubte. »Damit die Polizei sie dann wieder laufen lässt. Nein, die haben genauso Dreck am Stecken wie ihre Vorfahren. Und dein Onkel hat meinen Vater damit beauftragt, die Bremsleitung im Auto deiner Eltern kaputt zu machen. Mein Vater ist an der Schande gestorben. Den hat er auch auf dem Gewissen. Wenn es irgendeiner verdient hat, zu sterben, dann dieser verlogene Wichtigtuer.«

So war das also gewesen. »Hat Ihr Vater Ihnen das erzählt?«

»Das geht dich einen feuchten Dreck an. Ich sag's jetzt ein letztes Mal: Verpiss dich, oder ich knips dich aus – so wie deinen Onkel.«

Der Regen schlug Tobias ins Gesicht, als er aus dem Dienstfahrzeug ausstieg. Am Straßenrand stand Ediths Privat-PKW. Verdammt, sie war hier! Aber hatte er wirklich geglaubt, sie würde einfach zu Hause abwarten? Sie war eine verdammt gute Polizeibeamtin, und sie würde sogar ihren verhassten Onkel mit Zähnen und Klauen gegen diesen verrückten Mörder verteidigen.

Verstärkung war unterwegs. Er sollte darauf warten. Aber er konnte nicht einfach warten, während Edith möglicherweise dem Henker in die Arme lief. Um keinen Preis wollte er wieder zu spät kommen.

Fast blind vom Regen rannte Tobias an den Trümmern der alten Halle entlang. Im Schein eines Blitzes sah er zwei Gestalten zwischen den Trümmern stehen. Edith. Der Donner überdeckte die Stimmen.

Als er näherkam, sah er, dass der Mann eine Pistole auf Edith gerichtet hatte. »Verpiss dich, oder ich knips dich aus – so wie deinen Onkel«, sagte der Mann.

»Hände hoch«, sagte Tobias laut.

Die beiden wandten ihm ihre Gesichter zu. Beide waren durchnässt vom Regen. Edith war kreidebleich.

Der Kerl grinste und wandte sich wieder Edith zu. »Okay. Schieß doch. Dann ist die Alte tot.«

»Nehmen Sie die Waffe runter, oder ich schieße.« Tobias versuchte, seiner Stimme Autorität zu verleihen.

»Wenn du schießen wolltest, hättest du es schon längst getan. Wirf die Waffe weg, oder ich knips sie aus. Ich zähl bis fünf. Eins …«

Verdammt, das lief völlig anders, als er erwartet hatte.

»… zwei … drei …«

Edith warf ihm aus den Augenwinkeln einen Blick zu und schüttelte kaum merklich den Kopf.

»… vier …« Schmitts Kopf ruckte etwas in die Höhe. Sein Mund verzog sich zu einer hässlichen Grimasse.

»Okay, okay«, rief Tobias. »Ich lege die Waffe weg. Hier, schauen Sie her!«

Demonstrativ bückte er sich und legte die Waffe neben sich auf den Boden. Mit hoch erhobenen Händen richtete er sich wieder auf.

»Zufrieden?«, fragte er.

Schmitt zuckte mit dem Kinn. »Kick die Waffe weg.«

Gehorsam gab Tobias seiner Waffe einen leichten Tritt, sodass sie ein paar Meter über das Kopfsteinpflaster schlitterte. Einen Meter von Edith entfernt blieb sie liegen.

»Sorry. Das war nicht meine Absicht«, rief Tobias. War es sehr wohl gewesen.

Schmitts Gesicht verzog sich. Die Waffe in seiner Hand zeigte auf Tobias.

In diesem Augenblick bückte Edith sich und griff nach der Waffe.

Schmitt presste die Lippen aufeinander, seine Waffe schwenkte auf Edith.

Nein. Das war alles, was Tobias denken konnte.

Verzweifelt stürmte er auf Schmitt zu. Ein Schuss knallte, fuhr in den Himmel, ohne Schaden anzurichten. Tobias bekam Schmitts Handgelenk zu fassen, doch der eigene Schwung riss ihn zusammen mit Schmitt von den Füßen. Die Luft wurde aus seinen Lungen gepresst, als er hart am Boden aufkam. Schmitt kam auf ihm zu liegen. Tobias umklammerte mit der Linken Schmitts rechtes Handgelenk.

Der Kerl war unerwartet stark. Stärker als Tobias. Die Waffe senkte sich. Tobias versuchte einen Ablenkungsschlag gegen Schmitts Hals, aber der Erfolg war nur kurz. Die Hand senkte sich wieder, der Lauf richtete sich auf Tobias Brust. Mit einem erneuten Schlag verschaffte sich Tobias Luft. Er schaffte es, Schmitt von sich herunterzustoßen.

»Hände hoch!« Das war Ediths Stimme.

Schmitts Waffe zeigte auf Edith. Tobias wusste, dass er jetzt abdrücken würde.

Mit einem Hechtsprung warf er sich auf ihn. Ein Schuss knallte. Schmerz fetzte durch Tobias' linke Seite. Er versuchte, Schmitt festzuhalten, aber der zog ihn hoch wie einen Sack Kartoffeln und nutzte ihn als Schutzschild.

»Waffe weg!«

Er sagte es nur einmal, da gehorchte Edith auch schon. Ein erneuter Schuss knallte. Dann fühlte Tobias sich auf einmal wie im freien Fall. Er stürzte zu Boden, kam hart auf. Der Schmerz, der dabei durch seinen Körper jagte, ließ ihn aufstöhnen. Keuchend schloss er die Augen.

»Tobias. Altmann.« Jemand tätschelte sein Gesicht. »Tobias. Bitte sagen Sie was. Tobias!«

Als er blinzelnd die Augen öffnete, sah er in Ediths Gesicht. Sie war nicht tot. Schmitt hatte sie nicht erschossen.

»Was machen Sie für einen Unfug?«

Sie strich die nassen Haare aus seinem Gesicht, zog ihre Jacke aus, rollte sie zusammen und presste sie auf seine linke Seite.

»Es geht mir gut«, würgte Tobias zwischen zusammengebissenen Zähnen hervor.

»Fest drücken. Ich rufe den Rettungsdienst.« Ihre Hand lag auf seiner Wange.

Mit geschlossenen Augen schüttelte Tobias den Kopf. »Ich ruf den Rettungsdienst. Schnappen Sie den Kerl.«

»Tobias, ich …«

»Ich schaff das.«

Edith starrte ihn an.

»Ich schaff das«, wiederholte er grimmig.

»Bitte, sterben Sie nicht«, flüsterte Edith und legte ihm die Hand auf die Schulter. Dann stand sie auf und hob irgendetwas vom Boden auf. Danach hörte er nur noch ihre sich entfernenden Schritte im prasselnden Regen.

Edith hasste sich dafür, Tobias zurückzulassen. Bei Gott, wenn er starb, würde sie es diesem Schmitt heimzahlen. Niemand schoss ungestraft ihren Partner an.

Die Tür des weißen Mercedes stand offen. Daneben stand ihr Onkel. Das Licht der Innenraumbeleuchtung erhellte sein verkniffenes Gesicht. Vor ihm stand mit dem Rücken zu ihr Schmitt, breitbeinig, die Waffe erhoben.

»Ich klage dich an: des Mordes am Ehepaar Seifert, an meinem Vater, der Bestechung, der Veruntreuung. Hast du noch irgendwas dazu zu sagen, Wichser?«

»Das wagst du nicht, du undankbares Stück Dreck«, kreischte ihr Onkel. »Ich habe dich gefüttert. Ich hab dir einen Job gegeben. Die Behandlung deiner Mutter bezahlt. Euch mietfrei wohnen lassen …«

»Friss das, Arschloch!«

Edith drückte ab.

Die Kugel traf Holger zwischen den Schulterblättern und warf ihn herum. Sein eigener Schuss verhallte unschädlich im Regen. Reglos blieb er auf dem nassen Boden liegen.

Der Onkel starrte sie an, als sähe er ein Gespenst. Plötzlich begann er zu lachen. »Du hast den einzigen Menschen erschossen, der mich mit dem Tod deiner Eltern in Verbindung bringen kann.«

Ediths Hand mit der Pistole war immer noch erhoben. Sie zielte nun zitternd auf den Onkel. Ihr war so elend, dass sie glaubte, sich übergeben zu müssen.

»Du gibst es also zu.«

»Ich gebe gar nichts zu, du dumme Gans. Niemand kann mir etwas beweisen.«

»Du hast Mayer geschmiert.«

Ihr Onkel grinste. »Auch das wirst du mir nicht beweisen können. Du hast dein ganzes Pulver verschossen. Im wahrsten Sinne des Wortes.«

Er lachte sie aus. Lachte sie aus, weil sie ihren Job getan hatte, wie es sich gehörte. Bei Gott, wie sie ihn hasste! Sie hätte Schmitt einfach machen lassen sollen. Wer hätte es ihr verübeln können, wenn sie eine Millisekunde zu spät abgedrückt hätte?

Wer würde nachweisen können, ob sie ihren Onkel aus Versehen oder mit Absicht erschossen hatte?

»Was ist?«, fragte der Onkel. »Willst du mich etwa erschießen? Den Mumm hast du nicht.«

Irgendwo heulte eine Sirene gegen den Donner und den prasselnden Regen an.

Edith dachte an Tobias. Sie würde es wissen. Und sie würde Tobias nicht mehr in die Augen sehen können, wenn sie dem Verlangen nachgab.

»Nein«, sagte sie. »Den Gefallen tue ich dir nicht.«

15

Februar 1947, Cäcilia Wolter

Die Tränen verwehrten Cäcilia den Blick auf den Brief, der auf dem Küchentisch lag, vor dem sie saß. Aber sie wusste, was darin stand. Das sie Haus und Zimmermannswerkstatt räumen musste, und zwar bis zum Ende des Monats. Dabei war der kleine Alois erst vor ein paar Tagen begraben worden. Hatte sie noch nicht genug Elend gesehen?

Erst ließ Fritz sie sitzen, allein mit zwei Kindern, eines davon schwer krank, ohne ausreichend Lebensmittelmarken und Heizmaterial. Dann kam die Razzia der Amerikaner, die alles auf den Kopf stellten. Angeblich war ein LKW überfallen und einer der beiden Soldaten erschossen worden. Der andere war zum Glück mit Werner zur Werkstatt von Werners Vater gelaufen, sonst wäre er vielleicht auch ermordet worden.

Hunger hatten sie alle. Aber deswegen jemanden umzubringen? Das überstieg ihren Horizont.

Danach war Alois gestorben, und nun kam dieser Brief. Wann hatte das ein Ende? Was konnte sie denn noch verlieren? Außer der kleinen Katharina und ihrem Leben?

Es klopfte an der Tür. Das Klopfen wurde drängend.

»Cäcilia! Bist du da?« Das war Rudolfs Stimme.

Mit zitternden Händen wischte sie die Tränen aus ihren Augen und tappte zur Tür. Wie eine Puppe öffnete sie sie.

Davor standen Werner und Rudolf. Werner trug eine Kiste.

»Um Himmels willen, Cäcilia! Was ist denn passiert? Ist etwas mit Katharina?« Rudolf fasste nach ihrer Hand.

Wie betäubt schüttelte Cäcilia den Kopf. Sie drehte sich um, tappte zum Tisch und hob mit zitternden Händen den Brief auf. »Ich soll das Haus verlassen. Und die Werkstatt. Ich ...« Sie brach ab, schlug die Hände vor das Gesicht. »Ach Gott, nimmt das denn kein Ende? Was soll ich denn tun?«

Sie hörte, wie die Kiste abgestellt wurde. Jemand schloss die Tür, und eine Hand legte sich auf ihre Schulter.

»Hör auf zu weinen, Katharina«, sagte Rudolf. »Wir finden eine Lösung. Ich hab schon eine Idee.«

»Ich habe kein Geld ...«

»Das weiß ich doch. Deshalb haben wir dir ein paar Lebensmittel vorbeigebracht.«

Werner lächelte breit bei Rudolfs Worten und schob die Kiste vor sie hin. »Schau, Cäcilia.«

Sie sah Frühstücksfleisch in Dosen, Gemüse und Obst in Dosen. Milchpulver. Sogar eine Tafel Schokolade. Ein wahrer Schatz. Neue Tränen rannen über ihre Wangen. »Danke«, würgte sie an der Enge ihrer Kehle vorbei. »Danke. Ihr seid so gut zu mir! Ich wüsste nicht, was ich ohne euch machen sollte.«

Seit Fritz fort war, kamen sie regelmäßig, um ihr zu helfen – der Rudolf, der Willi, der Werner und der Rolf. Ja, sogar der barsche Rolf. Sie wusste nicht, was sie ohne sie tun sollte.

»Nichts zu danken«, sagte Werner.

Rudolf mischte sich ein. »Was das Haus angeht, finden wir auch eine Lösung. Meinem Vater gehört noch ein Haus neben seiner Halle. Das steht leer. Ich werde ihn fragen, ob du dort einziehen kannst.«

»Aber ich kann keine Miete zahlen.«

»Wir werden eine Lösung finden. Du könntest für die Arbeiter kochen oder Kleider ausbessern als Gegenleistung. Das könntest du doch?«

Cäcilia nickte. »Aber natürlich. Das würde ich gern machen.« Wieder kamen ihr die Tränen. »Ihr seid so gut zu mir. Womit hab ich das verdient?«

Rudolf lächelte, während Werner betreten zu Boden sah. »Aber das ist doch selbstverständlich«, sagte Rudolf. »Wozu sind denn Freunde da?«

Edith steckte Tobias' Waffe in ihr Holster.

»Geh weg vom Auto«, sagte sie zu ihrem Onkel. »Das ist ein Tatort.«

»Das ist doch lächerlich.«

»Tu, was ich sage, oder ich häng dir eine Klage wegen Behinderung der Justiz an. Und das werde ich beweisen können, glaub es mir.«

Mit einem Schnauben gehorchte der Onkel endlich.

Edith legte ihm die Hand auf die Schulter und lenkte ihn in Richtung ihres Autos, wo bereits auf der Straße das sich nähernde Blaulicht auszumachen war.

Tobias, sie musste nach Tobias sehen.

Als das erste Polizeifahrzeug endlich neben ihrem Wagen parkte, stieß sie den Onkel darauf zu. »Kümmern Sie sich um diesen Mann, er hat sich der Bestechung schuldig gemacht. Beim weißen Mercedes finden Sie die Leiche des Henkers. Ich musste ihn erschießen, um ihn davon abzuhalten, Herrn Seifert zu töten. Das hier ist die Tatwaffe.« Bei diesen Worten zog sie Tobias' Dienstwaffe aus ihrem Holster und reichte sie dem uniformierten Kollegen.

Es war ausgerechnet Gürkan, der sie mit offenem Mund anstarrte.

»Ich muss nach meinem Partner sehen. Er wurde angeschossen.«

Ehe irgendjemand protestieren konnte, eilte sie zurück in Richtung der Trümmer. Der Regen prasselte auf sie nieder, als sie Tobias' reglose Gestalt fand.

»Tobias!«

Sie fiel neben ihm auf die Knie, umfasste seinen Kopf und bettete ihn auf ihren Schoß.

»Altmann, wachen Sie auf! Sehen Sie mich an!! Altmann!!!«
Vorsichtig tätschelte sie seine Wange, bis er endlich stöhnend die Augen öffnete.

»Neudecker, was… «, hauchte er.

»Der Henker ist tot. Ich habe ihn erschossen. Meinen feinen Onkel habe ich an die Kollegen übergeben.«

Tobias lächelte. Dann fielen ihm wieder die Lider zu.

»Hey!« Edith schüttelte ihn sacht. »Wach bleiben. Der Rettungswagen ist gleich da.«

Tobias stöhnte.

Als hätte sie es mit ihren Worten heraufbeschworen, näherte sich ein weiteres Blaulicht dem Geschehen.

»Ich kann die Blutung nicht stoppen«, flüsterte Tobias.

»Sie müssen nur durchhalten. Die Sanitäter sind gleich da und kümmern sich um Sie. Warum… Warum haben Sie das getan? Ich meine… Das war selbstmörderisch.«

Er keuchte. »Besser ich als… als mein Partner.«

Partner.

Drei Männer mit einer Trage kamen auf sie zu geeilt. Einer von ihnen beugte sich über Tobias und zog die zusammengerollte Jacke beiseite. »Schussverletzung Unterleib links. Ist die Kugel ausgetreten?«, fragte er Edith.

Tobias schüttelte den Kopf. »Nein.«

»Auf die Trage mit ihm«, kommandierte der Mann. »Monitor anlegen. Sauerstoffmaske.«

Die routinierten Anweisungen erleichterten Edith so sehr, dass ihre Augen brannten. Gut, dass im Regen niemand sehen konnte, wie ihr die Tränen über die Wangen liefen.

»Wir bringen Ihren Kollegen jetzt ins Stadtkrankenhaus«, sagte der Sanitäter zu Edith. »Sie können dort nachfragen, wie es ihm geht. Und keine Angst, er ist so weit stabil.«

Sie legte sacht die Hand auf Tobias' Brust. »Wehe, Sie sterben! Ich hab mich gerade an Sie gewöhnt. Ich will keinen anderen Partner mehr. Ich kann mir keinen besseren vorstellen.«

Ein kaum wahrnehmbares Lächeln überzog Tobias' Gesicht unter der Sauerstoffmaske, während er Ediths Hand berührte.

Dann trugen ihn die Sanitäter zum Rettungswagen.

Edith erwachte wie gerädert. Nachdem sie den Kollegen gefühlt hundert Mal erzählt hatte, was passiert war, war sie ins Krankenhaus gefahren und hatte dort bis spät in die Nacht gewartet, bis ihr endlich eine Ärztin mitgeteilt hatte, dass Altmanns Operation gut verlaufen war. Sie konnte sich nicht daran erinnern, wann sie das letzte Mal so viel Angst um einen Menschen gehabt hatte. Hatte sie überhaupt jemals solche Angst um jemanden gehabt?

Sie wusste, dass sie eine Anhörung vor der Inneren erwartete. Immerhin hatte sie jemanden erschossen, auch wenn keiner der Kollegen und erst recht nicht Weingarten daran zweifelte, dass es Notwehr gewesen war. Vorerst war sie beurlaubt, um sich auszuruhen. Was auch immer. Es war ihr egal, der Fall war gelöst, Altmann ging es gut, und wie es schien, wollte Weingarten ihr keine Steine in den Weg legen.

Nur der Onkel war noch freigekommen, ehe ihre Befragung beendet war. Sein Anwalt hatte nur ein paar Hebel drücken müssen. Gut, dass sie nicht dabei gewesen war. Edith wusste nicht, ob sie sich hätte beherrschen können. Wie es schien, würde er komplett straffrei ausgehen. Dreist wie er war, hatte er sogar eine Beschwerde gegen sie und Tobias bei Weingarten eingereicht. Die schien ihren Vorgesetzten jedoch wenig zu beeindrucken.

Herrgott, es war so frustrierend! Nun ahnte sie zwar, dass der Onkel tatsächlich ihre Eltern in den Tod geschickt hatte, indem er Holger Schmitts verstorbenen Vater dazu angestiftet hatte, die Bremsen zu manipulieren. Aber es nutzte ihr nichts. Irgendwie war das fast schlimmer als zuvor, als die Zweifel sie noch gequält hatten.

Ein wenig konnte sie Holger Schmitt verstehen. Wie musste er sich gefühlt haben, als die Männer, die er seit seiner Kindheit als Wohltäter der Familie betrachtet hatte, sich als die Mörder seines Urgroßvaters entpuppten? Dass diejenigen, denen er sein Leben lang Achtung zollen sollte, allesamt Mörder und Betrüger waren, die wohlsituiert, von allen angesehen und geachtet, niemals für ihre Verbrechen belangt werden würden, während er selbst als Abschaum der Gesellschaft leben musste. Ja, das konnte einen Mann wütend machen.

Sie selbst war auch wütend. Wütend auf diese Gesellschaft, die es zuließ, dass ihr Onkel, ohne Schaden zu erleiden, sein Leben weiterführen konnte, als wäre nichts geschehen. Wütend auf ihren Onkel, der sie zu allem Überfluss auch noch auslachte, weil sie ihrem Gewissen gefolgt war, anstatt ihn einfach abzuknallen wie einen tollwütigen Hund. Nein, das Leben war nicht gerecht. Wollte sie unter diesen Umständen eigentlich noch weiter Kriminalbeamtin sein?

Sie kochte sich Kaffee, gönnte sich ein selbst gemachtes Müsli mit frischen Früchten und Joghurt und las die Zeitung, in der der Tod des Henkers die komplette Titelseite einnahm. Sie selbst und Altmann wurden ebenfalls erwähnt. Sie kamen sogar ziemlich gut dabei weg. Altmann wurde für sein heroisches Opfer gelobt und sie für ihr effizientes Vorgehen. Nirgendwo stand, dass sie vom Dienst freigestellt gewesen war. Das war auch besser so – für alle Beteiligten.

Der Kater lag neben ihr und schnurrte. Ihm schien es zu gefallen, dass sie sich Zeit ließ, um Zeitung zu lesen und ihn zu streicheln. Als sie den Namen der alten Frau Schmitt las, hielt sie inne. Jemand sollte mit der alten Frau reden, ehe sie vom Tod ihres Enkels in der Zeitung las. Zudem musste sie ihr noch das Hochzeitsbild vorbeibringen. Sie räumte das Geschirr in die Spülmaschine, zog sich an und verabschiedete sich von ihrem Kater.

Draußen war es warm, aber es hatte doch merklich abgekühlt nach der Hitze der vergangenen Wochen. Das Gewitter hatte die Luft geradezu geklärt. Die Berge waren gestochen scharf zu sehen.

Sie fand einen Parkplatz direkt vor dem Seniorenzentrum. Mit beschwingten Schritten schritt sie auf das zartgelbe Gebäude zu. Sie musste warten, bis ihr jemand die Tür öffnete.

»Guten Morgen«, sagte die Dame am Empfang freundlich. »Kann ich Ihnen helfen?«

»Guten Morgen, ich bin Edith Neudecker.« Sie verschluckte gerade noch, dass sie von der Kriminalpolizei war. »Ich möchte gern Frau Katharina Schmitt besuchen. Aber Sie müssen sich keine Umstände machen, ich weiß, wo ich hinmuss.«

Edith wartete die Antwort der Dame nicht ab, sondern ging schon auf den Aufzug zu.

»Warten Sie«, rief die Dame am Empfang. »Sie können Frau Schmitt nicht besuchen.«

Verwundert drehte Edith sich zu ihr um. »Warum? Ist sie krank?«

»Ich bedaure sehr, Ihnen mitteilen zu müssen, dass Frau Schmitt in der vergangenen Nacht verstorben ist. Aber wenn es Sie tröstet, kann ich Ihnen versichern, dass sie friedlich entschlafen ist. Sind Sie verwandt mit ihr? Wir suchen nach einem Verwandten, der bestimmen kann, wie die Beerdigung stattfinden soll.«

»Tut mir leid, ich bin nur eine entfernte Bekannte. So viel ich weiß, hat Frau Schmitt keine lebenden Verwandten mehr. Aber ich glaube, es würde ihr gefallen, wenn sie unter den Bäumen des Hauptfriedhofs in Hochheim beerdigt würde. Sagen Sie mir Bescheid, wann die Beerdigung stattfindet?« Bei den Worten reichte Edith der Empfangsdame ihre Visitenkarte.

»Selbstverständlich, Frau Neudecker.«

Der Friedhof. Edith wusste nicht, wann sie das letzte Mal hier gewesen war. Sie hatte die Grabpflege an einen Dienstleister abgegeben, weil sie nichts damit zu schaffen haben wollte. Sie bewahrte die Erinnerung an ihre Eltern in ihrem Herzen auf, sie brauchte dafür kein Grab, das sie regelmäßig besuchte. Dennoch konnte sie sich eines ehrfürchtigen Gefühls nicht erwehren, als sie sich unter den alten Bäumen dem Grab der Eltern näherte.

Es war schön hier. Vögel zwitscherten. An manchen Stellen erinnerte der Friedhof eher an einen Wald. Nach der Hitze der vergangenen Wochen war es zwar immer noch warm, aber die Luft war unglaublich klar und frisch. Das Gewitter hatte ganze Arbeit geleistet.

Sie fand das Grab der Eltern trotz der langen Abwesenheit ohne Probleme. Auf der Grabplatte stand ein Blumenkübel. Die Blumen, die darin wuchsen, hatten durch das Gewitter stark gelitten. Auf der Grabplatte lagen Ästchen und Blätter der umstehenden Bäume und abgerissene Blüten aus dem Blumenkübel.

An einem nahegelegenen Wasserhahn fand sie einen Besen und kehrte den gröbsten Dreck von der Grabplatte. Sie warf alles in den dafür vorgesehenen Container und bückte sich, um die abgerissenen Blüten aus dem Blumenkübel zu entfernen. Im Stillen wunderte sie sich, dass sie die Arbeit machte, die eigentlich der von ihr beauftragte Dienstleister erledigen sollte. Doch als sie fertig war, erfüllte sie eine gewisse Befriedigung angesichts des gesäuberten Grabs.

Aufräumen. So wie sie das Grab aufgeräumt hatte, sollte sie wohl endlich ihr Leben aufräumen. Alte Erwartungen, Annahmen und Glaubenssätze über Bord werfen, um Platz für etwas Neues zu schaffen. Um Platz zu machen für ein gutes Verhältnis mit Altmann. Die Art und Weise, wie sie ihn behandelte, hatte er wirklich nicht verdient. Er war ein guter Polizist. Ohne ihn hätte sie diesen Fall niemals gelöst. Und er hatte sie unterstützt, auch wenn er anderer Meinung gewesen war.

Sie wollte ihn nicht verlieren. Sie wollte ihn behalten als Partner. Ihn als Freund gewinnen. Vielleicht den ersten echten Freund in ihrem Leben.

Und sie wollte endlich abschließen mit ihrem Onkel und ihrer Tante. Ihr Gefühl hatte sie damals nicht getrogen. Sie war nicht verrückt oder spleenig. Der Onkel hatte tatsächlich ihre Eltern aus dem Weg räumen lassen, um ans Erbe seines Vaters zu gelangen. Und er hatte sie sexuell belästigt, um sie davon abzulenken.

Aber damit würde sie ihn nicht durchkommen lassen. Sie bückte sich, berührte den Grabstein.

»Ich schwöre es euch: Er wird dafür bezahlen!«

Sie wunderte sich darüber, wie rau ihre Stimme war.

Es war hart, hier zu stehen und zum ersten Mal den Schmerz zuzulassen, den der Verlust der Eltern ihr bereitete. So viele Jahre war sie vor dem Schmerz davongelaufen, hatte ihn versteckt hinter der Abscheu und dem Hass auf Onkel und Tante. Es war Zeit, dass sie sich dem endlich stellte. Damit wieder Licht in ihr Leben fallen konnte. Sonst würde sie an der Dunkelheit ihrer selbst gewählten Einsamkeit zugrunde gehen.

Tobias Altmann. Bei ihm würde sie anfangen. Er hatte es verdient.

»Hallo! Störe ich?«

Vorsichtig lugte Edith in das Krankenhauszimmer, in dem Tobias lag. Eine der Schwestern hatte ihr zuvor versichert, dass sie ihn gerne besuchen könne.

»Frau Neudecker?« Ein Lächeln erschien auf Tobias' blassen Gesicht. »Kommen Sie doch herein.«

Sie gehorchte und zog die Tür hinter sich zu. Da sie der festen Überzeugung gewesen war, dass sie etwas mitbringen musste, hatte sie sich schließlich für Pralinen entschieden. Nun kam sie sich ziemlich albern vor mit der Pralinenschachtel in ihrer Hand.

»Sind die für mich?«, fragte Tobias und deutete auf die Schachtel.

»Oh! Ja, natürlich. Ich wusste nicht, was ... Und da habe ich ...«

»Ah, ich liebe Schokolade!« Er lächelte breit. Seine Wangen zeigten ein wenig Farbe.

»Wie geht es Ihnen? Ich will Sie nicht überanstrengen ...«

»Es geht mir gut. Setzen Sie sich doch, und bleiben Sie ein wenig. Es ist todlangweilig hier. Ein bisschen Abwechslung kann ich wirklich gut vertragen.«

Nun musste auch Edith lächeln.

»Was treibt Sie hierher? Doch nicht nur die Pralinen.«

Ediths Lächeln wurde breiter. Er kannte sie anscheinend besser als sie ihn. »Ich wollte mich noch mal bedanken.«

»Dafür, dass ich so blöd war, mich anschießen zu lassen? Gern geschehen.« Er grinste schief. »Aber ich werde das künftig vermeiden. Wenn's recht ist.«

Inzwischen wusste Edith, weshalb Tobias das getan hatte. Sie hatte seine Akte auf ihrem Laptop gelesen. Sein Partner war im Einsatz erschossen worden. Im Bericht hieß es, dass Tobias wegen eines Besäufnisses in der vorherigen Nacht nicht in der Lage gewesen war, ihm schnell genug zu folgen, sodass er hätte eingreifen können.

Und sie war ohne ihn losgestiefelt. Er musste sich furchtbar gefühlt haben. Worms war keine Wunschversetzung gewesen, sondern eine Strafversetzung.

»Ich würde es begrüßen. Denn ich würde Sie gern als meinen Partner behalten.« Jetzt hatte sie es ausgesprochen. »Ich habe bereits mit Weingarten geredet, Sie für eine Beförderung vorgeschlagen und den Wunsch geäußert, dass ich weiter mit Ihnen zusammenarbeiten möchte. Falls es Ihnen recht ist.«

»Es ist mir recht. Es … ist mir sehr recht. Ich würde gerne weiter mit Ihnen zusammenarbeiten.«

Einem Impuls folgend bot sie ihm ihre Hand. Er schlug sofort ein. Sein Händedruck war warm und fest.

»Ich bin Edith«, sagte sie.

»Tobias.« Er strahlte und ließ ihre Hand wieder los.

Edith merkte, dass sie ihn anlächelte.

Er griff nach den Pralinen, riss das Papier ab und öffnete die Schachtel. Grinsend bot er Edith die Schachtel an.

»Nein, das sind Ihre … deine«, protestierte sie.

»Quatsch! Nehmen Sie … Nimm eine. Das ist unser Verbrüderungssnack. Trinken darf ich ja nichts. Noch nicht.«

Mit einem leisen Kopfschütteln suchte Edith sich eine Praline aus. Während sie sie in ihren Mund steckte, tat Tobias es ihr gleich.

»Auf uns«, sagte er mit vollem Mund.

Edith musste lachen. »Auf uns, Partner.«

»Und, wie geht's weiter? Konnten Sie … Konntest du deinen verdammten Onkel dingfest machen?«

Ein tiefer Seufzer entkam Edith. »Leider nicht. Obwohl er mir gegenüber alles gestanden hat. Er hat Holgers verstorbenen Vater angeheuert, um die Bremsleitungen im Auto meiner Eltern zu sabotieren.«

»Deshalb die Bonuszahlung.«

Edith nickte. »Aber ich kann es ihm nicht beweisen. Der Einzige, der die Tat bezeugen könnte, wäre Holger. Und der ist tot.«

»Fuck!« Tobias runzelte die Stirn. »Es muss doch eine Möglichkeit geben ...«

»Das ist jetzt nicht dein Problem. Du musst gesund werden. Okay?«

»Ich gebe mein Bestes. Aber ich muss widersprechen. Das ist unser Fall. Also sitz ich mit im Boot. Und du irrst dich, es gibt noch jemanden, der bezeugen kann, was passiert ist.«

»Wer denn?«

»Dein Onkel. Du musst ihn nur dazu bringen, zu wiederholen, was er gesagt hat – im Beisein eines anderen.«

»Das wird er niemals tun. Weshalb sollte er?«

»Also, ich hätte da eine Idee.«

Mit dem eingeschalteten Handy in ihrer Jackentasche kam sich Edith vor wie in einem Spionagethriller. Sie hatte zuvor mit Tobias getestet, ob ein Gespräch auch gut zu hören war, und Tobias hatte Weingarten um einen Besuch gebeten. Angeblich, um mit ihm über seine Zukunft zu sprechen. Edith hatte in ihrem Auto gewartet, bis Tobias ihr grünes Licht gab.

Das hieß, Weingarten war da, und Tobias hörte über Kopfhörer mit und nahm das Gespräch zudem auf. Jetzt lag es an ihr.

Ihre Hände zitterten, als sie die Klingel betätigte. Sie erwartete das Hausmädchen, aber es war die Tante, die ihr die Tür öffnete.

»Was willst du?«, fragte sie barsch.

»Mit meinem Onkel sprechen.«

»Ich wüsste nicht, was es da zu besprechen gäbe.« Mit diesen Worten wollte die Tante ihr die Tür vor der Nase zuknallen, aber Edith war schneller und stellte den Fuß in den Türspalt.

»Was soll das?«, fragte die Tante barsch.

»Ich will mit meinem Onkel sprechen, und zwar sofort. Es geht um die Firma. Und wenn du mich jetzt nicht reinlässt, verklage ich dich wegen Behinderung eines Justizbeamten.«

»Du hast nicht gesagt, dass du dienstlich hier bist.«

»Bin ich auch nicht. Aber ich kann dich trotzdem verklagen. Irgendein dienstlicher Grund wird mir schon einfallen.«

Die Miene der Tante verdüsterte sich. Wortlos öffnete sie die Tür und ließ Edith eintreten. Nachdem sie die Tür wieder geschlossen hatte, überholte die Tante sie und eilte voraus zum Büro des Onkels.

»Bertram, Edith ist da!«, rief sie, während sie die Tür öffnete.

»Weshalb hast du sie reingelassen?«

Edith drängte sich an der Tante vorbei ins Büro. »Weil ich ihr klargemacht habe, dass es keinen Zweck hat, mich auszusperren.«

»Was willst du?« Der Onkel hörte sich genauso barsch an wie die Tante.

»Meinen Anteil. Fünfzig Prozent vom Gewinn der Firma.«

Der Onkel starrte sie an, als hätte sie den Verstand verloren. Dann lachte er. »Was glaubst du eigentlich, wer du bist? Du hast der Überlassung zugestimmt. Ich habe einen Vertrag mit deiner Unterschrift.«

»Und ich habe Beweise dafür, dass du meine Eltern auf dem Gewissen hast. Was ist dir lieber? Dass ich die Beweise an die Staatsanwaltschaft weitergebe oder mir was von deinem Geld abzugeben?«

Eine Sekunde lang starrte der Onkel sie nur mit offenem Mund an. Dann sagte er: »Du bluffst. Woher solltest du Beweise haben? Holger Schmitt ist tot und sein Vater auch. Niemand weiß etwas.«

»Hast du schon daran gedacht, dass Holger Schmitt vielleicht mit mir vor seinem Ableben geredet hat und ich seine Aussage auf Band habe? Er hat mich angerufen, mehrfach. Und er hat mir einen Brief geschrieben.«

Daran war nichts gelogen.

Der Onkel schien etwas von seiner Selbstsicherheit eingebüßt zu haben. »Und wenn schon. Holger war acht Jahre alt, als sein Vater für mich die Bremsleitungen im Auto deines Vaters manipuliert hat. Wie soll er das bezeugen? Er war nicht dabei.«

Edith zuckte mit den Schultern. Sie musste sich dazu zwingen, nicht laut zu jubeln, sondern ihre Rolle weiterzuspielen. Der Onkel hatte mehr gesagt, als sie sich in ihren kühnsten Träumen erhofft hatte.

»Dein Risiko«, sagte sie. »Überschreib mir die fünfzig Prozent der Firma, oder ich gebe meine Info an die Staatsanwaltschaft weiter. Nebenbei: Solltest du daran denken, mich aus dem Weg zu räumen, ich habe selbstverständlich alle Beweise in einem versiegelten Brief bei einem Anwalt hinterlegt. Im Falle meines Todes wird er geöffnet. Nur damit du nicht auf dumme Gedanken kommst.«

»Ich kauf dir das nicht ab. Du hattest nie Interesse an der Firma.«

Edith lächelte. »Den Grund hast du mir geliefert, lieber Onkel. Du hast dafür gesorgt, dass ich meinen Dienst niederlegen muss. Und von irgendetwas muss ich ja leben. Also, haben wir einen Deal?«

Der Onkel stierte sie an, als wollte er sie mit seinen Blicken erdolchen. »Ich muss darüber nachdenken.«

»Gut. Du hast bis Morgen Mittag Zeit. Guten Tag.«

Ehe der Onkel antworten konnte, machte Edith kehrt

und drängte sich an der Tante vorbei in den Flur, wo sie mit langen Schritten der Haustür zustrebte.

»Du falsche Schlange!«, keifte die Tante. »So dankst du es uns, dass wir dich aufgenommen und großgezogen haben?«

»Ihr habt meine Eltern getötet. Weshalb sollte ich euch zu Dank verpflichtet sein?«

Damit ließ Edith die Tante stehen.

»Ich bin im Auto. Hast du alles?«, ertönte Ediths Stimme aus Tobias' Handy.

Tobias' Blick glitt zu Weingarten. »Von Anfang bis Ende. Alles fein säuberlich aufgenommen, und Herr Weingarten hat alles mitgehört. Richtig, Herr Weingarten?«

Weingarten tupfte sich mit einem Taschentuch den Schweiß von der Stirn. »Und ob ich alles mitgehört habe! Gute Arbeit.«

»Dann lege ich jetzt auf«, sagte Edith.

»Einen Moment«, rief Weingarten. »Ich muss noch mit Ihnen reden. Kommen Sie in mein Büro.« Weingarten sah auf seine Uhr. »In einer Stunde. Ich bestelle den Staatsanwalt ein.«

»Verstanden.« Nach einer kleinen Pause fügte Edith hinzu: »Danke.« Dann ertönte ein Tuten aus dem Handy als Zeichen, dass sie aufgelegt hatte.

Tobias legte das Handy auf den Nachttisch. Seine linke Seite machte sich bemerkbar. Vielleicht hatte er sich doch am ersten Tag nach seiner Operation etwas überanstrengt. Aber, hey, er konnte doch diesen Saftsack nicht unbehelligt davonkommen lassen, der Edith so lange an der Nase herumgeführt und noch dazu ihre Eltern umgebracht hatte!

»Wer von Ihnen hat sich das ausgedacht?«

»Ist das relevant? Wir haben es gemeinsam ausgeheckt, und ich bedanke mich recht herzlich für Ihre Kooperation. Das genügt doch, damit der Kerl hinter Gitter wandert?«

Weingarten seufzte. »Es ist zwar eine etwas unorthodoxe Methode, aber ja, ich gehe davon aus, dass das als Beweis vor Gericht Bestand hat. Wir haben zu zweit mitgehört und das Geständnis zudem aufgenommen. Das sollte genügen. Ich werde mein Bestes geben, um den Staatsanwalt davon zu überzeugen.«

Als Weingarten aufstand, konnte Tobias nicht anders: »Warten Sie! Da wäre noch etwas.«

Sichtlich irritiert sah Weingarten ihn an. »Was noch?«

»Es geht um Edith, also Frau Neudecker, und mich. Ich meine, wie geht es weiter? Edith verliert doch nicht ihren Job, oder?«

Mit einem Seufzen ließ Weingarten sich wieder auf den Stuhl neben Tobias' Bett fallen. »Sie hat sich etliche Eigenmächtigkeiten erlaubt, die ich eigentlich nicht dulden kann. Und auch der Oberbürgermeister ...«

»... der von Seifert geschmiert wurde, damit er Edith anschwärzt.«

»Das wissen wir nicht.«

»Das ist doch offensichtlich! Edith konnte gar nicht anders handeln. Und zudem, wenn Sie sie rausschmeißen, müssen Sie auch mich rausschmeißen. Denn ich habe von allem gewusst. Also bin ich mitschuldig.«

»Vor ein paar Tagen hörte sich das aber noch anders an.«

»Das war, als ich noch sauer auf Edith war. Aber inzwischen hat sich alles geklärt. Sie hat sich nichts zuschulden kommen lassen. Und wenn, ist es unsere gemeinsame Schuld.«

»Die Info, dass Mayer und Seifert in Gefahr sein könnten, hat uns viel zu spät erreicht.«

»Das war auch meine Schuld. Denn ich habe Ediths Entscheidung mitgetragen.«

»Herrgott!«, brauste Weingarten auf. »Weshalb wollen Sie sich für Neudecker Ihre Karriere kaputtmachen lassen?«

»Weil sie mein Partner ist. Und weil ich auch in Zukunft mit ihr zusammenarbeiten möchte.«

Weingarten schüttelte den Kopf, als zweifelte er an Tobias' Verstand. »Sie wissen nicht, was Sie da verlangen.«

»Doch«, sagte Tobias fest. »Ich verlange, dass Sie eine Kollegin unterstützen, die nicht nur einen Serienmord aufgeklärt hat, sondern auch noch einen alten Mord aus den Nachkriegsjahren, eine Intrige im Stadtrat und eine rechtsextreme Bande aufgedeckt hat. Ich finde, dass Sie einen verdammt guten Job gemacht hat.«

Wieder seufzte Weingarten. »Sie haben beide einen guten Job gemacht. Und ich freue mich, wenn Sie in Worms bleiben.«

»Nur, wenn Edith bleibt.«

»Ich habe verstanden. Sie müssen mich nicht unter Druck setzen. Ich verspreche Ihnen, dass ich tue, was ich kann.«

»Danke«, sagte Tobias und bot Weingarten die Hand.

Dieser schlug mit schwitziger Hand ein.

Edith stand neben dem Streifenwagen, aus dem Gürkan und Klaus ausgestiegen und mit Weingarten zum Haus des Onkels gegangen waren. Sie konnte immer noch nicht glauben, was gerade geschah.

Der Staatsanwalt hatte die Beweise anerkannt. Ihr Onkel würde wegen Mordes angeklagt werden. Und die Dienstaufsichtsbeschwerde gegen sie war fallen gelassen worden, weil Weingarten sich für sie eingesetzt hatte. Das hatte sie mit Sicherheit Tobias zu verdanken. Der hoffentlich in zwei Wochen wieder seinen Dienst antreten konnte.

Die Haustür öffnete sich, Weingarten kam heraus, gefolgt von Gürkan und Klaus, die den Onkel zwischen sich nahmen. Sie hatten ihm sogar die Hände mit Handschellen gefesselt.

Mit trockenem Mund beobachtete sie, wie die beiden Polizisten ihren Onkel zum Streifenwagen eskortierten. Gürkan legte die Hand auf den Kopf des Onkels, um zu verhindern, dass er ihn sich am Fahrzeugdach stieß.

Der Onkel sah sie an und spuckte vor ihr auf die Straße.

Wortlos trat Edith zurück, damit Gürkan die Tür schließen konnte.

»Wir fahren jetzt zum Revier«, sagte Gürkan zu Weingarten.

Der nickte und gesellte sich zu Edith. Seite an Seite warteten sie, bis der Streifenwagen losfuhr.

»Danke«, sagte Edith. »Für alles.«

»Danken Sie Herrn Altmann. Er hat mich mit seiner Versetzung erpresst, falls ich Sie nicht in den Dienst zurückhole.«

Tobias.

»Es war übrigens seine Idee mit dem Handy.«

»Dachte ich mir.«

»Er ist der beste Partner, den ich je hatte.« Dass Sie das jemals sagen würde …

»Freut mich, das zu hören. Dann wird es ja künftig keine Klagen mehr geben, wenn Sie wieder zusammenarbeiten.«

Edith lächelte. »Ganz sicher nicht. Sonst müsste ich ja auf den guten Kaffee verzichten, den er mitgebracht hat.«